當代小說家II 王德威主編・序論

單車失竊記

The Stolen Bicycle

吳明益 小說 手繪

小說「即物論」
吳明益《單車失竊記》及其他

王德威

吳明益創作始於一九九〇年代初，而在新世紀獲得廣泛注意。二〇一五年的長篇小說《單車失竊記》推出後立刻成爲文壇最新話題。這部小說的標題令我們聯想義大利新現實主義電影大師狄西嘉（Vittorio De Sica）的經典《單車失竊記》（一九四七）。吳明益藉此喻彼，構思了一個繁複迷人的故事。「單車失竊記」仍然是情節主軸，但場景則從台北流轉到埔里、岡山，從馬來半島到滇緬叢林。命運之輪隨著單車主人的行旅轉動，一段又一段台灣歷史來到我們眼前。

早期吳明益創作略帶鄉土風格的小說，但他眞正的突破始於自然書寫。《迷蝶誌》、《蝶道》、《家離水邊那麼近》、《浮光》等散文集非但呼應當代的環境意識，作品所透露的強烈知性特色及實證精神，的確令讀者眼界一開。當他將這一特色帶向小說創作，並雜揉魔幻色彩，於是開拓了屬於自己的風格。《睡眠的航線》、《複眼人》、《天橋上的魔術師》等作品，都是很好的例子。

《單車失竊記》以腳踏車傳奇寫出台灣日常生活現代化的歷程，更敷衍出殖民歷史，戰爭創傷，以及深陷其中的人與動植物的變遷。小說出版後引起許多反響。讚賞者指出吳明益對百年台灣歷史記憶和自然環境作出獨特觀察，敘事能力尤其值得稱道。批評者則認爲小說包羅萬象，卻沖淡主題意識；刻意的敘事設計也帶來過猶不及的閱讀效果。[1]不同的聲音顯示小說的內蘊張力，也促使我們思考新世紀台灣小說該寫什麼，如何寫的問題。下文試以「即物論」一詞來描述吳明益的小說實驗，同時也思考他的實驗與當代華語小說典範變遷的關係。

「新即物主義」

《單車失竊記》的情節其實相當複雜。故事主人翁父親神祕的失蹤，他所曾擁有的一輛幸福牌腳踏車下落不明。一輛單車牽動了一系列有關單車失去和歸來的故事，至少包括一位原住民攝影家尋找父親的曲折經歷，一位女子對母親畢生從事蝶畫工藝的追憶，一位老婦對殖民時期的最後回顧，還有敘事者本人做爲鐵馬收藏者的現身說法。在此之下，還有岡山眷村老兵故事，台北中華商場庶民生活白描，原住民族群的悲歡

註1　見如臺灣文學館主辦二〇一五年臺灣文學金典獎評審紀錄，蘇偉貞和施淑的意見 http://award.nmtl.gov.tw/index.php?option=com_content&view=article&id=464:2015&catid=74:2015&Itemid=133；又見朱宥勳的書評〈再下去一定會有水源〉http://www.thinkingtaiwan.com/content/4447。

離合，殖民初期血腥的抗日行動及二二八事件，乃至太平洋戰爭馬來半島銀輪部隊傳奇，滇緬野人山浴血戰役，圓山動物園大象林旺的冒險……

吳明益將這麼多的頭緒鏈接一起，野心不可謂不大。但讀者應不難發現《單車失竊記》是本「好看」的小說。不僅情節引人入勝，敘述尤其條理分明，舉重若輕。這樣的效果潛藏作者精準的書寫技巧。在他細心操作下，小說的各個場景、人物的連動關係，彷彿就像腳踏車的齒輪一樣，環環相扣。而駕馭者如何啓動故事鎖鏈，並且細心維護、防止「脫鏈」，以便輕快進行，顯然需要經營，更需要慧心。

如果從純粹技術層面來看待《單車失竊記》，吳明益依靠了最古老的說故事方法。他的敘事者穿針引線，接駁小說各個人物的書寫或自白。不同聲影、經驗相互交織、印證，形成綿密知識和情感網絡。識者對如此精心設置或有所保留，但吳明益顯然有自己的想法。單車原只是個器物，但經過作者有意的——甚至是詩意的——召喚，一躍成爲所謂「客觀影射物」（objective correlative）。引譬連類，他藉單車彰顯的不僅是人與物，更及於物與物的關係。

這讓我們進一步考察吳明益筆下「物」的觀念。單車是西方十九世紀上半葉的發明。簡單的兩輪設置，加上人力驅動，一種交通工具於焉產生。單車是工業時代來臨，人與器械「互動」的微妙隱喻。單車以其機動輕便，一時成爲無所不在的代步工具。器械運動產生的速度與人力平衡及方向的操作相互爲用，駛向現代。與此同時，如小說所述，單車也竟然因此被用爲戰爭武器。他筆下的波耳戰爭、太平洋戰爭中日本的銀輪部隊就是一個例子。

單車在二十世紀初傳入台灣，成爲台灣現代化經驗一項器物表徵。從「微物」的角度來看，單車無足輕重，卻帶來日常生活的改變，牽一髮而動全身。它傳輸的不只是身體，物件，也有情感；它創造島上屬於「個人空間」的動能。小說裡，敘事者的父親曾經精打細算，購置單車；他失去單車時的嗒然若失，神奇的找回單車時的不可思議，無不說明這樣一個簡單的器物，卻投射彼時升斗百姓的慾望與焦慮。小說開始介紹單車一系列的別名，腳踏車，自行車，孔明車，文武車，鐵馬……和發音，更說明在現代世紀的開端，「詞」與「物」如何相互找尋對應，形成新的命名與「運命」網絡。

另一方面，從「唯物」的角度來看，吳明益提醒讀者，單車曾經所費不貲，當然也成爲財力和階級的象徵。一直到五〇年代，一台配備齊全、運轉伶俐的單車仍是島上庶民經濟的指標之一，一種「幸福」的消費神話。小說仔細描寫當年台灣自行車大廠「幸福牌」的盛衰，因此饒有象徵意義。

不論「微物」或「唯物」，吳明益都企圖以此勾勒出台灣經驗的複雜過程。他的歷史情懷無所不在。穿插《單車失竊記》的七節關於單車構造，演變，還有作者蒐集古董車的紀錄，構成小說最重要的線索：一則關於器物與使用者一起成長、發展、消失、重現的考古紀錄。一般自然寫作者多半關心山水草獸蟲魚，吳明益的有情眼光及於器物消長的人間條件。這是他別出心裁之處，也牽涉到他對「物」獨特的看法。

我認爲「微物」或「唯物」之外，吳明益單車書寫也凸顯他創作觀的「即物」面向。我所謂的「即物」包含兩個方向：觀看和書寫。他在論攝影的散文集《浮光》裡，曾討論現代攝影史上的一種重要風格，「新即物主義」。書中特別介紹羅曼．維希尼克（Roman Vishniac，一八九七－一九九〇）一九三〇年代發展顯微攝影技術，爲視覺現代性帶來點方形改變。顯微攝影帶來醫學、自然和生物科學研究大躍進，更重要的是，透過顯微「觀點」，我們察覺肉眼所難以捕捉的大千世界。一方面精密到毫毛畢現，一方面也因爲極度放大效果，產生廣袤無邊的宏觀震撼。兩者都爲習以爲常的事物帶來「陌生化」的效果。這一技術「是攝得更形神祕的腦中的某個角落，去理會本就存在於這些生命中的『精細』與『巨大』。那是實質意義上的，也是概念意義上的」。[2]

傳統「觀微知著」的老話有了技術和審美新解。貌不驚人的草木幻化出神妙的抽象圖案，避之唯恐不及的生物突然散發逼人魅力。「透過鏡頭，我們有了全新的『即物』經驗，萬物成爲線條、光影、姿態，它們似乎暫時脫離那個艱難的生存舞台，因而蛻變出新生命。」[3]從具象到抽象，顯微寫實的結果如此鉅細靡遺，竟然呈現了詩的向度，甚至形成一種隱喻意義的符碼，指向生命猶不可解的層面。

文藝界的「新即物主義」也發生在二〇年代西歐。尤其是在德國，藝術家和文人面對一次世界大戰之後的社會動盪，強調以客觀方式重新審視、呈現現實。他們一方面融合前衛藝術的實驗風格，一方面反思寫實主義的再現手法，創造出具有批判意義、設計功能，而不失現代特徵的作品。「新即物主義」在台灣也有詮釋者。一九六四年林亨泰、白萩等人成立的「笠詩社」，標榜的就是新即物精神。多年後宋澤萊有如下描述：「在文學上排除人的歷史性、社會性，缺乏洞察的表現主義觀念和純主觀的傾向；而以即物性、客觀性極冷靜地描寫事物的本質，產生報導性頗強的作品。」[4] 對應彼時《創世紀》超現實主義詩風，《笠》詩人務實、諷喻的傾向立刻凸顯出來。

吳明益自謂他對新即物主義的初識，就是因爲讀宋澤萊的詩論。但他的所學所見早已超過前輩。漢字的「即」有數層意義：當下此刻；接觸靠近；或是當作連接詞的「就」或「就是」。吳的作品發揮這些定義，改變了約定俗成的時空距離。寫作於他是身臨其境，直觀最微小也最龐大的人間和自然風景；也是掌握靈光一閃的啓悟和想像，接觸生命難以捉摸的另類眞實。就以單車爲例，他不但查考日據時期以來形制規模，市場反應，以及消費習慣，更使自己成爲一個古董單車收藏者。他對故事中場景調度，情節安排，一樣做出鉅細靡遺的考據及設計。

註2　《浮光》（台北：新經典，二〇一四），頁一五一。

註3　《浮光》，頁一五四。

註4　宋澤萊〈論「笠詩刊」的諷喻詩——以陳千武、李魁賢、鄭炯明爲例〉，http://twnelclub.ning.com/profiles/blogs/3917868:BlogPost:30540。

吳明益要「即」的「物」，不僅是現實文明或生態環境的「物」，也更是前所謂「概念意義」上的「物」。除了呼應維希尼克的顯微理論，他幾乎有種海德格（Martin Heidegger）式的執著，意即要穿破層層晦澀阻隔，將「物」的存在本質再次彰顯出來：「如果我們讓物在世界生成的過程中『兀自／物自』出來，那麼我們的確就是見物即是物了。」[5]讓單車實質與概念意義上「兀自／物自」的身影顯現出來，正是吳明益小說的首要命題。以此類推，他也勢必要叩問小說之爲「物」的意義。

距離的組織

如前所述，《單車失竊記》情節繁複有如精緻的器械。故事裡的父親是個裁縫，多年前和他的單車不明不白的失蹤。循著追蹤單車以及父親的下落，敘事者認識原住民攝影者阿巴斯。從後者得知外省老兵的故事，台灣抗日分子、青年日本軍人的傳說，還有阿巴斯父親巴蘇亞在太平洋戰爭期間，被日軍徵調遠征馬來半島的遭遇。敘事者吳明益和阿巴斯平行尋父的情節當然意味深長。除此，業餘女作家薩賓娜和老婦靜子各以小說或回憶方式，進入殖民時期台灣生態史，像台灣蝶畫工藝始末，台北動物園前世今生，還有被派遣到日本、馬來半島的工兵戰士的遭遇。

吳明益依靠傳說故事的接龍敘述法將這些情節兜攏起來。我們要問：爲什麼說這樣複雜的故事？這些故事何以與一輛失竊的單車有關？而這一單車又如何成爲我們描述、理解大歷史的喻象？面對評者見仁見智的解讀，吳明益應當會以他的「複眼」美學回應。做爲「客觀的影射物」，失竊的單車引領我們一窺時代的細微震顫，也見證歷史的天翻地覆。作家期待他的敘事是微觀的，放大出種種隱而不顯的細節；也是宏觀的，勾勒出前所未見的時空藍圖。小說家所做的，引用京派現代主義詩人卞之琳（一九一〇－二〇〇〇）的名詩〈距離的組織〉，是認識甚至創造這其中「距離的組織」。[6]

吳明益早期小說集《虎爺》就有短篇〈複眼人〉；之後的科幻長篇也名爲《複眼人》。散文集《浮光》中也提到生物界和映像界的複眼構造。用小說《複眼人》的話來說，「他的眼睛跟我們的眼睛不太一樣，有點不太像是一顆眼睛，而是由無數的眼睛組合起來的複眼，像是雲、山、河流、雲雀和山羌的眼睛，組合而成的眼睛。我定神一看，每一顆眼睛裡彷彿都各有一個風景，而那些風景，組合成我從未見過的一幅更巨大的風景。」[7]

註5 “If we let the thing be present in its thinging from out of the worlding world, then we are thinking of the thing as thing.” Martin Heidegger, “The Thing,” in *Poetry, Language, Thought*, trans. Albert Hofstadter (New York: Harper and Row, 1971), PP179-180.

註6 想獨上高樓讀一遍《羅馬衰亡史》，／忽有羅馬滅亡星出現在報上。／報紙落。地圖開，因想起遠人的囑咐。寄來的風景也暮色蒼茫了。／（醒來天欲暮，無聊，一訪友人吧。）／灰色的天。灰色的海。灰色的路。／哪兒了？我又不會向燈下驗一把土。／忽聽得一千重門外有自己的名字。／好累呵！我的盆舟沒有人戲弄嗎？

註7 吳明益《複眼人》（台北：夏日出版社，二〇一一年二月），頁二二七。

複眼觀天下。如果歷史只能容納一種或有限的觀點和說法，並且將所謂的眞實無限上綱成一種道德或意識形態律令，小說恰恰以可近可遠的視野，眾聲喧譁的結構，展現史料——始料——未及的可能。小說指向超眞實的眞實。在《單車失竊記》裡，吳明益藉單車失而復返所形成的動線，不僅讓各不相關的人物相遇、訴說、回憶往事，形成多聲部網絡，也讓逝去的亡靈頻頻現身。他提醒我們生命不可知的一面，哪裡是你我能夠盡詳？歷史的紛擾甚至讓自然生物都不能倖免。吳明益告訴我們台灣中部曾經漫天飛舞的蝴蝶，卻紛紛淪爲蝴蝶手工藝生產線下的亡魂。戰爭期間中南半島的大象被捕捉訓練，甚至成了戰爭機器的一部分。

這些生物可有屬於牠們的視界和歷史？這是吳明益念茲在茲的問題。他曾經「想像蒼蠅這種我們自以爲比自己低等得多的生物看待世界，但事實上那並不卑微，而且蘊藏著嘗試解釋另一個獨特世界的自然觀」。[8]《天橋上的魔術師》中，他也曾處理過一則人變（裝）爲象的故事（〈一頭大象在日光朦朧的街道〉）。從象眼看世界，現實陡然變得「不像」現實起來。《單車失竊記》中，他以專章處理曾經參加戰爭，最後落腳動物園的大象林旺如何看待世界，也就不是偶然。大象林旺爲人所役，「象的身體，象的意識，象的經驗」爲人所役，被徹底禁錮顚覆，必須「感受那個疼痛與恐懼，並且認定這就是象的一生所要承受的，象的一生，就是一個忍受各種折磨的夢」。[9]

「複眼」所見如此不同，讓我們再一次思考吳明益「即物論」對「物」的定義。

當代西方理論當然可以做爲借鏡。李育霖教授根據德勒茲（Gilles Deleuze）的分子論，對吳明益的自然書寫做出精采分析。[10] 他指出吳觀察山海、生物與無生物系統縱橫交錯，呈現千變萬化，悸動不已的具象和抽象組織。而回到中國文論傳統，我們也未嘗不別有所見。吳明益自己爲這樣的詮釋提供了線索。他曾經研究清初詩人王漁洋（一六三四－一七一一）的詩論，[11] 探討詩人如何從詩歌中提煉理想典型。王漁洋歷來被視爲傳統性靈詩學最後大師之一。他反對因循典故，強調直面自然，卻又認爲詩人與自然相遇的境界，不來自客觀景物的再現，而來自審美典型的邂逅與生成。所謂興到神會，「神韻」乃生。

從古典山水美學到當代生態自然寫作，從王漁洋的神韻說到維希尼克的顯微攝影術，其間的差異巨大無比。但這些不同的時空、論述場域的交匯，也許就是促使吳明益構想「即物論」的動力。他的寫作是比較文學研究的絕佳題材。不論是《迷蝶誌》、《蝶道》對蝴蝶蛻變的沉思，還是《家離水邊那麼近》對水文生態的觀察，既帶有強烈的「感

註8 《浮光》，頁一四六。

註9 《單車失竊記》，頁三一四。當然讀者可能說這仍是人類一廂情願的投射。但吳明益一定會反駁，如果沒有同情的開啓，又能如何進一步遭遇「他者」，尋求共存之道？

註10 李育霖《擬造新地球：當代台灣自然書寫》（台北：台灣大學出版中心，二〇一五），一－二章。

註11 吳明益〈從詩史觀到理想典律：王漁洋擇定選集所映現的詩歌觀點與意涵〉，《中國古典文學研究》卷一（一九九九），頁一一三－一三六。

物／感悟」意味，也如李育霖所論，指向身體「情動力」的迸發傳導。

「物」不局限在器物或符號，而指涉萬物流轉，自然循環，生命更迭。唯有一個有情的詩人才能觀物即物，興到神會，從而啓動大千萬象的你來我往。由是，《單車失竊記》中的單車何必只是尋常定義下的器物而已。「複眼人」吳明益要說，單車上山下海，歷盡車主和環境考驗，就是小說眞正的主角。就其極致，單車與小說裡的大象命運互爲印證，暗示單車不也就是轉喻的象：歷經艱辛，出入叢林的象；象憂亦憂，象喜亦喜的象？

幸福的齒輪

放大眼光，以《單車失竊記》回看吳明益這些年的創作之路，我們不僅得見一位小說家的成長，也見證當代台灣文學的世代交替。這一交替不僅關乎作家的輩分，也關乎小說所投射出的「感覺結構」。

我以爲九〇年代以來，台灣小說一直有種啓蒙症候群發展延伸。此處所謂的「啓蒙」沒有深文奧義，僅用以指出小說家發掘「事物的眞相」的熱中或幻滅。八〇年代末以來政治解嚴，身體解放，知識解構。小說也反映這一風潮，無論是國史、家史譜系的打造、族群或身分的認同，[12]或是身體情慾的探勘、性別取向的告白，[13]都潛存一種從蒙昧到眞相——或沒有眞相——的敘事過程。而在風格上，敘事主體展演、玩味種種發現，從義憤到悲傷，從渴望到戲謔，爲前所僅見。駱以軍頽廢的荒謬劇場，賴香吟深不見底的憂鬱紀實，或是舞鶴痙攣的文字嘉年華，只是最近比較明顯的例子。

吳明益並不自外於這一啓蒙姿態。他的自然寫作體現田園山川，反省人類文明盲點，就是最好的例子。不同的是，他很快理解種種奉「主體」爲名的啓蒙敘事的局限。想想這些年常見的關鍵詞，像「荒人」、「野孩子」、「鱷魚」、「惡女」、「餘生」、「古都」、「旅館」等，不是已經成爲老生常談？比起先行的作家，吳明益的作品顯現少見的冷靜和自覺。他一直找尋新的定位，也深自檢討創作者的身分：「我有時會想，寫作究竟是什麼樣的一種職業，社會如何容許一群人使用人類自造的一種符號體系，去編寫故事，並且從中牟利？而這個職業的人又是如何扭曲、打造、鎔鑄字詞的意義，得以讓另一個人閱讀到的那一刻，感到激盪、低迴，乃至於像是受刑？」[14]

吳明益於是在啓蒙（enlightenment）邊界上，追蹤迷魅（enchantment）的光影。

註12　如朱天心的《古都》、舞鶴的《餘生》、施叔青的《台灣三部曲》（《行過洛津》、《風前塵埃》、《三世人》）、陳玉慧的《海神家族》、李永平的《月河三部曲》（《雨雪霏霏》、《大河盡頭》、《朱鴒書》）、夏曼·藍波安的《冷海情深》、巴代的《笛鸛》等。

註13　如朱天文的《荒人手記》、邱妙津的《蒙馬特遺書》、陳雪的《惡魔的女兒》、王定國的《那麼熱，那麼冷》、賴香吟的《其後》等。

註14　《單車失竊記》，頁一九。

他的創作帶有魔幻色彩，不免讓文青們想到村上春樹。但與其說他描寫的異象是賣弄虛玄，不如說是他獨特的即物方法、複眼美學的實踐。對他而言，「事物的眞相」也許在敘事的盡頭，也許混沌不可得；更重要的是明白事物所散發兀自／物自存在的神祕氣息，必須引起我們謙卑敬畏之心。《睡眠的航線》寫主人翁詭異的不睡症，由此竟發展出父子兩代對戰爭記憶的解放。《複眼人》想像自然生態突變的末世景觀，思考環境浩劫下，純粹生存狀態的詩意回歸。唯《睡眠的航線》不乏習作痕跡；《複眼人》雖然廣受歡迎，但作者有話要說的意圖躍然紙上，已帶有科普讀物的意味。

吳明益更精采的作品應是《天橋上的魔術師》。這本小說集以敘事者所成長的台北中華商場為背景，講述了九個成長故事。鄉愁敘事是我們習見的題材，但吳以一座巨大的庶民商場做爲鄉愁的地標，就別有所見。中華商場容納上百小本經營的店鋪食肆，龍蛇混雜，卻也是故事中不同主人翁——以及吳明益自己——初嘗人生滋味的所在。串聯故事的人物是個天橋人行道上賣藝的魔術師。魔術師來歷不明，形容猥瑣，卻能化腐朽爲神奇。從紙上變出金魚缸，讓霓虹燈光如水銀四下流淌，還有指揮小黑人剪紙跳起舞來。他玩的是雕蟲小技，但誰知道呢，也許放送的竟是神祕的生命知識，詭異而迷人。中華商場早已拆毀，沒有留下任何痕跡。日後主人翁們回顧所來之路，終將了解那些天橋上的魔術時刻如此微不足道，卻逸出生命常軌，開啓了成長和青春那難以言傳的知識。

《單車失竊記》上承《睡眠的航線》部分情節，像是失蹤的父親和單車，戰爭的記憶與創傷等。但這部小說眞正延續的，是《天橋上的魔術師》裡對魔術時刻的追尋。單車所被賦予的功能其實就像是天橋上的魔術師，引導出不可思議的生命即景。所不同者，單車更以素樸的器物存在，見證、參與那些生命故事。由此引發的連動關係，更爲耐人尋味。

但這部小說雖然不再依賴魔術師穿針引線，畢竟也有一個通關密語，用以接駁現在和過去，可知與不可知。那密語竟是「幸福」。呼喚「幸福」的迷魅力量，縈繞全書，而小說作者告訴我們，幸福首先不是別的，就是一輛摩登的、性能優秀的腳踏車的名字/品牌。吳明益下了大工夫追查「幸福牌」腳踏車在台灣一頁又一頁的發展史。而他自己與筆下的敘事者也都成爲腳踏車的收藏者。小說中，尋找失竊的「幸福牌」成爲情節解疑揭祕的手段，也更是重構人與人、人與物、物與物之間倫理關係的必要行動。

《單車失竊記》所回顧的卻是充塞戰爭與暴力的時代，一個「無法好好哀悼的時代」。[15] 循著追蹤「幸福牌」的下落，吳明益要寫的是背景、遭遇不同的人物、動物和他（牠）們的亡靈，如何在生命中找尋安頓而百尋不可得。甚至小說中的大象林旺都有難以化解的悲傷和恐懼。然而幸福的憧憬如影隨形：那有千萬蝴蝶飛舞的深谷，那曾經充滿嘈雜影音的動物園，那魂牽夢縈的浪漫往事，那可望而不可即的幸福家庭……

註15 《單車失竊記》，頁二八四。

幸福是如此若即若離，以致讓人或動物都患得患失起來。

書中〈鐵馬誌〉第六章，敘事者的母親感嘆生命的「傷不全」，卻又對生命太圓滿——「傷圓滿」——感到不安。如何在「傷不全」和「傷圓滿」中找到平衡點，完成「距離的組織」，也許就是開啓「幸福」的關鍵吧。在這個意義上，《單車失竊記》的啓蒙敘事期許一種向生命／自然的敞開，也是對上個世紀末以來國族／情慾啓蒙敘事的悖反。

《單車失竊記》最後，攝影師阿巴斯追蹤父親在馬來半島失蹤的單車，終於來到一個土著村落。在那裡，他看到一棵大樹懸空吊著一輛腳踏車的支架。至此父親的行腳眞相大白。當年深埋地下的鐵馬，隨著周遭草木生長，已經兀自成爲詭異的奇觀。這是自然和器物，記憶與幻想，死亡和生命和解的時刻——也必然是作家所構思的魔術時刻。

與此同時，敘事者吳明益修補父親那輛失而復得的「幸福牌」，跨山涉海，持續前進。「而我就那麼騎在車上，遠方的一切都在靠近，所有靠近的事物正在遠離。」[16]我們彷彿聽到幸福的齒輪一圈一圈的轉動著。我們要問，「小確幸」世代的讀者能從「幸福牌」的故事得到什麼？而打出了「幸福牌」之後，吳明益又將如何憑他的「即物論」，讓台灣小說敞開新的視界？

註16——《單車失竊記》，頁三八二。

目次
CONTENTS

單車失竊記

The Stolen Bicycle

我得爲你描述一下那天的清晨，因爲每次新的描述都有新的意義。我得先讓晨曦展開，讓陽光緩步移動。我得把樹木、村落的房子、小學校、各種顏色紛陳的田野、海濱隨風擺盪的小漁船，一一像棋子般擺放到風景裡頭。

村落的屋子煙囪都沒冒煙，空氣清甜，田野看起來如此乾淨，就好像每一株稻梗都被夜裡那一場雨清洗過了。如果你站在這一頭望去，盡頭是一個看起來寂寞、樸實，讓人有點懷念的半農半漁村莊。

村莊再過去是沙灘與海。

海的聲音帶著被遺棄的落寞，隨風踱步經過村莊，傳到田這邊來，把稻田壓出波浪的形狀。清晨的微光照著剛剛結穗的稻穀，以顆粒的線條出現，遠遠望去靜好得令人心感不安。

暗光鳥零星列隊歸巢，晨起的鳥則發出細碎的叫聲。遠方的田埂上出現幾個黑點，黑點愈來愈大、愈來愈近，我們看出來那是一隊孩子在奔跑著。四個孩子，都穿著褲子，都留著短髮，因此要等到他們跑得夠近，我們才看出來那是一個男孩和三個女孩。

男孩黝黑、五官沒有特色，但手長腳長；兩個女孩好像雙生子，長相一樣，膚色一樣，跑步時臉頰的振動一樣，連喘氣都一樣。但仔細一看，其中一個走路像是帶著什麼計畫要執行似的不顧一切；另一個膝蓋有一點點內八。啊，最明顯的特徵應該是，後面那個有著不笑也非常明顯的酒渦。最後頭的女孩則是個小個子，看起來年紀最小，很擔心自己被拋下似的努力奔跑著。他們身上的衣服都有點舊，有點太大，但還算乾淨。

孩子們跑到某處十字形的田埂，圍成圓圈討論著什麼之後，一哄而散往四邊的田野分頭跑去。不多久他們的身影就像俯衝而下的雲雀消失無蹤，稻田保護了他們。

「呦！」孩子們彼此叫喚，聲音尖銳，也顯示出他們的愉快心情。

坐在田裡的孩子隱身了，但不多久四個稻草人在田裡邊被舉了起來了，被輕輕地搖晃。這是孩子們今天的工作，目的是驚走「粟鳥仔」（tshik-tsiáu-á）。此時已然是芒種時分，再晚些就要「割稻仔」（kuah-tiū-á）囉，在那之前，得防止粟鳥仔吃掉稻穀。偏偏粟鳥仔聰明得很，是不怕根本不會動的稻草人的，牠們識破了、拆穿了，開開心心並且偏著可愛的小頭顱把稻穀吃光，討論著今年稻穀的滋味。

在稻穀成熟到可以收割的這段時間，並不需要做任何農事，因此村莊的農夫往往叫最小的孩子來搖動稻草人，男人則是到海上捕魚，女人則是在家裡附近的小塊田地種菜……得靠這樣的分工，才有可能維持一個家庭的生計。

孩子們蹲在田裡大聲談笑，聲音帶著稻香味，傳到另一個孩子藏身之處。講完話的人會安靜下來等待對方回答，不過有時候等了半天只聽到風聲，因爲有些孩子睡著了。

在一陣談笑之後，有酒渦的小女孩發現眼前不遠之處的一叢稻子，有一個小小的窠巢，父親跟她說過，那是「芒冬丟仔」的巢。芒冬丟仔也是會吃稻穗的鳥，所以父親會摘掉牠們的巢，把裡頭的蛋打碎，殺死雛鳥。那是不帶惡意的殺死，爲的是保護稻穗。小女孩探了頭去看了一下，裡頭有幾隻小小的雛鳥，一開始因爲震動以爲是親鳥回來了，伸長脖子吱吱喳喳地叫著，後來發現不是，就噤聲蹲伏在巢底。

「啊，四隻鳥仔呢。」帶著酒渦的小女孩不打算把這個發現告訴父親，她在這個年紀情感還是傾向鳥仔甚於稻穗。她仰頭看著手中的稻草人，怕母鳥不敢接近，於是決定緩緩移動到另一個位置。陽光愈來愈亮，遠處傳來奇異的隆隆聲響，不過小女孩並沒有注意到那個。帶酒渦的小女孩抬頭看著稻田間被照得閃閃發亮的水露，覺得美麗，也覺得有點……嗯，一種奇怪的感覺，她要等到再長大些，才會從母親口中聽到這個詞：稀微（hi-bî）。也許其他孩子都睡著了吧，於是她也放任自己睡著。

不知道過了多久的時間，帶著酒渦的女孩醒來，嗅到空氣裡的不尋常。她第一次醒來有這樣的感受，頭非常沉重，試著說話卻聽不到自己的聲音。聲音好像稻田裡的小蟲飛來飛去，沒有被耳朵接收到。

她站起身來，踢到已經倒下的稻草人，跑上田埂，發現原本綠油油的地平線有些地方被憑空挖走了似的，天空伊邊的雲沉重如鉛。「敢已經暗暝矣？」帶著酒渦的小女孩想。

不過不可能，感覺才睡那麼一下呀。小女孩再次朝四邊喊了同伴的名字。沒有回應。沒有。草蟬的聲音也沒有，田蛤仔（tshân-kap-á）的聲音也沒有，好像被什麼摀住嘴巴帶走了。她原本想跑到囡仔伴所在的田裡尋找，但田變得太陌生，帶著惡意，讓她裹足。小女孩感到驚慌，但臉上還是帶著酒渦，她漫無目的地在田埂和田埂之間跑了起來，連自己都不曉得自己跑了起來。這是她剛剛來的那條路嗎？是嗎？

「轉去庄仔頭，緊轉去。」心底有一個聲音告訴自己，那是母親叮嚀過的事，萬一發生什麼事，就趕緊回村莊裡找大人。這念頭讓她急了，一不小心摔倒了。她掙扎爬起，發現眼前有一輛黑黝黝的自轉車，一定是這輛車絆倒她的。她看過日本警察騎自轉車追人，好快好快，如果騎上那個，一定可以很快回到村莊。

「緊轉去！」被燒得焦黑的稻草說。

「緊轉去！」一列飛過去的牛背鷺說。

「緊轉去！」水圳裡流動的水說。

可是自轉車這麼高大，對她而言就像是一匹鐵馬。只是此時她一刻也不想再留在這裡，也不知道從哪裡來的氣力，女孩扶起龍頭，嘿呀一聲把自轉車往前面推了幾下。那花鼓，那輪軸，那鏈條，那自轉車竟隨著小女孩跑步的節奏漸漸輕快起來，喀啦喀啦喀啦—

喀啦喀啦喀啦。小女孩的身高還坐不上座墊，即便坐上了座墊也踩不到踏板，但她的身體此刻湧出了動物般的直覺，她將一隻腳從上桿與下桿間伸了過去，這樣就可以踩到右邊的踏板了。這是被孩子們稱爲「三角乗り」的騎車法。

嘿！吁！嘿！吁！自轉車踩跑了起來，嘿！轉去庄仔頭！吁！緊轉去！嘿！

天空下起了黑雨，不，仔細一看，就知道那是某些物事被焚燬所化成的顆粒狀的黑霧，那個阻擋了陽光的照射，讓周遭看起來蒙上一層黑紗。那並不是眞正的雨，只是看起來如此像雨。

我家族所失竊的鐵馬們

My Family's History of Stolen Bicycles

我想說的故事，無論如何都得從腳踏車說起。或者準確一點說，從被偷的腳踏車說起。「鐵馬影響著咱一家伙的運命。」我母親常這麼說。我會說，我母親是個新歷史主義者，在她的記憶裡沒有大人物、沒有英雄、沒有轟炸珍珠港，她只記得鐵馬丟掉這等瑣事。當她用台語說「運命」的時候，我總會想起這種語言還保存著的一種庶民信念：它把「運」擺在「命」的前面。

有時候我會問自己能算是個腳踏車迷嗎？或許不能。我並不眞的熱愛騎腳踏車，但也不討厭。認眞地來說，腳踏車有讓我喜歡卻也有讓我受不了的地方。我喜歡腳踏車的簡單造型，三角結構的車架，前後掛著兩個圓圈。世界上還有什麼比兩個藉由鏈條帶動不斷運轉的輪子穿越街道、森林、小徑和湖畔更美好的畫面？但我也討厭長途騎乘之後臀部的疼痛感，討厭戴著墨鏡、穿著全套專業配備，自以爲很酷卻連仰德大道都騎不上去，挺著肚子，故意把昂貴的車子停在路邊炫耀的單車客。每次在路上看到這樣的人我就希望他們的鏈條鬆脫，輪胎爆胎，鋼絲斷裂。

有時候，我想自己眞正著迷的不是騎腳踏車這回事，而是那個一開始被米肖父子（Michaux père et fils）稱爲「有踏板的快速的腳」（vélocipède à pédales），後來Pierre Lallement再改造成「bicycle」（混合拉丁文的「雙」[bi]與希臘文的「圓」[kyklos]）的詞，以及它所指涉的相關物事。

不知道從什麼時候開始，當我遇到不同語族的人的時候，都會試著請他們唸出「腳踏車」：Bike、vélo、cykel、자전거、велосипед、jizdní kolo、دراجة……所以我雖然只會兩種語言，關於腳踏車這個詞我卻懂得三十六種，我是腳踏車的多語者。

而在我的成長環境裡，腳踏車這個詞是有地域性的，如果你聽一個人說自轉車那麼他就是受日本教育的人，如果說鐵馬或孔明車那麼他就是台語的母語使用者，如果說單車或自行車那麼他很可能是來自中國南方的人。不過，現在這些用詞都混淆了，沒有辨識性了。

我最喜歡的還是我母親用台語說孔明車、鐵馬的發音。

特別是鐵馬這個詞太美麗了，它結合了大自然跟人力。你可以想像造物主刻意在土地裡留下含鐵的礦石，人們挖出來以後鑄成黑黝黝的碳鋼再打造成一匹馬的樣子。但這世界就是這樣，有時候某些事遠比另一些事更美好，卻偏偏被另一些事取代。鐵馬改成爲單車，或者腳踏車，對我來說是愚蠢、文化倒退之事。

我也著迷於鐵馬個體的獨特性，意思就是在某個時代被打造，也只屬於那個時代的鐵馬。我相信有一天有人能編出一本鐵馬史，上頭都用代表性的車種來紀元，比方說富士霸王號元年、堅耐度號元年、幸福牌內三飛跑車元年。從這點來看，你可以說我是個唯物史觀論者：有鐵馬的世界跟沒有鐵馬的世界，演化自不相同。

剛剛講到，如果要談起我的家族，得從那些被偷的腳踏車說起。這事最早可以說到明治三十八年，一九〇五年。

如果你對歷史稍有涉獵，就會知道，這一年一月被圍困在旅順口一百五十七天的俄國軍隊向日軍投降，一個月後發生了這場戰爭的最後一場戰役「奉天會戰」，這場勝仗或許讓日本的軍事野心開始變得扭曲也不一定。不久，印度肯拉發生八點六級的大地震導致一萬九千人喪生，而孫中山成立了同盟會；差不多同樣的時間，大英帝國「全裝重型火砲（All-Big-Gun）」的無畏號戰艦開始鋪設龍骨，開啓了現代戰艦的新時代。而弗里茨·紹丁（Fritz Richard Schaudinn）則發現梅毒這種折磨了無數人的黑暗疾病的病原體。

我外公就在這一年出生。

我外公出生並不是什麼歷史大事，當然也不會有什麼報紙刊登，不過我母親牢牢把我外公的生日和一張報紙綁在一起，或者說，一台自轉車綁在一起。母親說，外公從小立志要擁有一台可以載粟仔、家私，或者未來可以載臨盆妻子到鎮上醫生館的自轉車，這是全然貫徹他一生的志願。而這個今天看起來如此微薄的願望竟是來自於一張舊報紙，明治三十八年陽曆九月二十七日的《臺灣日日新報》。

據說我外曾祖父是大字不識一個的，那張報紙是他到鎮上賣魚時撿到的，既是爲這個孩子保留的出生禮，也是一種象徵希望孩子有一天能脫農入仕的期許。它一直被我外公摺成方巾大小，然後用兩層粗布包裹起來，放在一個當時還很罕見的鐵盒子裡。他甚至曾到鎮上請了識字的先生，把那張報紙上的新聞讀給他聽，他因此對他出生那一天發生了什麼事，瞭如指掌。據我母親說她第一次看見那張「脆脆，黃黲黲」的報紙時，外公指著右下角刊載的一則小小的，對他而言卻極其重要的新聞，標題寫著「自轉車轉去了」，報導的是台南名醫顏振聲當時騎著自轉車出診，一到便急急進入患者家中，患者認爲車子停外邊不妥，於是叫喚僮僕把車牽進房子裡時，居然就已經被人騎走，「如黃鶴不知飛何處去」。

研究日治時代庶民史的人或許會知道，彼時一台自轉車就像一部賓士車，不，就像一棟樓房，被偷的話是能被登到報紙上的要緊事。而這個竊盜新聞讓我外公一生如斯感慨：「我出世彼一年，竟然已經有人有鐵馬予人偷提（thau-thėh），眞正使人欣羨（him-siān）。」

我外公死於一九四五年，大戰結束的那一年，彼時他正當壯年……原因也是一輛失竊的自轉車，只是那依然不是他的，因爲他一生並未擁有任何一輛自轉車，他沒能完成自己的立志就死去。而我外婆所生的九個小孩都是在小鎭的產婆幫助下接生的，每一個都長大了……這對清貧又失去男家長的農民家庭來說，實在是一種不幸。

當然，如果你跟我母親聊得夠久，她就會跟你講起我家族裡第三輛被偷的鐵馬，與我五姐的故事。這輛鐵馬就眞屬於我父親的了，那也是他的第一輛鐵馬，品牌不詳，型號不詳。

我父親是個「做西裝」的，後來還兼賣牛仔褲。我媽說「做西裝」比較適合我父親的性格，因爲他是一個「啞口」（é-káu），只要拿起剪刀、版紙、針線，他可以整天什麼話也不說，我們就只聽到剪刀嘩嘩嘩像流水一樣滑過布面的聲音，或者是針車像採礦台車走在軌道上的聲音。我母親則被訓練成車布邊的女工，她的美麗眼睛因爲長時間注視著同一個定點，而總是像在眠夢。

彼時我父親跟母親已經生了四個女孩，貧窮遠不如沒有盼到兒子讓他感覺絕望。有時工作到深更，父親會跟母親提議是否乾脆把五姐送給住在鄉下的一個遠親：「會較（khah）好命。」當初在連生四個女兒的時候，夫妻倆對第五胎曾經做了一個賭注，如果是男孩就留下來，不再生了，女孩的話就送出去，繼續生。當時母親因爲覺得「運命」不可能如此捉弄她，就答應了。不料第五胎結果仍是個女孩。向來對命運逆來順受的母親唯有對此事硬氣，父親也因爲心底的不安而並未堅持。

白天他們因此都工作得更努力、更拚命，但一天做多少件襯衫、西裝是快不起來的，當時即使是一件平價西裝，從量身到胚衣試穿到修改，得花上好幾個星期才能完成，於是我母親便替成衣工廠做家庭代工。據大姐說有一陣子她專門縫製口袋，家裡因此疊滿成千上萬個同一個款式的口袋。晚上他們並沒有放棄生下男孩的希望，爲了期待下一胎不再是女孩，我五姐的名字因此被取爲「滿」，意思是，夠了、夠了。

不過「運命」的意義就在它的不可保證與它總是能證明人所承諾的一切必不可靠，一年後我母親生下了大哥。由於家裡再添一口，經濟上必然走到絕境，第六個孩子既然是男孩，那麼就是命運裡「多」了一個女孩。

那天早上父親抱著五姐，默默地走向台北車站，準備搭第一班火車帶到鄉下送給一個未能生子的遠親。五姐半夜才喝過一次稀稀的米奶，正沉沉睡在竹籃子裡。初夏的陽光已經升起，城仔內開始要鬧熱起來，而一早就背著大哥出門去市場買菜的我的母親，錢包裡的幾塊錢讓她走到腿痠也買不了多少菜，因此帶著失落的情緒提早回到了家。這時大姐背著四姐已經開始燒水，二姐正在洗米，三姐則幫忙擦櫥窗。大哥在母親的身後，一路哭鬧，就像他的一生一樣，讓旁邊的人無限心煩。

母親以她為人母的直覺，很快地發現阿滿不在。問了大姐，知道我父親帶出去了。過去一夜又一夜的談話倏然浮現，她喊叫一聲「害囉！」就跑了出去，因為背著大哥，跑步是絕對不可能追上火車的，她遂又回頭，把大哥交代給大姐，然後毅然從抽屜的暗層裡拿出鑰匙，打開那個父親每天上油擦拭的鐵馬四角鎖。沒有人知道為什麼那天我父親沒有騎著鐵馬載五姐到車站，而是選擇抱著她走去，那或許也暗示出他的遲疑吧？

據我母親說，那是她一生第一次騎鐵馬，也是最後一次。（但肯定她記錯了，或者我懷疑她刻意不提那真正的第一次經驗。）她不可思議地在短短數秒內領悟了騎鐵馬的道理，就彷彿她懂得在大雨時怎麼逆著風勢拉低斗笠插秧、懂得哺乳，以及如何咬緊牙根承受痛苦一樣。騎上鐵馬的她穿過愛棟、仁棟、孝棟、忠棟，騎過北門，在郵政局右轉進忠孝東路，一路騎到「火車頭」。如果當時你正好也路過車站，一定會看到她的洋裝碎花布料貼在濕透的後背，白色襯裙隨風飄起宛如花朵（那件洋裝也是父親做的）。一個字都不識的母親直奔售票口，推開像逃難一樣買票的人潮，問售票員那班可能到Y鎮的火車什麼時候開，在第幾月台？

據說我父親見到我母親時，先是驚愕，繼之眼神充滿愧恨，而後轉爲氣憤，嘆了一口氣，把突然驚覺自己運命轉了一圈而開始大哭的五姐交給她。而後一如往常地一言不發背著手，走出車站，我母親則默默地碎步跟在後頭。我父親因氣惱而跨大步伐，母親因爲怕跟不上從碎步變成小跑步，因而都忘了有鐵馬這回事。結果就是，那輛相當於小店好幾個月營收價值的鐵馬就因此遺失。

沒有人知道我父親對此事的看法，因爲我父親一生從來不表示任何看法。他看報紙卻不評論時事，不陳述往事也不附和我母親陳述往事，彷彿他已經將回顧自己人生這回事賣給了誰，一切都與他無關了似的。

直到現在，這件事都是我思考時間的具象與抽象觀點的材料。從線性的時間看來，列車誤點了一分鐘，我母親騎鐵馬比跑步快了二十分鐘，這二十一分鐘，讓我五姐得以留在這個家庭裡，這是我們家族史的具體事實。但從時間的抽象概念來看，那二十一分鐘從未逝去。它成爲我母親幾十年來反覆跟我五姐抱怨，以及跟我們全家重述、聲稱她如何受苦，藉以索討安慰的話題之一。那二十一分鐘以及我父親底眼神，都將成爲這個家庭彼時如何貧窮如何悲傷的見證，儼然也是愛的見證。

而那個幾乎要排擠走我五姐，睡在竹籃裡，渾然不知道發生什麼事的我家第一個男丁——我的大哥，則讓我父親丟掉他第二輛鐵馬。不過，那是十六年後的事了。

我父親丟掉的第三輛鐵馬，則是關於我。

我是家中的么兒，而且是和兄姐年紀相差很大的么兒，我是母親在決意不再生產的十四年後，才意外出生的「尾仔囝」，因此所有我講的事情不可能是親身經歷的，而是聽來的。大部分來自我母親的主述，一部分來自我姐姐們的補述。

而我的出生落後他們的時代太久了，我遠遠落後於父母的時代（他們都超過四十歲才生下我），甚至也落後了我哥哥姐姐一個世代，只能站在那裡望著時光把我排除在外。他們總喜歡跟我說，「阮較早彼時陣」商場如何如何，然後結語就是「你毋捌（bat）」、「你上（siōng）好命」。這總讓我不服，憑什麼我就不能經歷父母那個大時代？憑什麼我就不能和哥哥姐姐一起在那些最窮的時光裡，在商場的頂樓跳橡皮筋？憑什麼我就要擔負「上好命」的污名？

長大以後，我找到了一個方法，那就是聆聽他們轉述，然後用文字重建那個「較早彼時陣」，藉此與他們同步長大（在文字裡我既和母親同步長大，也和哥哥姐姐同步長大）、同步受苦、同步歡笑。比較遺憾的是，我仍然無法跟父親一起長大，他對自己說得太少，他與媽結婚以前的人生，就跟神祕小黑人的部落史一樣一片空白。

而意外的是，我因此成爲一個替各種雜誌寫文章，偶爾也會被稱爲作家的人。當然我的母親一開始是藐視這個職業的（她曾經很希望我能當律師），現在則是懷疑這個職業。（對她而言，沒有製造出什麼具體的東西卻又有錢可領，這樣的人實在是很可疑。）

我有時會想，寫作究竟是什麼樣的一種職業，社會如何容許一群人使用人類自造的一種符號體系，去編寫故事，並且從中牟利？而這個職業的人又是如何扭曲、打造、鎔鑄字詞的意義，得以讓另一個人閱讀到的那一刻，感到激盪、低迴，乃至於像是受刑？

我得誠實地說，做爲一個寫作者最基本的字詞感受力，我受惠於母親最多。在她那裡，我開始知道語言的力量，她讓我眞正學到那些抽象詞彙。比方說，關於「愛」這個詞，字典沒寫到的一個用法，就是我從我母親那兒學到的。她在提及與父親早年貧苦生活故事時最常見的一個註腳是：「恁（lín）攏毋知影，我的犧牲是偌爾（guā-nī）大。」她是我認識的人裡頭，最常自我評價的人，而她對自己人生最核心的評價就是——她爲這個家庭做了極大的「犧牲」。隱藏在這句話背後的祈使句是，我們必得要同等量地愛她、關心她。

許久之後我才約略懂得，我的母親口中「犧牲＝愛」，這是她一輩子教會我的最深沉、最嚴肅，也最隱晦難解的等式。這使得長大以後我發現自己很怕講出，或者聽到「愛」這個字。因爲當「愛」出現，與之對稱的「犧牲」也就出現了。如果有人爲你犧牲並不會讓你感到雀躍，同樣地，當你爲別人犧牲的時候，也經常不是爲了什麼値得歡慶之事。犧牲是愛的證明，而愛是犧牲的結果，反之亦然。我在想，這會不會是我始終難以開口講「我愛妳」的緣故？

回到八歲的我的身上吧。

我媽說我八歲以前「眞正歹飼」：吐奶揀（kíng）食、出珠（長水痘）、生蛇（正式的名稱應該說是帶狀皰疹）、定定跋倒（pua̍h-tó，常跌倒）；但八歲以後卻健壯如「鳥屎仔樹」（一種鄉下野地到處都有的雀榕）。

八歲的時候我發生的那兩件事，或許是我從生理、體質到心理完全變成另一個孩子的重要分野。第一件事是關於死，第二件事是關於生。不，或許應該說那可能是沒辦法切分開的同一件事比較準確。

大約七歲的時候，我因爲上了小學，不得不試著獨自去上廁所。商場沒有店家自己家裡有廁所，我們都得使用兩側的公用廁所，男廁在一頭，女廁在另一頭。

不知道當初是誰規畫商場的男廁的？它的門只有一百四十公分高，而且不是密實的——它是用一根一根的木條釘上的。因此蹲在裡頭可以斜斜地看到外頭，蹲在外頭在某個角度，也可以斜斜地看到裡頭。後來我才知道，這樣的設計是爲了避免有人躲在裡頭吸食強力膠的關係。

我八歲生日的那天，母親特別買了一隻雞腿給我，還去附近的西點麵包店買了一塊十二分之一大的巧克力蛋糕，還附帶一瓶養樂多爲我慶生。雖然沒有蠟燭，但我還是在哥哥姐姐的合唱後，心滿意足地把它們全部吃掉，只是不久後就肚痛難忍。

當然我必須自己去男廁。剛上小學時，媽就說如果這麼大了還跟她去上女廁會被笑是「無羼鳥仔」（沒有男性生殖器）。

「無羼鳥仔」固然讓我覺得沒面子，但另一件事更讓我焦慮害怕。我始終不願告訴爸媽自己不敢獨自上廁所有一個重要的原因，就是我第一次獨自上廁所時，目睹了一件當時完全不能理解的事。那事導致我從小就養成了忍便的習慣，最高紀錄曾經七天沒有上大號。

一開始「練習」上廁所時姐姐會在門外替我看著，慢慢地她就聽從我母親的指示，放我一個人去上了。我鼓起勇氣自己捏著衛生紙去公廁的那一天，按照慣例我選了最不髒的一間——恰好位於廁所的最裡頭。我蹲下去後，不久就走進一個背影陌生、穿著花襯衫的中年男子，站到我正對面可以看見的一個尿盆前。我看著他的臀部，看著他做了拉下拉鍊的動作。不久另一個穿著綠夾克的人進來，他們似乎互看了一下（我看不見他們的頭部，被一根木條擋住了），就蹲了下去，從那個已經拉開拉鍊的褲子，扶起已然勃起的，長著小男孩難以想像黑色陰毛的陽具吸吮起來。

那個七歲或者七歲半的我不得不注視那個，一時之間不知如何是好。既不敢站起身來沖水離開，也忘了可以閉上眼睛。那天回家以後，我生了一場病，莫名所以地發燒了兩天，便祕了一整個星期。

原本我認爲那是意外，不會每次都發生這種事的。但卻連續幾次都遇上了同樣的「意外」。日後我回想起這件事，或許他們根本是刻意等我進去，才開始「表演」的。沒錯，他們是刻意表演給那個只有七歲或者七歲半的我看，因爲我似乎感覺到，那個被木條遮住的臉，彷彿朝我的方向看了幾眼。在我的想像裡，兩個男人的臉上都帶著淫猥的笑容。

從此以後，上男廁所對我來說就是酷刑。我的母親每天都一定催我去上廁所，而我總是捏著衛生紙，跑到天橋上，然後算好大約上完大號的時間，再把衛生紙扔進天橋上的垃圾桶裡，就這麼跑回去。

我吃掉一根雞腿與十二分之一的巧克力蛋糕、一瓶養樂多後而拉肚子的生日那天，進來的是一個我從未見過的陌生男子。他穿著灰色「控八拉褲」（當時很流行的一種大腿窄、褲管寬的褲子），和當時相當流行的夏威夷花襯衫。當他在應該已經尿完卻未離開的時候，我心裡頭就覺得恐怕不妙了。然而出乎我意料之外的是，並沒有另一個人進來。

那個穿著夏威夷花襯衫的男人轉過身來，面對著我所在的那間廁所。因爲廁所門木條的局部遮擋，我依然沒有看到那個男子的長相，只看見那個被眼前一根木條切分成兩等份的陽具，朝我面前而來。

然後那個穿著夏威夷花襯衫的男人蹲了下來，用眼袋浮腫、細長得有點不合常理的雙眼看著我，說：「你只能活到四十五歲。」那話語如此平穩、溫柔，就好像他摸著我的頭跟我說「小朋友早安哪」一樣。

那天回家後我昏昏沉沉，再一次發了高燒。對當時的我來說，雖然四十五歲就像火星一樣遙遠，但那個男子的眼睛和笑容實在讓我感到前所未有的一種情緒，好像皮膚下的哪裡，有一根冰冰的針，隨著血液流動，直到心頭。我高燒了三天，昏睡了三天，並且不斷囈語。多年後我母親會一再提起此事，她總是說這一生中我有兩個救命恩人：一個是開漳聖王，一個就是林醫師。

在我發燒的前兩天，我父母親並沒有帶我去看病，原因就是看一次病實在太貴了，父親先到信棟的藥房買了成藥給我吃，試試能不能在病發之初把它「掙（teh）落來」，而母親則到聖王公那裡求了符，讓我喝下。

我還記得那家窄仄僅容一人通過，藥品滿滿宛如雜貨鋪的成藥行，只要你講出症狀，戴著厚片眼鏡、只剩下頭皮兩側有頭髮的老板會幫你配藥。而商場的居民從來沒有要求過他有什麼藥劑師證明，他那麼自信、從容地拿起藥罐，喀啦喀啦地倒出藥丸，動作迅速地包好藥，那就足夠讓我們信服他具有某種不必鑑定的醫術了。

在當時，眞正要找「先生」看病得要「出城」。我父親得騎著他那輛鐵馬，載著我穿過仁棟、孝棟、忠棟（他會跟我說，到本町囉）、北門（在這裡和我母親當年追回五姐的那段路程分道揚鑣），經過圓環，騎進永樂町、太平町，一路到台北大橋，這時他的汗衫多半已貼在身上，而讓坐在前座藤椅上的我感到熱氣蒸騰。

這並不是因爲西門町沒有小醫院，而是父親只相信一位小兒科醫師。這位醫師從我大姐開始就爲她看病，一直到我——這個家庭的第七個小孩。甚至連姐姐們的兒子女兒，多是由他從出生看到長大，簡直就像是我家的家庭醫師。直到現在，如果不是「克風邪」能治癒的病，母親都堅持只到這家小兒科。

這家小兒科的裝潢多年來也從來沒有改變過。馬賽克狀的玻璃門推開是候診的長廊，靠牆那邊放著長長的椅子，掛號與取藥的窗口則是割出圓弧形的霧玻璃。最早的時候，護士是一位憂鬱瘦小的中年男子。我非常喜歡看他沖藥水，他會先把藥粉倒進小塑膠罐裡，然後再倒溫水。接著他會把罐子放在耳邊迅速搖動，彷彿在聽什麼音樂似的搖勻裡頭的藥粉，直到藥水變成淺淺的紅色。

然後他會在一張糯米紙上寫下我的名字，那字眞漂亮，漂亮得像一座橋（眞的抱歉那時我眞的只想到這個比喻，因爲那個醫院正在一座大橋旁的街上）。他還會寫上：一日三次，飯後一格。接著以你根本不可能看清楚的快動作，用一根蘸了糨糊的筆桿，把薄薄的糯米紙蘸到塑膠罐上。上頭印著穩穩當當的楷體字：

台北橋小兒科。

據我母親說，只有去這間醫院我不哭不鬧，任憑這位姓林的醫生把退燒的塞劑塞到我的肛門裡。

第三天半夜，父親從我嘴巴裡拿出的水銀溫度計顯示四十一度，這已經非常危險了。我父親決定不管看診費用，拉出他的鐵馬，把藤椅安放好，然後抱我上去。母親則再用熱水泡了開漳聖王的「符令」，逼我喝了下去，才坐上車後頭的載貨架。這輛鐵馬就載著總重一百三十公斤的我們前往台北橋小兒科。診所當然已經關了，父親急躁地按著診所樓上的住家電鈴，直到眼神憂鬱的男護士將門打開。一語不發，被吵醒卻帶著微笑的林醫師掛上了聽診器，然後把我抱到床上像打坐一樣坐好。

「注射較緊好。」林醫師以腔調不同於我父母的台語說。

接著他用浸了酒精的棉花，使勁擦拭我背上、胸口的皮膚，據我母親說，彼時我的皮膚就像熟蝦一樣紅透透。

「有排便無？」

「毋知咧，這三工是無。」

於是林醫師就為我灌了腸。灌腸的時候，感覺到涼意從那個暖暖熱熱的肛門流進肚腹，然後我就哭著由母親扶我到廁所，剎那間把那些污黑、惡臭，混雜著像是魚腹內臟那樣的穢物拉了清空。醫師建議讓我先睡在診所就近觀察是否會有變化。母親因此坐在小床旁的圓凳上看顧我一夜，而父親則睡到看診室的長凳上。天一亮，我的燒退了，醒來的林醫師再用小手電筒看了我的眼睛和喉嚨，說回家按時吃藥再觀察。

「我可以噴那個嗎？」我要求林醫師幫我噴那瓶甘甘甜甜的喉嚨噴劑，那本來是咳嗽時才會用的，但醫師笑笑溫柔地幫我噴了，這讓我感到無限滿足，覺得生這場病真是值得。

我們走出診所時正好天光，但鐵馬卻不見了。

父親狠狠地打了自己一巴掌，聲音響得讓林醫師都出來查看發生了什麼事。我記得他來來回回地在那條街上走了十幾趟，好像丟掉的是自己的一條腿。

母親始終相信，我的病會好，林醫師的功勞一半，開漳聖王的「符令」也占了一半：「嘛（mā）愛人，嘛愛神（也要人，也要神）。」當天下午她又帶著我去了在雙連市場附近的開漳聖王神壇，一面謝神一面問神，問開漳聖王何處尋車？聖王爺說正是那輛鐵馬換回了我的性命，即使尋不回來，也是命定。但他還是畫了兩道符給我母親，一道我父親喝，一道全家喝。

或許是聖王爺憐憫我們家貧，兩個星期後又讓鐵馬神奇地回到我家裡。這輛因爲大哥聯考時我父親遺失後，才狠下心來再買下的二手鐵馬，就是我在某一本小說裡寫到，商場被拆後，停在中山堂並且再也不見蹤跡的那一輛幸福牌腳踏車。

阿布的洞窟
Ah-Bu's Cave

在漫長的二十年後，車回來到我面前了。

車的訊息是從阿布那裡得到的。阿布是我在收購老鐵馬零件時遇到的一個賣家，漸漸變成了朋友。他年紀比我略小，但小多少我並不明確知道，我是從臉部肌肉的鬆緊程度來判斷的。和他談話時你也很難從談話內容知道他的眞實年齡，他對年代的記憶，被那些他從垃圾堆、死去的人房間、資源回收場、街上蒐集而來的棄物……不同時代的龐大數量物品給混亂了。

他總是一頭凌亂的頭髮，手插在牛仔褲口袋裡，一副今天也沒什麼特別的事要做的樣子。事實上他對老物件相關知識的了解遠超過他的年齡，跟他的外表更是不搭調。

有一回我問阿布收藏物品的起點是哪時候？他想了一下說：「高職畢業以後，我覺得自己沒有動力再念書了，就去當兵。退伍以後，找到了一個賣場保全員的工作，常上夜班。有一天早上回家時看到巷子口一個阿婆正在收破爛，三輪車上除了紙箱紙板和一些雜七雜八的回收品，還有一台唱機。那個時間通常我已經快累趴了，就先上樓去。但不知道爲什麼，心底總覺得有事，睡不著。」

可能是惦記著那台上蓋破掉，有著沉靜木紋，像一隻甲蟲趴在三輪車上的唱機吧。於是阿布又下了樓，不問唱機是否能轉，只問了阿婆願不願意把唱機賣給他。對阿婆來說，阿布出的價錢比拿去資源回收場高得多，當然沒有理由不賣。

「結果會轉嗎？」

「當然，不會轉的話也許就沒有接下來的事了。那台唱機有一個摺疊式的收納層，裡頭放了好幾張唱片，那時候很多唱機的設計都是這樣的。我去買了唱針，接上我本來就有的一組不知道是好是壞的木質喇叭，然後把唱片放上去試聽。」

阿布說自己並不太聽歌，年輕的時候會聽也只是聽家裡的收音機放黃鶯鶯、陳淑樺、鄧麗君的歌，因爲家裡是賣水果的，媽媽會把收音機放在屋子的一個角落隨時播放。

唱片總共有四張，一張就是鄧麗君的，另三張則是英文歌。他並沒有預期自己會喜歡另外那三張唱片，因爲他的英文程度大概停留在國二第一課左右。不過當聲音從那個順著溝槽起伏的唱針，傳到那個他原本不抱希望的喇叭放出來的時候，他突然起了雞皮疙瘩。

漸漸地他習慣在早晨吃完豆漿油條準備入睡前，用那台REALISTIC LAB-59唱機放僅有的幾張唱片。他說他會的英文字大概就是這幾張唱片的名字的總合，它們分別是Frank Sinatra和Nancy Sinatra的《Something Stupid》、Patti Page的《With My Eyes Wide Open I'm Dreaming》，以及徹爾尼鋼琴練習曲一百首。

阿布說著英語，然後自己便笑了出來，可能是覺得自己的發音怪怪的吧。他的笑帶著尷尬，卻讓我覺得他是一個單純的人，兩個人的距離一下子就拉近了。

他說：「爲了會唸這幾張唱片，我還拜託了老同學教我呢。」

我問：「唱片還在嗎？」

「在，當然，這幾張唱片我一輩子不會賣，這麼說也許誇張，它們很像鑰匙之類的東西，打開了什麼。說起來已經是十五年前的事了，那時候那些唱片還沒有那麼老。」

從那時起，阿布就成了一個帶著舊貨雷達的人，當他走在路上，不再是普通的移動，也時時注意周遭出現什麼有意思的東西。他發現了一件有趣的事，那就是當你表達想要某個被當垃圾處理的東西時，原本想要丟掉它的人很快就會變成斤斤計較的賣貨人，他們好像突然又發現了自己的東西有價值，並且開始捨不得。但這一切只是短暫的喚起而已，只要你出的價錢滿足他的一點虛榮感，多數人並不會眞的在意，他們手上擁有的是多麼可貴的東西。

阿布原本只是單純地買下自己喜歡的東西，但很快就發現自己沒有經濟能力長期這麼做，不但錢很快花光，而且房間堆得就跟垃圾場一樣。大概六、七年後，他興起了開一間店的念頭，於是把做保全、打零工攢下來的錢，在永和租下一間店面。只是臨近夜市的房租並不便宜，加上舊貨總是看的人多，買的人少，合約一到他就認賠收店，並且把重心轉移到當時剛開始的網路拍賣上。幾年過去，此刻阿布是個網路上評價數千的賣家，不再是個單純的舊物收藏者了，而我也就是因此，成爲「阿布老貨鋪」的買家。

回想起來第一回會碰面，是因爲我跟他買了一個環球牌的磨電燈（這種腳踏車燈是利用一個橡膠頭，接觸轉動中的輪胎，帶動磁性發電器而發電的），並且約他面交取貨。他給我的住址在台北一個老工業社區，三重。我到了約定地點之後打電話給他，阿布騎著一輛排氣管聲音低沉優雅的老山葉機車出現，沒戴安全帽，而是戴著繡有道奇隊ＬＡ字樣的藍色棒球帽，穿著褪色的牛仔褲和綠色素面Ｔ恤，講話有點小結巴，頭低低的好像在找地上的銅板似的，跟我預期的賣家形象相去不遠。

一開始只是單純的買家賣家閒聊，沒想到我對老鐵馬的興趣激起了他的熱情，他回答了我一些關於老鐵馬修復的問題。而我也開始對這個各方面知識都很豐富的賣家產生好奇，於是問他能否到他收藏物品的地方看看。阿布遲疑了一下答應了。

阿布用他的老山葉機車載我到一條無尾巷裡頭，最底的一間公寓。公寓鐵門前面堆滿了紙箱，只留下一條幾乎快看不見的通道，以及拉開一半的小門。騎樓前就停放了一台沒有上鎖的「飛虎牌腳踏車」，一台「伍順牌腳踏車」，以及無數腳踏車的殘骸與零件。他打開一張上頭寫有九九乘法表、英文字母的那種我那年紀的家庭都會有一張的摺疊桌椅給我坐，自己則靠在老山葉上，點了根菸。就在那個無尾巷的盡頭，我們天南地北地聊這些腳踏車的經典設計，就好像喜歡文學的人聊米蘭．昆德拉和卡爾維諾，喜歡現代藝術的人聊賈斯培．瓊斯和安迪．沃荷。

不知道經過多久的時間，他去7-11買了兩杯中杯拿鐵，咖啡喝完後他才拉起鐵捲門，打開他的「工作室」讓我瞧瞧。

我探頭進去，好像進了一座洞窟。

我到現在都還無法確知阿布的工作室有多大，因為整個空間都堆滿了東西。天花板上頭吊了幾盞造型不同的老玻璃吊燈，各種古早木製桌椅以非常特殊的方式堆疊到天花板。那堆木桌椅裡有一個東西造型很突出，仔細一看原來是小孩騎的，漆成斑馬花紋的老舊木馬。一定曾經有某個小男孩，不會只把它當成是漆上了斑馬顏色的木頭而已，而認為它就是真正在非洲草原上奔馳的美麗生物。

右手邊一個菜櫥，則放滿了各式不同年代的碗盤杯皿。我翻找了一下，意外發現居然還有印上西門町「謝謝魷魚羹」專用的碗與湯匙。左手邊則在幾座衣櫃的最底擺滿了一排大同風扇，這種風扇好像可以轉動到天荒地老的樣子。風扇上方掛著幾盞漁船用的船燈，一旁印有「臺灣省教育廳」字樣的鐵箱裡放著幾個氣泡玻璃的糖果罐。以前我總是到商場二樓的老公公雜貨店，買那些散裝的，放在這種玻璃罐裡的小餅乾。

我跟他借了洗手間，結果那是一個洞窟中的洞窟。廁所燈是令人懷念的馬口鐵燈罩，垂下一條紅白交纏的電線，末端懸了顆被稱爲「雞蛋開關」的東西，那中間有一根活動插銷，往左推露出白色是開，往右推露出紅色是關。我非常勉強地掀起了馬桶蓋，因爲連那上頭也堆滿了一個又一個盒子，我把那些盒子打開來看，裡頭裝的大部分是五、六年級時代的童玩：有宇宙超人塑膠玩偶、尪仔標、各種鐵鋁製的模型小汽車。浴缸裡四周掛滿了各種抽玩具的抽當，浴缸中央則擺了一台早期的扭蛋機，在看到這台扭蛋機之前，我腦中的扭蛋機的印象已經被現在大賣場所擺放的那些閃動著LED燈的扭蛋機取代了。看到它我才想起來那時的扭蛋機都是像個太空艙般的蛋型，並且有一根鐵腳。這種鐵腳怪獸實在吃掉那個年紀的我太多錢了。

我拿起洗手檯上的一把鐵皮紙炮槍，對著鏡子裡的我比畫了一下。可惜沒有紙炮，否則眞想開它一槍。我把它拿靠近鼻子的時候還嗅得到紙炮的煙硝味，這味道竟可能持續那麼久嗎？還是我的幻覺？或者是因爲身處阿布洞窟的原因？待在這裡頭，我覺得似乎沒辦法平穩地呼吸，這房子裡的時間感與氣息跟外面的世界截然不同。

我們重回到房子外坐下，我問阿布：「這些東西都是怎麼得來的？」

他說：「有好幾種管道。我會騎著機車大街小巷地繞，也會到中南部去，看到了對味的東西就問對方要不要賣。有的時候看路邊停了老腳踏車，或堆了要丟的舊櫥櫃就去按電鈴。第二個辦法是得到哪一間老店要收的訊息就專程過去，聽說哪一個老眷村要改建了就整個月泡在那裡，盯著每一戶人家拿出什麼東西丟。」

「怎麼可能有老店要收起來，你就會知道呢？總得要有人告訴你啊。」

「當然你要先建立關係。老店的老板對他們所賣的東西，都有很深的感情。所以訣竅就是，不要讓他們覺得你買他們的東西是要去賣的，而是你想要幫他們留下那些東西……有時候他們不會馬上答應，而會在某個自己也想不出理由的時間點，打電話給你。總之，你要讓他們感覺，把這些東西交給你和交給清潔隊員，或拍賣掉是不一樣的。」阿布頗有意味地說：「買東西是要付出感情的。」我得承認阿布在講這話的時候流露出一種難以說明的魅力，他邊抽菸邊講話的樣子有點像我年輕時候印在萬寶路香菸海報上的牛仔。我問他收入足夠嗎？他說他還會去打零工，不過這幾年轉賣舊貨的收入養自己慢慢已經夠支應生活費了。

「一個人要活並不需要多少錢，眞的。」

「打什麼零工？」

「水電，塗水（thôo-tsuí，水泥工程）也加減捌（bat，懂）一寡仔（tsit-kuá-á，一些）。」

他用台語邊說邊把牛仔褲裡的皮夾拿出來，掏出一張名片：「指教。」我瞄了一下名片上面的頭銜是：「民間舊物收藏特派員」下面空兩格「修水電專門」。

就在此刻，我看到一隻像是綠鬣蜥之類的生物，從檜木菜櫥後面爬出來，隨後攀在一盞工業風立燈的機械臂上。我以爲自己看錯了，但隨即阿布就把一把浸在舊鋁盆裡的蔬菜，遞到綠鬣蜥的面前。那眞的是一隻活的綠鬣蜥。

他轉過頭來對我說：「還有一種管道是死去的人，死去的人會留下各式各樣的東西，如果他剛好只剩一個人，你連這傢伙也得一起照顧。」

從大學到退伍之間，有一陣子我也迷戀買舊貨。我母親都說我是收歹銅舊錫的，而在她眼中，這類人「上（siōng）無路用」。因此，我對阿布蒐集電視、電扇、舊剪刀、舊唱盤、瓶瓶罐罐、杯杯盤盤有著比一般人深一些的理解，甚至有點欣羨。回想過去，我已經不清楚是從哪一個時間點開始，這些撿來、買來的舊物品對我不再有吸引力了。我像這個世界的人一樣，變成3C或其他東西的俘虜，變得習慣買那些很快壞掉，而且自己沒有能力維修的東西。只是我也沒有把年輕時蒐集的那些東西賣掉，只是把它們放到中和老家的一個儲藏室裡，再也沒有去細看。

我漸漸發現，阿布似乎是一個介於鑑賞者、蒐集者和商人之間的人。在談到他喜歡的收藏的時候，眼睛自然會舉起一把火炬。但那不全是熱情而已，他也同時在估量這些東西的現實市場價值。比方說在阿布的洞窟裡，我看到好幾個舊鐵窗，是那種早期鑄鐵鐵條，扭折出窗花的全鉚釘釘接的鐵窗。他跟我解釋說過去的鐵窗象徵著師傅的技術，要我注意每扇窗花的獨特性，仔細一看，有些窗花拗成櫻花的形狀，有的則是富士山，甚至有一副隱隱可以看見「林」的姓氏被埋藏在線條裡。那一刻阿布簡直像個美術館的導覽員：「像這款就是大稻埕附近一些師傅的風格，因爲他們都是一個劉老師傅的徒弟，他們習慣在交界的地方轉出這樣的弧度，慢慢變成特色。我覺得，會去做這些細節調整的師傅，表示他很在乎他的技藝，也在乎鐵窗裝在房子上看起來像什麼樣子，更希望人家知道那鐵窗是他做的。」他笑了一笑，說：「當然，因爲罕見的關係，我通常也會賣貴一點。」

「多少？」

阿布出現了另一種眼神：「一對兩萬八，我們現在算是朋友了，你要買的話我打八折給你。」

我想起媽曾講：「生理無夠精，親像媒人貼聘金。」對成本與獲利沒有概念的人，是沒辦法做生意的。

不過有些東西，我怎麼也想不出來誰會想買？比方說早期替豬打疫苗的針筒——「豬針」，這買回去能幹什麼呢？

阿布氣定神閒地說：「總有一天需要的人會出現，不能急，也千萬不要低價出讓，你要有比做麵包多一千倍的耐心才行。」

他也說收舊貨是有學問的。這一行是邊做邊學，你要收過某種東西，才知道曾經有過什麼，買家要出現過一次，你才想得到有哪些人可能會需要。他順手從左邊的杉木書櫃上拿起一張舊黑膠，封面是署名漫畫家牛哥畫的漫畫，是一齣叫做《補鼎師》的「閩南語笑詼話劇」。封套上頭所寫的話劇演員的名字我都沒聽過，唱片公司是一家叫做皇冠唱片的，住址是在台中。他說：「以前笑詼話劇會灌成唱片，我想都沒想到過。但收到的時候就會開始好奇，這是哪個年代流行的東西啊？那些錄音演員在當時紅嗎？類似這樣的事。然後，有一天就發現原來有人正在等這些東西重新出現，他們有時候會回過頭來告訴你，這個東西的眞正價值。」

「比方說？」

「比方說研究台語的人啊，研究歷史的人啊，開懷舊餐廳的人啊，錢太多的人啊……」

阿布笑了起來。「這些人你不用幫他們省錢。」

我說：「你好像很樂在其中。」

「對呀，比做保全好多了。我每天整理這些東西，常常到三更半夜，但是我家人都不曉得我在幹嘛，所以我乾脆搬出來自己住。這附近的鄰居，也覺得我是怪人。」我心底想，我的家人也不曉得我在幹嘛，但我們自己眞的曉得其他的家人在幹嘛嗎？

從那次之後我又陸陸續續跟阿布買了一些小東西，像是人人百貨周年慶送的玻璃杯組，日治時代FUJI的單車四角鎖，德國三星PETER的發條鬧鐘等等。每次我都選擇面交，因爲這樣可以跟他坐在那張摺疊課桌椅上聊聊天，我們之間慢慢出現了一種難以解釋的友誼。

有一回我問他收舊貨有沒有發生什麼有趣的故事？他叼著一枝隨手拿的玉兔原子筆（筆蓋已經被他咬得稀巴爛），想了想回答：「太多了，也不知道該怎麼講起。」

然後他便講了他蒐購某家幸福牌腳踏車行零件的故事。

在老單車迷的眼中，有幾個牌子的車具有一種特殊的吸引力，比方說最早引進的日本富士牌腳踏車、英國萊禮、台灣自製的幸福牌腳踏車等等。幸福牌的鴿子logo，和那一句「騎幸福牌腳踏車，踏上幸福之路」的slogan，對這些老單車迷來說意味著一個時代。

隨著機車時代的興起，紅極一時的幸福牌腳踏車專賣店大部分都收了。因此還掛著原廠幸福牌招牌的老店，自然就成了許多想要幸福牌零件的收藏家注意的焦點。特別是這間老店。這間店是幸福牌和日本腳踏車技術合作的窗口之一，當時常有日本的技師來交流，因此藏有不少庫存的特殊零件。只是老板的兒子都已經長大，可以養家，因此年事已高的老板並不常開店。

店位在一排連棟平房中間，四周都已經改建樓房了，只剩下它堅持著拒絕被建商更新。留下來的店面左側開腳踏車店，右側則隔成擺放祖先牌位的主屋。但從屋內的一些米箱可以知道，店主的上一代是賣雜糧雜貨起家的，賣腳踏車是後來的事，留著老鋪供奉牌位，是老板不忘本的心意。

阿布發現，老板娘每天早上一定會先推開主屋的門扇，爲土地公和祖先牌位上香。偶爾幸運的時候，會遇到老師傅開門做生意。這時他就會牽著腳踏車進去，藉口補胎或修些細微的小地方，以便能跟老師傅攀談聊天。老師傅已經到了被寂寞扼住喉嚨的年齡，一有人坐到他旁邊，就會自動地把他的人生切成幾段，循環播放。

阿布從不介意再聽一遍。在老師傅講話的過程中，他絕對不像一般的買家急著問他是不是願意賣什麼零件？他就是靜靜地聽，偶爾在適當的時機答腔。有一回老板娘也加入談天的行列，問起阿布在做什麼？阿布才遞出那張「民間舊物收藏特派員」的名片，並且宣稱，如果他們要把店收了，他願意給一個好價錢買下店裡所有的舊腳踏車零件。這時候老板和老板娘一言不發，開始關店，把阿布客客氣氣地推出去。

原來老板非常排斥聽到要買他家的老零件這樣的話，對他來說，店裡的每件東西，都還在等待適當的顧客出現。他也忌諱別人說，「如果有一天你要把店收起來」這樣的話。遇到有些粗魯的買家，不經過他的同意在木架上翻找零件時，老板也都會立即起身，把木門拉上、上鎖，趕人關店。

那之後阿布還是繼續上門，只是不再提收購的事。他就是和老板聊腳踏車，並且改稱他「老師」（lāu-sai）。因爲阿布感覺，他比較希望被稱爲老師傅，而不是老板。他知道八十幾歲的老師傅事實上已經不愁吃穿，持續開店的原因就是喜歡修腳踏車。

隔年夏天，有一個月左右的時間，阿布從來沒有幸運地等到老師傅開店，他等老板娘上香時攀問，才知道他病倒了。阿布於是每隔一段時間，帶點水果和她聊聊老板年輕時候的事，依然絕口不提收購的任何事。

有一天老板娘嘆了一口長氣說：「這間店是做袂落去囉，你敢毋是講欲全部買？全部賣予你啦。全部喔，毋通揀（kíng）東揀西喔。」阿布確實感到開心，但另一方面，他也沒有太多欣喜的感覺，因爲他猜想老師傅應該是病很重了，否則不會想把整間店的貨料都賣掉的。

阿布想起和老師傅聊天的時候，偶爾有人牽腳踏車來修，多半是內胎破掉這樣的小毛病。補一個內胎洞公定價不過是六十元，老師傅仍把拆下來的輪圈內框全部擦乾淨（因爲只要有一顆小小的石頭，內胎就可能再被刮破），並且順手把前後輪的花鼓都用毛刷和潤滑油保養一遍。這個六十元的活，老師傅比阿布這一輩子見過的每一個人都還要「頂真」（tíng-tsin）。老師傅跟他說，修腳踏車比賣腳踏車有意義十倍。

「因爲合理來講（kóng），一台孔明車會使（ē-sái）騎五十冬，甚至閣較（koh-khah）久。而且，佇咧（tī-leh）阮的時代，眞濟人上貴重的財產就是孔明車，一生一台。」

老師傅爲這樣的人修他們的腳踏車。

那天阿布開著借來的小發財車，到了店裡並不急著估價搬貨物，而是上到二樓盡頭的房間探視才從醫院回到家裡的老師傅。短短的幾周，老師傅好像體內的什麼被取走了，整個人都縮得小小的，變得好不起眼。他一定已經跟老板娘商量過「把整間店剩下的零件都賣掉」這件事，只是眼神還透露著不甘。他看到阿布，指著桌上留下的一組修車工具說：「就這套毋賣，其他你出一个價數（kè-siàu），合理就好。」

那是一套從他學徒時代留下來的修車工具組，包括両口スパナ（開口扳手）、スポークレンチ（輻條調整器）、Torx レンチ（梅花扳手）、ペダルスパナ（踏板扳手）、チェーン切り（打鏈器）……這些工具跟著老師傅幾十年了，傷痕累累卻帶著獨特的光澤。師傅說這組工具他用得最趁手，後來廠商送給他的新工具他都用不習慣，所以一直用到今天。

阿布拿起那把鐵鑄、握柄烙著編號的扳手，可以想見少年師傅剛拿到時是如何地新穎晶亮，俐落自信地好像沒有什麼螺絲是它轉不動似的。

阿布聽老板娘說，老師傅在病榻上的那段時間，吃過早餐以後，即使無法下床，也要握一握它們。沒辦法，師傅的手掌和繭已經和這些工具親密得沒辦法分開了，經年累月地握著工具工作，使得他的指骨跟掌骨幾乎和扳手的起伏完全一致，那是一套相信他的手，也被他的手信任的工具。像樹長出新枝，像樹被傷出樹瘤。

阿布不是一個擅長表達情感的人，他只是說：「我不買這個，不會買。你留著。」不認識阿布的人，光聽聲音一定以爲他在賭氣。

隔天阿布才開始「動手」。他載走一車一車老店的存貨時，心頭不知道爲什麼被某種物事壓著，天空灰灰的。那間老店還在，連招牌都保留著，他沒打算把招牌也拆下來搬走，就讓它留在老店的門楣上頭。

「所以我跟你買的幸福牌前叉護套也是來自這家店？」

「沒錯。」

「土除也是？」

「沒錯。」

「工具筒也是？」

「是啊。」

但那部幸福牌腳踏車卻不是來自這間店，也不是阿布在街上搜尋到的。

據阿布說，他是從另一位幸福牌收藏家夏先生那裡看到這輛車的照片的，原因是，夏先生把這輛「非賣品」，放在一個老鐵馬的社群網站分享。他一看到這輛車的照片，第一個就想到通知我，因爲他知道我正在「追」幸福牌這款的車。我問他能不能替我聯絡夏先生，讓我去拜訪他？

不久他傳來訊息說沒問題，就陪我一起到小夏的工作室去。

我一刻也不願意等待，於是問是否現在就可以去，不多久，手機的訊息響起：「我在車站等你。」我坐在捷運裡，看著每個低著頭看手機或平板電腦，疲憊的人的臉，有種如幻似眞的感覺。這輛我追了二十年的車，眞有可能再次出現在我的眼前嗎？

二十年前父親失蹤後，有一回我在翻閱家族相簿時，看到一張吸引我的照片。照片裡頭有三個大人，一個孩子，站在一間窄仄的小鞋店前面。對我來說，那皮鞋櫥窗有些陌生，而且裡面的人我一個都不認識。我拿了照片問白內障嚴重的母親照片是誰？不知道爲什麼，她也一個都不認識。但她認得那家鞋店，是當時開在我家隔壁的隔壁的，阿咪家的店。

其中一個圍著白色長圍巾，穿著西裝外套、寬大西裝褲的男子坐在一輛鐵馬上，並且把右手肘放在隔壁穿著條紋西裝的男子肩上。條紋西裝的男子並沒有看著鏡頭，他望向左側，彷彿遠方有什麼東西似的。而在他旁邊，是穿著可能是卡其色衣服與同色褲子，微胖而表情略顯拘謹的小男孩。另一個人站在男孩後面，因爲沒有光的關係，臉色黯淡模糊。吸引我注意的是，前兩個男子都穿了雙漂亮的皮鞋，而男孩則穿著一雙帥氣的軍靴。由於是冬天的穿著，讓我聯想會不會是農曆新年還是喜事，才會都穿著跟寒傖的店面殊不相配的稱頭衣服？

那兩個男子穿的西裝，有點像是出自父親的手藝。這張照片也讓我再次想起父親的鐵馬。當年我們突然想起，也許找到父親的鐵馬，就可以找到父親的時候，才發現鐵馬也和父親一起離開我們了。

我問母親記不記得父親的鐵馬是什麼牌子？她說她忘了。我想到一個呼喚她記憶的方法，我去查了一九五〇年到一九八〇年之間台灣的腳踏車品牌，特別是位在台北附近的，一個一個唸給她聽。

「是勝輪牌嗎？」

「毋是喔。」

「川口牌？」

「毋是。」

「兔仔牌？」
「也毋是。」
「三角牌？」
「毋是啦。」
「幸福牌？」
「咦，著喔，親像是幸福牌喔。」

原來如此。父親最後的那輛腳踏車，是幸福牌的。我唯一記得的那款車的特色就是，它的上管可以放下來成爲斜管，是一輛男女兩用車。從此以後，幾乎哪裡出現這款幸福牌早期男女兩用的腳踏車，我都會去看一看。這也是我對鐵馬所有相關的資訊和歷史產生興趣的開始。我對鐵馬的熱情，源自於失蹤的父親。

一九九三年，我們一家九口賴以維生的商場，不可避免地在這個想把自己徹頭徹尾變成簇新的城市發展過程中被拆除。但最打擊我們的，是父親在拆除工程的隔天後完全失去了蹤影。我們報了警、問了神，尋求過一切可能的管道尋找他，但彷彿有什麼力量刻意擦拭掉他在世界的痕跡似的，他再也沒有出現過，連一點線索也沒有。

「就算是死去也會見屍乎（honnh）？」我母親只這麼說過一次，她怕話就像刀，說出來會刺穿什麼。而母親也眞像全身的關節都被刀柄敲碎了一樣，整個人垮了下來，好些日子沒辦法坐直起身。她生了一場重病，從此身體大不如前。

當父親不再出現在我們面前時，我們全家都不知所措，他一直是這個家庭的棟樑，雖然他是如此難以親近。有很長的一段時間，我不曉得怎麼面對這樣的情況，我的心變得不平靜，容易波動，雜亂無章，沒有一件事能做出理智的判斷。

多年以後，我寫了一本叫做《睡眠的航線》的小說，描寫的是一個台灣少年自願到日本去製造戰鬥機，成為八千多個少年工一員的故事。戰後這個主人公回到台灣，娶妻生子，卻終生未對兒子提及此事。多年之後，他一生投注心血，開在西門町商場的電器行在都市更新中被拆除，他也就此失蹤。而他的兒子則在這個家庭變故後罹患了一種睡眠時序混亂的疾病，總在莫名的時間裡突然進入睡眠以及離奇的夢境。為了理解父親的一生，他決定依靠父親留下來的照片、書籍和筆記，到日本進行一趟追尋父親少年時足跡的旅行。

這本小說就像出版社對它的預期，無論是市場或評論都只有平淡的反應，它就像是一本應該要被忘記的小說，安安靜靜上了市，安安靜靜地被放在某些人的書架上。偶爾偶爾，會有讀者跟我談起這本小說。

過了一陣子，我的信箱出現了一封陌生讀者的信。這並不是尋常的事，因為當時並沒有多少讀者會寫信給我。這封署名Meme的來信，問了我一個我從來沒想過的問題：「小說的最末，主角的父親三郎，將腳踏車騎到中山堂後離開，從此再也沒有回到商場，也沒有回到家庭，他就如此消失不見了。這個安排不太合理。就算我勉強接受好了，更讓我疑惑的是，那台腳踏車呢？對我來說，那腳踏車應該是小說裡的一個象徵，它必然是一個象徵。可是，後來腳踏車到哪裡去了呢？」

做為一個作者，特別是小說作者都知道，這類的來信只要偽裝誠懇地敷衍回信說「謝謝來信，但您讀的是一本小說，作者不宜表達意見」，就可以結束了。但我卻怎麼樣都無法安心地這樣回覆，我沒辦法只當它是一封吹毛求疵的讀者寄來的信。

「後來腳踏車到哪裡去了呢？」這句話像魚網纏繞著我。

在我寫作小說的過程中，早就理解到虛構之事和非虛構的人生必然彼此交雜，因而所有的文字文件成分皆有可疑之處。在小說裡把任何事當成現實都是危險的事。比方說那本小說裡我把敘事者「我」的身分訂為電器行老板之子，但實際上我家開的是西裝店，後來也兼賣牛仔褲。小說的眞實並不依靠事實而成立，這是所有小說家都懂的事。不過小說裡偶爾也會出現「眞實之柱」，比方說Meme來信裡提到那輛「丟掉的腳踏車」，對我來說，正巧是那本小說裡的「眞實之柱」。

我想起小說家艾可（Umberto Eco）曾經說，閱讀小說時的基本法則是，讀者必須心照不宣地接受一個虛構約定，你得把懷疑收拾起來，相信小說家構造的建築。讀者必須知道，書裡的敘事是個想像的故事，但卻也不可因此認定作者在說謊，要假裝書中所述都曾眞的發生過。

這位讀者確切地遵奉了這個原則，他（或她）可能在闔上書本以後，依然沉迷於這樣的原則裡。只不過，他（或她）注意到的，那個我虛構世界裡的一輛腳踏車，確實也是我眞實生活裡插在心頭上的一根針，是我人生裡一個掩蓋良好，卻像深深的陷阱一樣的存在。

我常以爲，小說作者用三根實的柱子，引導讀者相信七根虛的柱子，讓他們走進文字創造的堂皇、寒磣、奇幻或非現實性的城堡裡。在那本小說裡，商場是實的，日本時代有一群少年工被徵召去製造戰機是實的，我的父親確實曾經有一台腳踏車，在他失蹤後不見了，這也是實的。但我必須承認，小說裡的許多部分是我虛構的。比方說，現實中的「我」並沒有在夢中經歷過戰爭、沒有罹患過睡眠疾病，也沒有一個叫做阿莉思的女友，彼時我的女友叫特莉莎，而我根本不知道父親是否最後是把腳踏車停在中山堂。

這位小說讀者，卻誤打誤撞地對著我的人生提出了一個問題：那腳踏車和我父親一併失蹤了，那它究竟到哪裡去了呢？是和父親一起？還是被某個竊賊偷走了？你難道毫不關心，沒有了解的衝動？

我還記得父親失蹤後，有很長的一段時間我不敢再回到已被拆毀的商場所在的中華路。一直到收到 Meme 的來信以後，我才鼓起勇氣回到中山堂——我虛構的腳踏車遺失的場所。而事實上，彼時那邊的騎樓也已拆掉重鋪了，我居然去檢視自己創造出來的謊言，這實在太荒謬了。

我抬頭看著冰色的天空，在心頭反覆說服自己接受了父親不在的事實。他不在了，不會回來了，而我們的日子還得要過下去，忘了他和他的腳踏車吧。當天我回家後，回了Meme這樣的一封信：

*Meme*您好，

非常感謝您的來信，也謝謝您這麼認真、仔細地讀了我的小說。坦白說，您讀的是一本小說，所以我並不知道這輛腳踏車到哪裡去了。但如果我未來仍寫小說，有生之年，我會寫另外一本小說來回答您這個問題。祝

平安

我沒有違反小說家的原則，告訴Meme他（或她）摸到了那本小說裡「實的樑柱」，我不願意讓我的讀者侵入我的生活，甚至只是伸進記憶的抽屜。保持寫作小說的獨立性，至少讓我的人生有一個轉圜的空間，我能對自己和任何人說：那一切都只是小說而已，假的、虛構的、不眞實的，不過是一個象徵或是隱喻。

但我得承認，那張四個陌生男子和一輛腳踏車的照片，以及Meme的來信，也許就是引發我想尋回那輛幸福牌腳踏車的原點。

一開始我只專注於跟我父親所騎的單車同型的車款，後來漸漸地，把車買回來，整理成可以上路的狀態變成了我的嗜好。算算這些年我總共買了二十三輛的幸福牌腳踏車，其中包括很罕見的一輛，陽明山管理處專用的車，還有一輛特殊塗裝的「養樂多媽媽車」，和綠色郵差車。比較常見的車款，我都在整理後，又轉手給同好。我是買家也是賣家，因爲這樣最可能接觸到各式各樣經手幸福牌腳踏車的人。我因此知道在這個二十一世紀，被飼料油、颱風、土石流、政治震盪和股市一次又一次衝擊的小島，確實有一群人，像地下祕密集會一樣，以著迷於幸福牌腳踏車的信念結合在一起。

這些到我手上的車，多數已經不是殘破可以形容的了，它們已經失去了上路的勇氣和能力：有的煞車懸吊桿斷裂，有的鋼絲鏽蝕到幾乎無法承重，有的花鼓的鋼珠已無法流暢轉動……我因此買了全套的修車工具，試著自己修理這些殘廢的單車。得到每一輛車的時候我都如此興奮，幾天無法安眠，沉迷清潔、拆解車輛，把黑黝黝的、沉重如獸的車架重新上油。

爲了讓車子可以再次上路，我在網上大量購買，或與同好交換各種單車零件，結果就是，租來的兩房一廳的公寓，變成了腳踏車的手術房。彼時我已經離開了廣告公司，成爲一家製片公司的特約攝影，以及自由撰稿者。有時候一些廣告片和MV需要的話，我也會把自己收藏的腳踏車提供成爲拍攝道具。工作以外的時間，我就打開音響邊聽莫利克奈的電影配樂，一邊拆車、組車。在那個過程中，我覺得很像一種按摩，把生活的疲憊感排解了。而當我把一輛車整理到某種程度的時候，車子會看起來比實際使用的時間更年輕一點點，那讓我有一種幫助它們抵抗了時間的錯覺。

我的前任女友特莉莎非常痛恨我這樣的嗜好。她說在滿是油味、老舊腳踏車霉味的房間裡做愛，會讓她覺得我們的關係好像只能通往絕望。

「不過，花錢去汽車旅館太浪費了，不是嗎？」我說。

「你就是會扭曲我的意思。」特莉莎用她帶著神經質的修長手指撫摸我的臉頰，若無其事地這麼說。

不久以後特莉莎默默離開我，只留下我跟我的房間和腳踏車。

這些年下來，坦白說我已經不再刻意去想會與那輛腳踏車重逢了，心底的水流變得平靜。我設想當初它根本不是我爸騎出去的，而是純粹被某個小偷偷走而已，他變賣了它，經過二十年以後，它已被當成廢鐵回收，此刻變成了欄杆、鐵窗、皮帶扣或交通號誌桿之類莫名其妙的東西。但當我收到阿布的訊息，看到他傳來那輛車的照片時，我的心卻開始怦怦跳個不停。

我和阿布搭著火車南下，小夏已經在車站等我們了。和阿布隨興的打扮全然不同，小夏身材高瘦，穿著質料普通的廉價西裝外套，戴著一副玳瑁色澤的眼鏡，走在路上我一定會認爲他是拉保險的。不過和阿布一樣，一談到腳踏車，他眼睛裡頭的鎢絲就點亮了。

「那車的狀況很不錯，希望眞是你父親的車。」他說。

小夏的藏車地點更是出乎我意料之外，他租了一個地下停車場的停車位，然後把十幾輛收藏的車擠在那個停車格裡。爲了防盜，除了上鎖以外，每輛車他都拆走一半的零件收在房間裡。因爲知道我要來看車，他特地先把那輛車牽了下來。停車場和大樓一樣老舊，許多日光燈都壞了，車位也沒有停滿，有一種蕭條之感。小夏租的車位在最裡面，他用一條粗白鐵鏈把所有車串成一串再上鎖，就像我們商場以前騎樓的看車老李一樣。

「這輛車是人家暫放我這裡的，所以我特別小心，平常都停在房間裡。」

「我每一輛車都停在房間裡。」我笑著說。

我站到它的面前，把手伸向腳踏車的座墊桿，緊張得就像第一次牽女孩子的手一樣，因爲我知道，幸福牌的車身號碼就烙在那個位置。

坦白說，我不相信命定，我認爲人生就是亂數與逢機選擇，也就是只有運而沒有命，媽因此常說我「鐵齒」。但當我摸到編碼的那一剎那，確實讓我軟弱地認爲必然是有某種力量刻意安排它回來。那凸起凹下的形狀，彷彿山谷丘陵的起伏，就是我父親的幸福牌腳踏車的車身號碼：「04886」。那個歷經數十年，只有微微褪色的琺瑯廠徽，散發著一種溫和又強韌的質感。只是斑駁了些而已，它並未遺失，並未掉落。

我安定著緊張的情緒，要求小夏讓我試騎一下。他點了點頭。我模仿父親當年騎車的方式，雙手握住龍頭（要虛握，留給龍頭一點自然轉動的空間），身體側在一邊，用左腳先蹬踏板兩下，等速度出來以後，再把右腳從車身後方跨坐上去，就好像高欄選手跨過一個高欄。當我的臀部接觸到彈簧座墊的那一刻，幾乎激動到無法握緊手把。

我邊試騎著車邊感受，這車子如何在這二十年間轉換了性格。在短暫的接觸裡我知道它輪框、外胎、貨架、部分的煞車組件、踏板、座墊，以及手泥（握把）都已經更換過了。也許還有我暫時看不出來的地方，但那確實是爸的腳踏車，所改造、變化、重新組合成的一輛幸福牌。這二十年來，這輛腳踏車去了哪裡呢？爸的一條腿去了哪裡呢？是誰爲它換了這些零件？又是爲什麼而換的呢？

我拋下又拉起記憶的鐵錨，一時找不到定錨點，只是虛張聲勢地發出一陣鏗鏘聲，徒然從河底拉起一團污泥。不知道爲什麼，我陷入了一種難受的、泥濘的低潮。我迷茫地在地下停車場騎了一圈又一圈，渾然忘了自己只是在試車。

Everything about him
was old except his eyes
and they were the same color as the sea
and were cheerful and undefeated.

Bike Notes I

鐵馬誌

そして自転車は自転車だけではありません

日本自轉車設計師

渡度慎二

明治五年（一八七二），一個對「蘭醫」（西方醫學）有深厚興趣，並且曾在日本海軍醫院擔任藥局長的年輕人福原有信（Arinobu Fukuhara），開設了銀座第一家西式藥房。有意思的是，藥房的命名卻很有中國味——「資生堂」。它來自《周易》裡坤卦的「彖傳」的一句傳辭：「至哉坤元，萬物資生。」坤在《易》裡象徵著「地」，地載萬物，資育眾生，做為一個藥品商，這名字確實恰當又有深意。

在一本名為《銀座與資生堂》（銀座と資生堂—日本を「モダーン」にした会社）的書裡，我第一次知道當時的資生堂所經營的事業內容，和我從小「資生堂就是化妝品」的認知並不全然相同。資生堂跨足化妝品事業，是在一八九七年，也就是乙未割台兩年後才開始的。當時資生堂發表了一種稱為オイデルミン（EUDERMINE，當初原意是美好的皮膚，現在則改稱為「紅色夢露」）的化妝水，大受時髦婦女的歡迎。

一九〇二年，福原又從歐洲引進了汽水機，並且開設了西式餐廳、咖啡廳，同樣讓民眾趨之若鶩。日本人民的生活內容漸漸被這些引入到他們生活裡的細微物事改變，而且顯然樂於被改變。從藥品、化妝品到飲食，資生堂不再僅是藥商了，它還提供了日本人全新的庶民文化經驗。

我隱約感覺到，資生堂從西藥品進而經營化妝品的進口與研發，可以說是當時日本對西方醫藥、科技，乃至於生活方式的一種嚮往。

一九一五年，福原有信的藝術家兒子回到日本。受西式教育的他看到了世界趨勢，決心將父親的事業重心從藥品轉向化妝品。隔年，這位後來日本攝影史上的重要人物，運用新藝術（Art Nouveau）的視覺概念，為資生堂設計了線條強烈、裝飾性格濃厚的山茶花意象，而在內涵上，更強調了商品的現代性。從此以後，我們幾乎只知道「做為化妝品的資生堂」了。

每回聽到資生堂這三個字，我總想起母親那個扁扁的，打開裡頭附有一塊海綿片，上蓋翻起是一面小鏡子，散發著濃濃的「粉味」，總是被用到連角落都沒有剩餘的粉餅盒。她說這是她一生從我父親那裡得到的、最貴重的一件禮物，是他騎著腳踏車，到仁愛路上的資生堂買的。

一九四九年，一個聰明的台灣商人李進枝，獨家取得日本資生堂的授權，負責在台灣開拓資生堂的業務。只是一開始發展並不順利，因為戰後台灣跟日本之間的進出口貿易，有很多法令上的問題有待解決。由於過程實在拖得太久了，李進枝憂心忡忡。據說他看到當時騎腳踏車在路上的人，常被軍人當場叫下來，就那樣沒有理由地把車騎走，加上鄰居一個富賈的富士霸王號停在院子裡遭竊（這可是他被偷的第二輛車了），他便想：「會被搶劫或是被偷的東西，肯定有價值，而且有一天，台灣一定會變成一個每個人都能有腳踏車的社會。」於是他和長兄李阿淮及胞弟李阿青，先分頭成立「城中貿易行」與「城中車業行」。貿易行負責資生堂的籌辦，一面也出口梧桐、筍乾、香茅油、薑黃這些民生用品到日本，並且以賺進的利潤，轉移到城中車業行，進口日本的自轉車以及生產技術。一九五四年以後，為了扶持腳踏車工業，政府全面管制了腳踏車的零件進口。本地的組車商與零件製造商便漸漸抬頭，城中車業行也開始組裝自己品牌的腳踏車。

這間坐落在三重埔的組車廠，在經過第一代的組裝車輛後，開始設計生產屬於自己的車款，它完整的名稱應該是「城中幸福牌腳踏車」。

當時李家並不知道，數年後，幸福牌將成為台灣單車失竊率最高的品牌。而許多人創業、結婚、致富……都從這樣的一輛以「騎幸福牌自行車，踏上幸福之路」為宣傳標語的腳踏車開始。其中包括我的父親。

明治到昭和時代，日本最知名的車款之一，就是後來影響了台灣一個世代製車工業的「富士霸王號」。製造富士霸王號的是「日米商店株式會社」，和資生堂一樣，也是生活用品的進出口貿易商。富士霸王號原本叫做「ラーヂ霸王號」，ラーヂ就是Rudge，也就是英國的「手牌自轉車」。

富士霸王號

昭和三年，「ラーヂ霸王號」改名富士霸王號，成為日本自轉車工藝在地化的里程碑。黑黝黝的扎實車身，大型貨架，豪邁可靠的牛皮座椅，以及精緻的工藝細節，富士霸王號真有一種「鐵馬」的氣勢，在日本，它是皇室偏好的車款，當然當時的台灣，只有極少數的權貴或專業人士才有能力擁有。

我從一份文件看到，大正四年，官方統計台北廳的自轉車數才二百五十三台，其中不知道有沒有「ラーヂ霸王號」？因為這輛名車的關係，戰後台灣腳踏車工業起飛時期的各組裝車廠，都常把自己的車款稱為「霸王號」。

就像從藥品到化妝品的發展潛藏著對西式生活的嚮往，日本自轉車工業的發達，也有著濃厚的西化意味。從明治時期，許多進出口貿易商，便開始進口歐洲諸如手牌、BSA、萊禮等等品牌，漸漸地才由模仿進入自製的階段。台灣則在日治時期透過日本的引入，從模仿日本車廠的製作流程，也同時學習了歐洲車廠的技術，戰後也經歷了先進口零件組裝，進而模仿，最後發展出自己的在地車款的歷程。

幸福牌腳踏車，前身是進口日本零件後組裝而成的堅耐度號，大型的牛皮彈簧座椅、只有右側的單邊前煞把手，以及「腳煞」的設計，都非常神似富士霸王號。

事實上，由於城中貿易行和日本公司密切往來，確實直接接受了日本方面的技術

城中幸福牌

台日合作堅耐度號

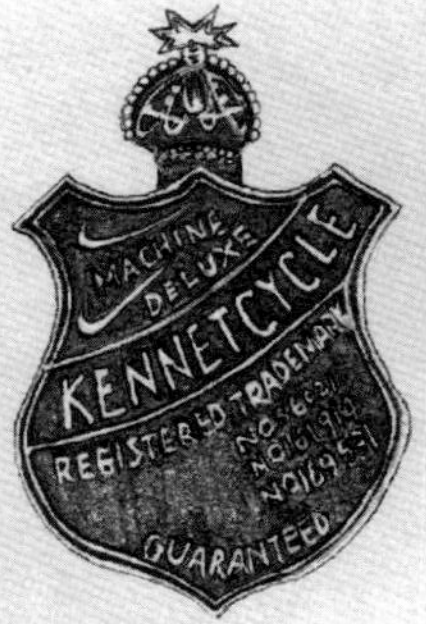

日本KENNET號

轉移。也因此，幸福牌腳踏車的品質很受一般民眾的肯定。

五、六〇年代的時候，擁有一輛腳踏車對很多家庭來說，仍然是昂貴的消費，因此知名的腳踏車品牌，在設計上往往兼具工藝性與裝飾性。比方說當時幸福牌的龍頭立管，都會釘上以琺瑯燒製的銅質商標，後反光鏡採用銅框包覆，並且用當時相當時髦的材料賽璐珞來製造全包式鏈條蓋，車身則有金漆手繪花草，土除廠徽如今看來更是富巴洛克風的古典設計。而昂貴的車款，車上每一個零件都有獨特的商標圖案，甚至連螺絲也會有「幸」字或「福」字的細緻浮刻。

一九六〇年代是台灣自行車工業的第一個高峰期，隨著生產線的上軌道，各車行與組裝車廠紛紛推出自己的品牌，台灣自行生產的腳踏車達到二十幾萬輛，使用中的腳踏車更達到一百三十多萬輛。幸福牌的市占率多少並不清楚，但可以知道的是，在李進枝的努力下，當時的幸福牌幾乎是單車界的第一品牌。

我有時候想，幸福牌的成功，或許和這個品牌名稱大有關係。這個剛從戰爭中脫離的小島，是如此渴望那句 slogan。

有一回我在小夏面前自言自語說：「騎上這個，真的會幸福嗎？」小夏看著我，像看著無可救藥的感傷主義者。

李進枝是一個很有生意頭腦的人，他在全台車站看板打廣告，利用廣播配合宣傳，還製作了品牌主題音樂。更前衛的是，他甚至組織了一個「幸福會」，提倡每周騎腳踏車郊遊，由他親自帶頭。這比捷安特的董事長，要早了六十年。

凡是參加幸福會自行車郊遊者，幸福牌免費提供水果與便當，還贈送印有商標的帽子、T恤等，這已經是將腳踏車視為休閒生活工具的行銷策略了。策略成功帶動了市場，由於賣得好，幸福牌也變成全台失竊率最高的品牌。

而我父親最後一輛腳踏車，也就是此刻回到我手上的這輛車，正是幸福牌腳踏車在中後期的一款男女兩用車（也有人稱「文武車」）。它是父親從北台灣流動率最高，莽林一樣的贓物市場——艋舺賊仔市買到的。

也就是說，這輛後來失蹤的幸福牌，很可能本來就是某個竊賊把偷來的贓車分解重新組裝後，賣給我父親的。

鏡子之家

Abbas's House

也許河流沒有可能再回到雨水，而瓦礫堆也不能重建回房子，但看到那輛腳踏車後，我仍不自禁地這麼想：如果一輛腳踏車有買家，那麼它就一定有賣家；有後面一個主人，就應該有前一個主人。那念頭就像小小的火燄，雖然被風吹得左搖右擺，但畢竟沒有熄滅。

那天試完車後，我問小夏車主想賣多少錢？

「她沒有要賣。」

「沒有要賣？」

「嗯，情況有點複雜。這輛車原本是一間咖啡店裡的擺設，我因爲看上了車，每天去那間咖啡店，想請老板讓給我。結果老板說車並不是他的。只是他女朋友的朋友借他們擺設而已。」小夏說。

「也許你可以說服他們看看？」阿布說。

「嗯。我想認識那個咖啡店老板。」我握著那輛車的龍頭，用手指感受到那片珐瑯車牌的質感：「我也想認識那個把車借給他們擺設的車主。」

與小夏接頭的是老板的女友Annie，她原本要把車還給車主，但車主已經不住在台北了，Annie住的地方又太小，因此才決定寄放在他那裡。

「當時我可是喝了將近一年的咖啡，才得到她的信任的。」小夏給了我Annie的電話號碼，和她的mail信箱。「我想你自己聯絡比較好。」

不過我卻怎麼打都打不通那個號碼，寄出的mail也石沉大海，再打，手機裡傳出這個號碼已經停用的聲音訊息。我在想會不會是我的mail寫得太簡略了，因此對方覺得意圖不明不願回信？或者她純粹認爲我是無聊的騷擾者也不一定。

這個不夠坦誠導致對方無意回應的想法一直困擾我。幾天以後，我決定再寫第二封mail，這封mail透露了我爲什麼尋找這輛腳踏車的原因。唯一保留的是，我在信裡寫的是，這輛腳踏車的款式跟我父親曾經擁有的那輛一致，而不是說這輛車就是我父親的車。我怕對方誤會我是要追查單車竊賊的私家偵探或什麼的。

結果，回信就來了。

意外的是，回信的並不是Annie，而是署名阿巴斯的人，也就是小夏提過的，Annie的男友，咖啡店的店主。訊息的措詞不冷不熱，大概提到是Annie把信轉給了他。

程先生您好：

正如您所知道的，擁有這輛腳踏車的人並不是我，原車主也不是我的前女友*Annie*，不過，確實有段時間，這輛車子在我們這裡，陪我們度過了特別的時光。從您來信裡的字句，我推想您很希望能知道這輛車的故事，但我愛莫能助，因為這輛車是*Annie*向朋友借來做為咖啡店裡擺飾的，它的來源我也不甚清楚。至於*Annie*，她已不再跟我有所聯繫，雖然您的信是她轉給我的，但她完全沒有留下隻字片語，所以我想，她大概不會希望我以任何一種方式打擾她的生活。無論如何，祝您早日找回您父親的車。祝　好

阿巴斯

我並沒有因爲這封信而退卻，反而激起了一些希望。因爲從內容看來，阿巴斯和Annie分手了，此時正處於一種脆弱的狀態。（從他的信件字句中，可以知道他非常在意這件事。）此外，感覺上他是一個會被誠意打動的人。而要找阿巴斯感覺上也比找Annie

容易，一方面是女性可能會覺得我意圖不明，另一方面，相對來說，會用阿巴斯做爲暱稱的人，要比 Annie 要少得多，我應該可以找到關於這個人的一些訊息。

我於是把這個名字放在 Google 上搜尋（當然絕大部分得到的是伊朗導演 Abbas Kiarostami 的資訊），並且比對每一條訊息，把我認爲應該是屬於這位開過咖啡店的阿巴斯的相關條目找出來。沒有意外地，我找到的多半是有關那間曾經開在大稻埕公園附近的小巷弄，店名叫做「鏡子之家」的咖啡店。

阿巴斯也是一位攝影師，從網友貼上來的照片可以看到，那家店主要以他的作品做爲布置，每個座位都是有些年紀的木桌椅，而每張木桌椅都各不相同。由於有限的燈光都打在照片上，因此整體來說略顯昏暗。有個文青顧客在網誌上寫：「『鏡子之家』的老撾咖啡有迷人的雨林味，但牆上布置的照片卻讓人失去喝咖啡的胃口。」

我想如果剛好有展覽就好了，那麼就可以藉看展覽的名義接觸阿巴斯，不過並沒有。那間咖啡店後來轉手了，新老板換了另一個店名繼續經營。有某種預感告訴我，像阿巴斯這樣的人，是那種會常常回到某些記憶遺址徘徊的人，於是，我便到那間此刻叫做「林檎」的店，看看能否有與他偶遇的機會。我大約一周去兩次，不久，便和「林檎」的店主阿達混熟了。阿達把店內裝潢整個改過，變得明亮開朗許多。他曾留學日本學習種植蘋果，是個身材高瘦、性格開朗的人。他原本是希望能到中部山上買塊地種蘋果的，結果是開了「林檎」，以非常符合店名的「蘋果泥」做爲主要的推薦商品。

就在六月的第一周，天氣開始變熱的時候，我終於遇到了阿巴斯。

那天我到「林檎」之前，阿巴斯就已經坐在那裡了。他穿著一件卡其色的軍裝風衝鋒衣，拿著光板，用放大鏡低著頭檢視幻燈片，頭髮不知道是抹了髮膠還是天生的，看起來相當硬。這個時代不用PAD檢視數位檔案，還在用光板看幻燈片的人實在很少見。我也注意到他腕上那隻有高度計功能的防水手錶，只有特殊需求的人會戴那款手錶。阿達看到我來，就用眼神告訴我，那人就是阿巴斯。我於是到他桌邊，對他自我介紹。

阿巴斯抬頭看我的表情像是剛剛失去最後一個朋友，他對我的出現有點不安，也帶著警覺。我判斷他是一個不喜歡曲折的直白之人，於是在自我介紹後，決定不欺騙他這是一次偶遇，而是我一直以來期待的事：「抱歉，但我沒有刻意在打聽你什麼。只是想碰碰運氣，所以常來這間店，也認識了阿達，看能不能有機會跟你聊一聊，我眞的很想跟你談談那輛腳踏車。當然，如果你不願意，我就回到我的座位去，不會再打擾你。」

阿巴斯遲疑了一下，他看了我一眼，眼神有一瞬間就像生鏽的鐵釘，然後那個銳利的感覺旋即消失。他打了一個手勢請我坐下來。

「車子是Annie找來的，不過我跟她分手了，所以……」

「是，你信裡有寫，眞抱歉，但我不是要刺探隱私。我眞正想知道的是，你們怎麼得到這輛車的？或者是，你們跟車之間的關係是什麼？比方說，當初你爲什麼會拿這腳踏車當成店的裝飾？」

「因爲我喜歡騎腳踏車啊。」

「原來如此。」這答案簡單到有點像是拒絕，讓我一時之間有打退堂鼓的念頭。我本來想進一步問他多喜歡，但以我這些年寫稿時的訪問經驗，我知道自我剖白往往是能讓對方開口的開頭。於是我轉而對他講起了我尋找這輛車的理由：「我就坦白跟你說吧，那輛車就是我父親的車。」

「你怎麼知道？」

「因爲有車身編號的關係。小時候我的身高跟這輛車差不多高的時候，最喜歡摸車子烙有號碼的地方，那數字因此也牢牢記住了。我的目的並不是找竊賊或什麼的，只是想，如果幸運的話，藉由追尋這輛車的不同車主，可以知道這車二十年來究竟去了哪裡。我不知道這對我來說有沒有意義，也不知道會不會有答案，只是想做而已，不是想追究什麼。畢竟我父親已經過世了。」我撒了謊，因爲至今我仍然無法坦然跟家人以外的人說「我父親莫名其妙失蹤了」這樣的話。

阿巴斯以嚴肅的神情聽著我說話，我可以看到蘋果泥很辛苦地在粗吸管裡緩慢上升，然後他好像在仔細斟酌用詞猶疑地說：「嗯，我懂你的意思了。但是你有沒有想過，說不定沒有辦法追溯到二十年前？很有可能，這中間就斷線了，比方說，某一手的車主其實是竊賊……」

「我知道，所以我說幸運的話。」我打開我的平板電腦，把裡頭關於商場的老照片給他看，可以看見他的眼神逐漸變得放鬆，變得好奇。

「這裡我年輕時候去訂做制服過呢。對了，我姓甘，甘少奇，朋友都叫我阿巴斯。」聽到阿巴斯突然地自我介紹，並且伸出手來，我不禁鬆了一口氣。

之後，我和阿巴斯斷斷續續見了幾次面。

一九九二年的時候，阿巴斯從大學畢業，當了兵，進入了駐紮在岡山空軍官校的防砲部隊，營區就在一個叫做二高村的眷村旁。爲什麼叫二高村呢？據說是因爲那個地點本來是日本「第二高雄海軍航空隊」的駐守地的緣故。這個在戰後改建的眷村，包括二高、仁愛、自力幾個小村落，不過一般人都將它統稱爲二高村。

阿巴斯因爲大學念了傳播系，開始迷上拍照，並且幻想成爲偉大攝影師，所以假日常常拿著相機，在村子裡繞來繞去。當時住在裡面的人已經不多了，多半是老人與小孩，是一個安靜的小眷村。

從外觀來看，二高村道路兩旁的房子較為明亮、舒適，但有些房子卻蓋在很離奇的地方，陰暗潮濕，不太像是住人的地方，反而像是倉庫。果然，阿巴斯聽連上的長官說，二高村一部分本來就是日軍的倉庫，一部分才是後來建造的軍人眷舍。那些從日本時代留下的大型倉庫並沒有拆掉重建，而是直接把兩排門對門的眷舍蓋在倉庫裡頭，成為二高村獨特的建築景觀。許多房子都已經空無一人，阿巴斯拍了一系列的作品就命名為「破窗與遺物」。

「第二高雄海軍航空隊」駐守的地方——岡山機場，也就是阿巴斯所在的防砲部隊守衛的空軍官校機場，而不遠處在戰爭時期知名的六一海軍航空廠，後來成了空軍航空技術學院。戰爭末期，這兩個地點都是美軍從菲律賓、中國派出轟炸機時轟炸的重點，特別是航空廠，被美軍視為日本本土以外最重要的軍事目標。當時航空廠被飽和轟炸，附近的木造建築都燒燬了，留下來的都是比較堅固的水泥建築，有些房子牆上都還留著很清楚的彈痕。二高村裡有一個叫筧橋國小二高分校的小學校，早上升旗唱的不是校歌而是空軍軍歌，稚嫩的歌聲會隨著風，傳到阿巴斯駐守的防砲營裡頭。

「凌雲御風去，報國把志伸。遨遊崑崙上空，俯瞰太平洋濱。看五嶽三江雄關要塞，美麗的錦繡河山，輝映著無敵機群……」這樣的歌詞由小朋友的聲音唱來，格外讓阿巴斯覺得有一種異樣的違和感。

二高村的出入口有一個半圓形的拱形鐵門，進去有一條大概六米的馬路，防砲營區位於這條路的盡頭，右轉進去的一個哨所內。進了哨所就屬於空軍官校營區了。

防砲部隊的主要訓練就是跳砲操，以及每天早晚的三千公尺跑步。阿巴斯非常享受清晨跑步的時光，特別是當排長帶部隊出二高村，一路跑到彌陀鄉市區的時候，可以張望小城風景，運氣好的話還可以看到國高中女生正要上學的美麗畫面。二高村裡也有麵店、早餐店和雜貨店，跑步回來的時候，帶隊的排長心情好，會放士兵去買些飲料，喝完以後再回營區。

阿巴斯大學重考了兩年，當兵時已經比一般阿兵哥年紀要大些，所以跟連上的弟兄有點親近不起來，反而因爲常在村子裡拍照的關係，跟一些居民較熟。比如說賣牛肉麵的張姥姥，開豆漿店的田伯伯，似乎都很喜歡當時看起來斯文白淨的阿巴斯。阿巴斯離開了二高村之後，一輩子都沒有再吃過田伯伯豆漿店裡那麼好吃的芝麻燒餅和豆漿，那豆漿濃郁得就好像其他的豆漿都不是黃豆磨出來似的。

其中一位跟阿巴斯最熟的老先生姓鄒，無兒無女，聽說曾經再娶過一個女孩，後來把他郵局的錢領光跑了。阿巴斯認識他的時候，靠軍人的退休俸過日子，大家都叫他老鄒。老鄒曾經是空軍的地勤人員，負責過 P-47、F-86 的維修工作。

阿巴斯是因爲一輛腳踏車才認識他的。

老鄒的右腿曾在戰爭時被自走砲的彈簧掃到而斷過，據說這是他斷了飛行夢的重要因素。因爲當時的接骨技術不好，老鄒從此就變成長短腿，走起路來一跛一跛。老鄒的房子就是位於倉庫裡最陰暗潮濕的角落，他油膩又稀薄的頭髮總貼在兩側，臉孔是缺乏陽光的蒼白，肩膀上則常停著一隻白頭翁——這非常奇特，阿巴斯從來沒看過有哪一隻白頭翁會停在人的肩膀上的。

那時阿巴斯是連上的兼任政戰士，因爲業務的關係，常常要跑到彌陀買些文具，或是到鳳山洽公。可是只有少數軍官會有機車，也很少有義務役會專程把機車運來，所以如果要去彌陀，除了連上剛好也派車要去公差可以搭便車以外，就只能步行或者騎腳踏車。阿巴斯當然沒有因爲這樣而買了腳踏車，因爲學長早就交代，可以到二高村「借」腳踏車。

彼時二高村老人的活動範圍並沒有超過村子，他們年輕時用來代步的腳踏車都沒在騎了，也不上鎖，就放在門口或院子裡生鏽。學長會開玩笑說，爲了讓車子保持良好狀況，我們應該幫他們騎一騎，順便幫忙打打氣，上上油。

村子裡的老人也都知道阿兵哥會「借」腳踏車，一般來說，幾個小時以後就會車歸原位，所以並不大在乎。阿巴斯最常「借」的，就是老鄒的腳踏車。那是一輛黑鐵打造，有牛皮彈簧座椅的車。車雖然不起眼，但騎起來有一種扎實、穩當的感覺。那輛車上並沒有任何可以辨識的品牌標誌，比較特別的地方是，它是墨綠色塗裝的，漆面雖然已剝落嚴重，但還是可以感受到原本是一輛做工扎實的車。阿巴斯常常騎著那輛車在彌陀街上繞行，有時候甚至騎到海邊。那裡的海是灰色的，海灘沖上來的垃圾，擱淺在高潮線附近。

二高村裡的老人對阿兵哥「借」腳踏車心知肚明，阿巴斯有時候「還」車還會撞上老鄒。漸漸相熟了以後，回來的時候阿巴斯會順手幫他帶點酒、白麵條、虱目魚，或者青菜當作車資。如果老鄒不在就直接掛在車上。

阿巴斯家住在中部的一個稱爲「久美」的小部落裡，那時候阿巴斯的母親在家裡種地，所以收假回部隊時阿巴斯都會帶家鄉種出的玉米、葡萄給老鄒。老鄒有時候熬了虱目魚粥，會留一碗給阿巴斯；院子裡的土芭樂樹熟了，也會摘一袋給阿巴斯。

那年夏天天氣格外炎熱，眼看阿巴斯要退伍了。退伍前有天他騎了老鄒的車到彌陀，和幾個相熟的同梯吃熱炒慶祝自己變成部隊裡的「紅軍」（指在義務役軍人中最接近退伍梯次的人），阿巴斯喝了點酒，回到二高村已經晚了。還車的時候老鄒從只點著一盞燈的屋子裡頭喊問道：

「老弟啊，是不是要退伍了？」

阿巴斯說：「是，謝謝你的照顧和你的車。」他走進屋子，遞給老鄒一袋蛤蜊湯。

老鄒招手要阿巴斯坐下，並且到廚房裡端出一籠白饅頭。老鄒的饅頭塊頭不大，但結結實實，那饅頭就像是有信念似的，阿巴斯放進嘴裡就有一種想不斷咀嚼它的慾望，嚼到後來彷彿有一幅麥田的畫面在他面前展開。據說老鄒做饅頭的手藝是跟當時部隊的伙房兵學的，他把伙房兵的家傳老麵留了一塊自己養著，讓它生生不息。

老鄒問：「好吃嗎？」

阿巴斯說：「說真的，老鄒，不能用好吃來形容。」

老鄒說：「是啊，講得好。這麵糰與揉麵，是有工夫的。」

阿巴斯看著老鄒，覺得他好像有什麼話，沒辦法順利地講出來，所以故作輕鬆地開玩笑說：「老鄒啊，雖然我這樣叫你沒大沒小，但你知道我把你當成爺爺一樣，退伍以後有空我也會來看你的啦。」

老鄒笑了，很是開心的樣子，他肩膀上的白頭翁啄著他的耳垂，好像在偷偷說些什麼似的。

阿巴斯說：「回營的時間差不多了。」

老鄒說：「還差一點，九點來得及晚點名就好了，媽的老鳥了怕啥？」他拿出床底下一瓶「酒鬼」，那是阿巴斯請營長的傳令兵，把營長的私藏偷出來送老鄒的。

兩個人遂就著那盞小燈喝起來。老鄒的房子寒磣得很，像樣一點的東西除了那輛腳踏車，就只有一台十六吋電視，一張老木桌。客廳的櫥櫃裡，倒是擺滿了軍中他的紀念徽章和獎盃（許多是桌球賽得獎的），還有一副破碎的飛行眼鏡。

阿巴斯問：「這誰的啊？」

「日本兵的。這式樣是日本兵的。」老鄒再替阿巴斯斟了杯酒，問道：「你知道你們的營地，曾經是日本航空隊的基地嗎？」

阿巴斯說：「知道，聽長官提過。」

「那你知道，日本的特攻隊也曾經駐紮在現在的航空技術學校裡嗎？」

阿巴斯說：「這我就不知道了。」

老鄒的神情變得嚴肅，說：「我想跟你講一件事，你聽，別怕。」

「說吧。」

「是這樣的，這屋子裡，一直以來都有一個日本的飛行學徒兵跟我住在一起。有一年我挖地種絲瓜，挖出這副破爛眼鏡，我拿這副眼鏡去問過人，說是日本飛行員的飛行眼鏡。那個學徒兵並不是執行任務死掉的，而是在駐守地因爲轟炸而死掉的，眼鏡爲什麼會掉在我的院子裡，就不曉得了。好笑的是，絲瓜沒長成，倒因爲我丟了芭樂籽在院子裡，長出一棵芭樂樹來了。」

阿巴斯聽得莫名其妙，也不覺得怕，只是有點難過，老鄒難道瘋了，還是得了阿茲海默症？他心想，如果自己像老鄒一樣無親無故在這陰暗潮濕的房子裡獨居個三、四十年，也一定瘋了吧。但老鄒講話時眼神晶亮晶亮，不像是瘋了，也許只是出現幻象？他看過Oliver Sacks的那本書，如果人的腦部發生病變的話，無論多麼詭奇的事，如果它判斷那是眞相那就是眞相。它告訴你你太太的頭是一頂帽子，你就會深信那就是一頂帽子。

「這些年來，他就跟我住一起。」老鄒指了指肩膀上的白頭翁。這時候白頭翁突然唰一聲展開右邊的翅膀，然後抬起腳將飛羽整理了一遍。

阿巴斯覺得荒謬極了，說：「牠？」

老鄒嚴肅地點點頭：「我一直覺得，日本人都是沒心肝、禽獸、畜牲、野蠻的，我恨透鬼子了，想盡辦法趕走牠，請什麼道士啊，還放了十字架，都沒有用。也就由得牠了，反正牠也不占床位，也不囉唆，就只是站在我的肩膀上，或窩在那副眼鏡旁邊。一開始我也想過把那副眼鏡扔了，說不定牠就走了。可不知怎麼地，就是做不來。」

阿巴斯轉過頭去看了一眼那個櫥櫃，那飛行眼鏡和海苔罐、太舊而看起來像沒擦乾淨的碗盤，以及老鄒自採的藥草擺在一起。再轉過頭來，那白頭翁側著頭看著阿巴斯，阿巴斯這時才覺得，那白頭翁的眼神晶亮得太過不尋常，簡直就像裡頭有一輪月亮。

「那棵土芭樂發了芽，我認出來了，就沒剪掉。沒想到它漸漸長大，變成一棵高過房子的大樹。有一年一對白頭翁到這棵樹上築了巢，被我發現了，我每天都注意著牠們怎麼築巢。不久就孵了一窩雛鳥，幾個禮拜以後小鳥就學飛了。沒想到有一天早上起來，我在地上看見半截的鳥屍，和翻了的鳥巢，一定是被村子裡的野貓給掀了。我本來不太在意這事兒，沒想到走進屋子裡一看，一隻還不太會飛的幼鳥，竟然飛到櫥櫃裡頭躲在放眼鏡的那個角落。我心裡想，一定是那窩白頭翁唯一活下來的幼鳥，心底一酸，就把牠養下來了。」

「養下來了？」

「嗯。到街上去買幼鳥吃的飼料，泡在水裡，用塑膠管子餵牠，然後就這樣養下來了。幾乎每天晚上這個時間，我都帶牠出去散步。今天我等你來，就沒有出去了。」

「牠講日語嗎？」我問。

「啊？」

「要不然你怎麼知道牠是日本人？」

老鄒說：「牠從來沒有開口說過話。」

「那你怎麼知道牠是日本學徒兵？」阿巴斯應該要這樣問的，但他沒有這樣問。他開始有點不曉得要怎麼從這個話題抽身，只好一直頻繁地看手錶。

「牠帶我去了很多二高村裡，連我都不曉得的地方。其中有一個地方，我想牠是要我下去看看，這麼多年來我都沒敢試試。」

「什麼樣的地方呢？」阿巴斯問。

「我先不說。」老鄒說：「你退伍前還有假嗎？」

「有假，還有兩天。」

「那，一天陪我行嗎？」

「行。去哪？」

「就去那個地方。但要做一些準備。」

「什麼準備呢？」

「潛水用的那個氣筒，還有其他潛水要用的東西。應該租得到吧？」

「這個……我去問問。要做什麼用呢？」

「不說了。你要來，我就帶你去再說。你不來，說了沒意思。」那白頭翁意味深長地看了我一眼，然後突然拍拍翅膀從老鄒的肩膀飛到櫥櫃裡的飛行眼鏡上頭去。這時我才發現，不知道什麼時候開始，牠已經銜草在那個破碎眼鏡的凹槽做出一個窩巢了。

我看著阿巴斯，揣摩著他講的故事。阿巴斯講這事的時候拿出了親手沖洗的、關於二高村的照片，一張一張遞給我看，我的腦中因此畫面鮮明。他的工作室裡有一個像是老中藥鋪的木櫃，每一個小抽屜前面都有一個天干地支的木刻字。就像是特殊的祕密檔案一樣，他從「庚」這個字的抽屜裡，拿出一批黑白照片。

當他提到二高村的傳統市場時，就給我看了一張一隻貓坐在像是洗衣檯地方的照片，陽光從破的屋頂斜斜走進，貓的眼睛晶亮晶亮；提到二高村很多人搬走或死去之後變成廢墟，就給我看了一張幾乎只剩下三面牆的房子裡，一隻黃狗走近鏡頭，因爲曝光時間不足而變得模模糊糊的照片；提到村子裡那一排蓋在倉庫裡的眷舍時，他就給我看了一張很可能是爬到樹上往下拍的眷區一角的鳥瞰照片。

那輛腳踏車的照片共有三張，其中一張是車停放在一間房子靠門邊的陰暗處，就好像一頭害羞的狗。照片的模糊景深處，隱隱可以看見屋子裡頭有一個白髮老人的側影。那就是老鄒吧？

「沒錯，那就是老鄒。」阿巴斯回答。

這是我和阿巴斯第六次的碰面了，其中五次都是在原本是「鏡子之家」的「林檎」裡，而今天則是到了阿巴斯的公寓，也是他的攝影工作室。大約六、七坪大的房間裡頭或掛或貼了他這些年來的作品，還有一間廁所改裝成的暗房。

阿巴斯慢慢地把我當朋友，我想其中一個原因是我把以前出版的小說送給他，他讀了小說後，認爲同樣做爲一個創作者應該平等對我，於是特別讓我進到這個工作室裡，並要我可以選任何一張照片帶走。據說我是除了 Annie 以外，第二個進到這個工作室的人。阿巴斯說他還有另外一個判斷人的標準，就是觀察鞋子，他說：「我不相信那些鞋面乾淨的人，也不相信鞋子的後跟沒有磨損的人。」

我問他：「所以，你眞的去租了潛水用具？」

「租了。租了兩套。」他邊回答我，邊替一個老鬧鐘上發條，然後擺回桌子上，鬧鐘喀喀喀喀地走了起來。

阿巴斯對老鄒要潛水用具做什麼毫無所悉，因此潛水的老板問什麼用途，有沒有教練證的時候，完全回答不出來。那老板說，租給一個沒有潛水經驗的人，等於是殺人，他很有原則地拒絕了這個生意。

阿巴斯後來透過連上一個持有潛水教練證的菜鳥阿祖，才租到了面鏡、呼吸管、防寒衣、蛙鞋、背心、氣瓶、手電筒和調節器這些潛水設備。

阿巴斯跟副連長拗了半天的榮譽假，帶著阿祖和老鄒到彌陀海邊，拉了一艘舢板去近海，上了三小時的速成潛水課。阿巴斯的運動神經本來就不錯，所以很快就上手了，沒想到老鄒也身手俐落，全然不像是個老人。而他到水裡的時候，似乎那個跛腳的毛病就消失了，一點都不妨礙。

休假那天阿巴斯一早就去敲老鄒家的門，一看到剛起床老態畢露的老鄒就後悔了。阿巴斯想起了那個體格像黑熊，一臉霸氣的老板說的話。雖然老鄒宣稱自己年輕時是游泳高手，但是他現在已經老了。帶一個老人無論他要穿上這套潛水裝備去做什麼，都等於是謀殺。

吃完老鄒的饅頭，阿巴斯默默把所有物品收進防水背包裡頭，那隻白頭翁從窗外啪啪啪地飛進來，停在老鄒的肩頭上，照例咬起老鄒的耳垂，既像在對他說著什麼，也像是親暱的吻，甚至看起來要鑽進老鄒的腦袋裡頭去似的。

「牠也要跟嗎？」阿巴斯問。

「不，牠說牠不能去。」老鄒把食指伸到牠的腹部下，白頭翁咚一下跳了上去，他遂把牠放在桌子上，和阿巴斯牽著腳踏車出發了。

阿巴斯依著老鄒的指示先是騎到自力村附近，再順著一條小路騎進一片乍看之下無邊無際的稻田裡。那時稻子正在結穗，散發出一種獨特的香氣。蟬像是要把人的耳朵震聾似的拚命叫著，從稻田裡竄進竄出的麻雀，一點都不怕農夫綁的鈴鐺。遠遠的稻田中有一棟兩層樓的平房，前頭停了一群白鷺，老鄒指著那建築物說，那裡曾經是國小的教室，後來變成了肺癆病患者的療養院，現在則是完全荒廢了。

「我們今天就是要去那裡。」老鄒說。

「去那裡潛水？」阿巴斯想，也許今天老人是要他陪演一齣戲吧。

房子除了有兩面外牆塗上瀝青防水，變得黑黝黝以外，沒什麼特別的。老鄒領阿巴斯進去，屋子裡四壁空無一物，陽光從沒有玻璃的窗戶照射進來，不知道爲什麼，仍讓人覺得陰涼。老鄒走到屋子一側的角落，要阿巴斯把一片木板搬開，露出一處方形的區塊，上頭密密實實釘了木條。老鄒從包包裡拿出鐵鎚和羊角拔釘器，要阿巴斯把木條拆開。拆開第一塊木板阿巴斯就知道那應該是原本房子通往地下室的入口，只是大約從第五階開始，就是水了。滿滿的，綠色的，充滿藻類的渾濁的水。

老鄒探了探頭說：「今天水位是高了。」

阿巴斯問老鄒：「你早就知道這裡是這樣？」

老鄒說：「是，要不然怎麼會帶你來？」

阿巴斯說：「我們要下去？」

老鄒已經開始穿起了潛水衣：「對，看看這水究竟通往哪裡。」

「當然是地下室啊。」

「沒有那麼簡單，要不然那日本兵不會要我下去看看。」

那是一隻鳥啊，老鄒。我在心底講。「好啦，就算不是，爲什麼要知道這水通往哪裡呢？這太危險啦，老鄒。你下去過嗎？」

「沒下去過，這才找你一起。」

「老鄒啊，你想要我退不了伍是嗎？」

老鄒指指身後，要阿巴斯幫他把水肺背起來：「哪裡，沒有危險我才敢帶你來的啊。」

阿巴斯邊搖頭邊說：「沒有危險？誰說的？」

「那個日本兵說的。」

「你不是說牠不會說話嗎？而且牠只是一隻鳥啊老鄒！」

「牠不會說話，但我懂牠想說什麼。」老鄒戴上蛙鏡，那眼神眞不像六、七十歲的老人。

「你知道爲什麼我跟 Annie 開的咖啡店叫做『鏡子之家』？」

「是因爲三島由紀夫的小說吧。」

「沒錯。Annie 喜歡三島。她說三島的《鏡子之家》是很特別的一部作品，也是他比較不被評論家認同的作品。雖然有時候這本書被評論是三島的失敗作品，我個人倒很喜歡，覺得三島建立了一種人的心理細節之美。

「鏡子是一個女性的名字，很像是個介質。我們把店名取叫做鏡子之家，我知道一般人都不會想到三島的小說。但那樣剛好，我就希望客人看到這四個字而已。「『鏡子之家』都用我的作品做爲擺設，其中有一些照片，是在視覺上不愉快的，所以並不是每一個客人都喜歡。」

阿巴斯的工作室裡，牆上玻璃裱褙的那些照片，因爲都是黑白照，所以在某些光線的角度照射下，黑色的部分往往會讓觀看者看到自己模模糊糊的形影，像鏡子一樣。

阿巴斯與老鄒穿好潛水裝備，蹲在那個樓梯口前，綠水顯現出他們綠色的倒影。老鄒的身形跟阿巴斯幾乎一致，是站直後才會感覺微微駝背，上了年紀的身體。穿上潛水衣蹲在樓梯口的兩人，在綠水中看起來竟然差不多年紀的樣子。

阿巴斯跟老鄒聲明，如果有危險立刻回來，老鄒點點頭，說這本來就不是爲了玩命，而是給他自己還有阿巴斯退伍的一個紀念。阿巴斯對這個說法嗤之以鼻，說自己根本不想要這樣的紀念。他瞄了一眼潛水錶，確認下水時間是早晨的八點零六分。

兩個人走下樓梯，阿巴斯在心底默數，樓梯總共有二十七階，以一階十五公分來算，這是一個大概有四米多深的地下室。綠水渾濁、濃稠，划水的時候會覺得水重重的、溫溫的，和海水的觸感大不相同。頭燈和手電筒照出去的光線，都往前不了太遠就被綠水吃掉了，但回頭看的時候，仍看得見光線從樓梯口傳下來，像一個方形的月亮。阿巴斯一手摸著牆，一面注意著老鄒。

阿巴斯本來就想敷衍繞完整個地下室就算結束了，沒想到游到第三面牆時，摸到了一個像是架子之類的東西，微弱的一線光，從書架後面像刀一樣傳出來。老鄒拍拍他的肩膀，示意合力把架子推開看看，沒想到阿巴斯用力一推，那木架就嘩然地在水中慢動作似的分解了。他們眼前突然一亮，那後頭展開了一面石牆，上頭隱隱有一道半開著的石門。阿巴斯伸手摸摸石門的厚度，大約有兩手掌寬，是非常扎實厚重的一道門，可以想見，如果不是它自己露出這樣的縫隙，是不可能被他們兩個人推開的。

阿巴斯感到有一股力量從石門打開的縫隙湧來，那似乎是不知道從哪裡來的水流。他們側身進去石門裡面，可能是污水被大量的水稀釋的關係，眼前的能見度雖然仍然不算清澈，卻能看到大約三米以內的事物了。那看起來是另一個房間。阿巴斯邊游邊確認那個空間的大小，發現四周都是一排排大小一致的鐵架，鐵架上仍擺放著爲數不少的木箱，水底下看起來像是黑黝黝的污泥，他伸手一撈，勉強辨識出有些是腐爛了的軍衣、軍帽。而最後一邊的牆，又開著一道門，看起來又是通往另一個房間的。

那恐怕是一個規模不小的地下倉庫。

阿巴斯沒有想要進去，他怕如果房間是一個一個連著下去，最後他們可能游不回原來的房間。阿巴斯浮在水中，就像在天花板看著房間似的，那種感覺很是奇異。兩個人的強光電筒與頭燈，像有生命的生物一樣在水中來回擺動。阿巴斯環顧了四周，發現有一處露著細細長長的黃色微光。那只是像一根蠟燭所發出的虛弱的光，但不知道爲什麼，那光有一種神祕而吸引人心的力量。

兩人一前一後游了過去，阿巴斯伸手一探，發現那是一條牆的裂縫，那個裂縫又有另一股水流湧進。阿巴斯伸出大拇指往身後指，意思是問老鄒是不是該回頭了？但老鄒不知道是看錯還是怎樣，卻反而往那個裂縫游了出去。

阿巴斯趕緊伸手拉他，卻沒能拉住，只好跟著，試圖拉住老鄒的腿。但一游出去，身體就感受到水流的推力竟變成吸力，那是阿巴斯一生中再也沒有經驗過的一種力量，就好像有某個巨人用拇指跟食指捏住你，然後把你往某個方向扔過去。

一開始阿巴斯在那股強大的水流中勉強拉住老鄒的手，但接著便不由自主地隨著力量往前流動，之後手就拉不住放開了。不知道多久以後，他才稍稍能掌握住，如何在那股水流裡穩定身體的方式。在那個深沉的、猛烈的水流裡，阿巴斯強烈地感到一種沒有辦法控制住身體的無助感和恐慌。但就在那一刻，彷彿時間之軸被什麼扭轉了似的，他陷入一片白霧之中，而那猛烈的水流也消失無蹤了。

定神之後阿巴斯發現，白霧可能是無數細小的氣泡。那些氣泡與水流在耳邊發出漉漉漉漉的聲響，就彷彿一架巨大的、充滿雜音的收音機放在耳邊。但很奇怪的是，阿巴斯後來竟然能清楚地看見每一枚氣泡，它們好像被打磨過一樣，充滿光澤，讓他幾乎可以照見自己的臉。

阿巴斯下意識地用手擦了擦蛙鏡，但那只是陷入更深的白霧之中。不知道過了多久，迷茫的白漸漸消退，阿巴斯直覺地先看了一下手錶上的數字——八點二十八分，這很合理，表示意識是非常清楚的，於是他轉動頭四處搜尋老鄒。不過接下來的景象又讓他覺得自己身處幻覺之中，因爲他看到了數量非常驚人的一群魚。

而且是巨大如人的軀體的魚。牠們的鰭和尾巴不斷擺動，製造出無數的氣泡。（原來氣泡是牠們製造出來的，阿巴斯心裡想。）然而阿巴斯定神再看，卻發現那並不是魚，而是一群人。

他深深地吸了好幾口氣瓶的空氣，想壓抑怦怦的心跳。他再一次確認眼前的景象，以及錶上的時間。一樣是八點二十八分。阿巴斯逼使自己不看那群魚……人，專注地注視錶上的時間，才發現該死的秒針一動不動了，就像被凍結了一樣，它停留在八點二十八分二十九秒的位置。他媽的壞了。

阿巴斯抬起頭來，鼓起勇氣再看清楚眼前的景象。那眞的是一群人嗎？這些「人」就像魚一樣游動，身體曲折擺動。他們幾乎都是全裸的，偶爾才會看到一、兩個身上還留著一點少得可憐的布料。這些半裸全裸的「魚人」（嗯，不能叫他們人魚，就叫他們魚人好了，阿巴斯想），手上還拿著各種兵器。

那些都是兵器沒錯。阿巴斯在大學時曾是國術社的成員，因此認出其中一些是關刀、三叉、鉤仔、躂刀、牌刀、雙刀、齊眉棍、戒棍、斧、鞭……但還是有很多是他從來沒看過的，奇特造型的兵器。更奇妙的是，有的魚人拿著的是農具，像是鋤頭、鐮刀、鏟子、耙子……其中幾個游過他身邊，近到幾乎只有一個手掌寬的距離。阿巴斯看到，他們身上的皮膚破破碎碎的，就好像被什麼剪開了似的，不過那樣的皮膚並沒有血液流出來，就只是袒露出粉紅色的皮膚缺口而已。有的缺口相當大，可以直接看見灰白的肌肉和骨頭。

阿巴斯抬起頭，看到最上層的魚人的剪影，他們看起來「很輕」的樣子，那些魚人都不是完整的：有的失去手，只靠著腳在踼水；或者失去腳，只靠手划水。有的甚至只有半邊身體，因此只能不斷繞圓圈。陽光穿過水流穿過他們的身體，形成一個一個柱狀的光流，直到沉入深深的水底。阿巴斯循著光線往下看，可以看見在黑暗中似乎有些什麼聚在那裡，像比目魚似的，扁扁地沉在那兒。

不知道爲什麼，此刻阿巴斯感到平靜，剛剛驚恐的情緒似乎退潮了。他任由水流帶動身體，因爲他發現身體漂到哪裡並非他可以決定，肉體在水中就是一根羽毛。

阿巴斯再深呼吸幾口，試圖讓理智回來，他懷疑自己陷入了某種半昏迷狀態，才會出現異象，因此再瞄了一下氣瓶指針。氣瓶的指針顯示非常正常，思考的時候，意識也很清楚、非常清楚，就好像小時候把迷宮圖展開，然後用紅筆畫一條從入口到出口的線那樣清楚。阿巴斯想起了老鄒，他四處張望他的身影。

這時候水中時遠時近傳來巨響。那響聲就像有人用雙手直接拍擊耳膜，讓他不自覺地用手摀住耳朵，眼睛也因耳膜的疼痛而閉起來。意識在流動時身體也在流動，不知道過了多久的時間，重新睜開眼的時候，阿巴斯發現水比剛剛清澈多了，甚至連底下石頭上的溪蝦、螃蟹、身邊的游魚都清晰可見，而那些魚人已消失無蹤。就在這時候，阿巴斯撞上了什麼，他下意識把手往上一划一撈，似乎攀住了可靠的土地。

這裡已是淺灘。

浮出水面的那一刻阿巴斯哭了，也可能是在水流裡面就已經哭了。他轉頭過去，發現有一個人躺在五公尺外的岸上，他拖著酒醉一樣的步伐走過去，看出躺在地上的是脫下蛙鏡、睜大眼睛的老鄒。他摸了他的心臟，很有力地跳動著。

濕漉漉的阿巴斯和老鄒都瀰漫著一股藻類的腥味，好像身體裡哪個部位正在發臭，那是一種由內而外的臭味。過了不知道多久的時間，阿巴斯默默地脫下潛水裝，默默換上收在防水袋裡的衣服，然後也幫忙老鄒換了衣服。阿巴斯看著老鄒的眼，老人的眼睛就好像做夢一樣。

走著走著，天漸漸地黯淡下來，阿巴斯這才想起什麼，又看了一下錶。錶不知道什麼時候再次動了起來，時間指的是下午五點三十分二十秒。

阿巴斯和老鄒攜帶的是標準不鏽鋼一〇〇型氣瓶，使用的時間不可能超過一小時。阿巴斯想，那不可能，他反覆地在心底對自己說，一定是有一段時間，失去了意識，老鄒也一樣。我們被水沖上岸的時候失去意識，中間的一切都是大腦所創造出來的幻覺，阿巴斯這樣說服自己。

日後阿巴斯在地圖上判讀，他們上岸的地方是阿公店溪的左岸，離二高村大概直線距離是兩公里。這是一場在水底漂流了兩公里的幻覺嗎？多年來阿巴斯一直質問著自己。

一路上阿巴斯跟老鄒都沒有講話，老鄒從防水袋裡拿出饅頭，遞了一個給他，那饅頭滴水未沾。由於身體此時出現巨大的疲憊感，幾乎完全邁不動腳步了，阿巴斯打了公用電話叫計程車，等了半小時，計程車才緩緩出現在堤防道路的那一端。而一回到老鄒的家，打開門，那白頭翁就默默地撲撲撲地飛了過來，將老鄒頭上冒出來的汗，一滴一滴吸吮進去。

阿巴斯說到這裡的時候，就好像浮出水面的鯨一樣深深吸了一口氣，那口氣好像把我身邊的空氣都吸光了。我沒作聲，沒有提出問題，甚至於連手摸著玻璃杯的位置也沒有改變。他站了起來，去廚房倒了一杯熱水，咕嚕咕嚕地喝了下去。

退伍的時候老鄒把那輛腳踏車送給我，我說送我了他要騎什麼？他說他腳愈來愈跛總有一天不能騎，而且二高裡頭腳踏車多得是哩。

退伍那天我決定騎腳踏車回部落，總共騎了三天。在那三天的行程裡，各式各樣的事充滿了我的心底。巴蘇亞是鄒族人，嗯，巴蘇亞是我父親……我母親是台灣人，他們結婚以後，一度一起到城市裡的工廠工作討生活，大概我五、六歲的時候，他們感情發生我無法理解的問題。我只知道結果是我媽帶著我回到部落的老屋耕種，有時挑菜到附近的小鎮賣，而巴蘇亞則留在台中開計程車。我不知道他們兩個人究竟是為什麼會走到這個地步的，就好像菸抽到最後一小段，悲劇演員演到戲的最後一分鐘。

一開始我幫我媽照顧田地，然後到台中市去當了一年的婚紗攝影助理，很快就變成滿受歡迎的婚紗攝影師。因為我還懷著當攝影師的夢，所以自己也常常外拍，想要留下一些屬於自己的作品。我一直很懷念在二高的日子，想像著如果當初乾脆住在那裡，拍那樣一個眷村十年、二十年就好了。這其間我也回去過幾次，順道看看老鄒。老鄒後來長了一個壞疽，醫生要他捨去那條稍短的腿，他死也不肯。有一回他跟我說，還好那次我陪他下水，否則他的腿壞了，再也不可能下水了。我反而會想，會不會是那次下水，種下他腿壞的病因？他說如果我記得，他死的時候想辦法把他埋在這屋子下面，如果他死的時候白頭翁還在，就麻煩我照顧牠。

我二十七歲那年，巴蘇亞死了。辦完喪禮我回去二高村找老鄒，他的大門深鎖，原來他已經在軍醫院裡去世。因為沒有親人，很快就火化了。老鄒死的時間只比巴蘇亞早一個星期。鄰居張奶奶告訴我，老鄒曾經試著聯絡我，可是我該死的 call 機掉了，換了個新號碼，我從來沒有意識到他有一天會打 call 機找我。我騎著租來的摩托車，一路到阿公店溪旁邊，到那個當天我們浮起來的岸邊，發現已經築起水泥防波堤。老鄒不在了，巴蘇亞也不在了，連原本的河岸都不在了。飛行眼鏡不見了，土芭樂樹被砍了，那隻白頭翁也不知道飛到哪裡去了。

阿巴斯拿走我的杯子，站起身來幫我去添了一杯咖啡，聽說這咖啡豆是從老撾進口的，帶點酸腐的氣味，就好像森林的底層一樣。老撾會產咖啡，是因為殖民的法國人帶進去的，每年生產的量不多，但氣味獨特。

我也趁機站起來，舒展筋骨，事實上是不想看著阿巴斯的眼。我靠在窗前，阿巴斯住的公寓下面是個傳統市場，從窗外看出去電線與帆布遮住了大半視線，只能看到人潮的頭頂與肩膀，在沒被遮住的縫隙裡游動。

不知道這樣的早晨，每個人都在忙些什麼？

我轉身站定在一面牆前，那是整個工作室裡，阿巴斯最大幅的作品，大概有二十吋吧。照片是從山頂拍下去的一個山的斜坡，從眼前開始，布滿了一個又一個大大小小、整齊的白色圓柱體。遠看時很有幾何的美感，近看才看得出來那是被什麼整齊鋸掉的樹的殘幹。阿巴斯相機的鏡頭很是銳利，因爲有些樹的年輪都看得一清二楚。照片的右上角有一條深色的河流，彎彎地流過。

我盯著那幅照片看，漸漸地感到暈眩。

阿巴斯說：「其實只是看照片的人是很幸運的。」

「爲什麼？」

「因爲可以選擇不看呀。」他說：「但拍照的人不能不看。」

「嗯。」我咀嚼著阿巴斯的話。

「我會在巴蘇亞過世時就去找老鄒，是有原因的。」我挑了一下眉希望他繼續說下去。

「那時候巴蘇亞大概每隔三、四個月會回部落來，也許吃一頓飯什麼的，有時候在餐桌上，好像還是一家人的樣子。然後有一次，他問起了我停在房子外頭的、老鄒的腳踏車。他問了很多關於那輛腳踏車的細節，好像他很熟悉那款腳踏車似的。

「那老鄒那輛車呢？」我注意到現在阿巴斯騎的是一輛日本MARUISHI的老車，但那並不像他所描述的老鄒的車。

「被偷了，在馬來西亞被偷了。」

「馬來西亞？」

阿巴斯用指關節敲著桌子，好像是某一首我很熟的歌的節奏，但我一時想不起來。他問：「你知道銀輪部隊嗎？」

Bike Notes Ⅱ

鐵馬誌

單車的工藝性，就在於它能承受的所有壓力

都已經在技師打造時被充分決定

義大利Masi單車創始人，Faliero Masi

商場晚上收店的時候，腳踏車是最後收到店裡面的。爸會用腳把後駐車架的彈簧一踢，發出啪一聲，再一下把車架踢上來，沉重的鐵馬就能推動了。爸會讓我幫忙收掛在門口的衣服，但不准我幫忙牽車，因為實在是太重了。

爸的腳踏車是拿來送貨、載貨的，特別是後來我們家開始租下隔壁賣牛仔褲以後，他就常常騎去工廠批貨。他可以用橡膠繩綁上幾十袋的衣褲，在貨架上堆積如同一座小山，車手還能掛上不少塑膠袋。

萬一要載我去看病，他會把一張特製的藤椅插到「上管」，就變成我的專屬座位。我的手指剛剛好可抓住車手和煞車桿之間的縫隙，非常穩固，視野也很好。

再大一點，藤椅坐不下了，就只好改坐後座。爸的腳踏車的後貨架非常大，跨坐起來很不舒服，所以即使我是男生有時也還是選擇側坐。不過，據哥說爸的上一輛車更大、更重，是一輛雙槓武車。我常想，如果能坐武車去看病多威風啊！

日治時代富士牌、松田號、能率牌的搬運車，都有造型富陽剛之氣的武車。事實上二十八吋的武車，使用者幾乎全是男性。這類車也曾被日本人用來進行軍事行動，從照片中看來，軍用的腳踏車似乎會額外設計裝載彈藥的鐵架。

武車本身的重量往往就超過五十斤，載上稻穀這些重物有的甚至超過三百斤，加上騎乘者自己的體重，總重五百斤（三百公斤）不是不可能的事，因此煞車系統的好壞，關係到騎乘者的安全。當時的煞車系統採取的是硬煞，也就是一根根鐵桿連動，將煞車塊拉近輪框來制動。除了前輪懸吊煞車，以及後輪是鼓煞以外，還有腳煞的設計，只要踏踩者往後踩，花鼓裡的一個結構就會扭動並推動煞車塊壓制花鼓。修復武車時最頭痛的莫過於煞車的問題。超過一甲子的車不可能煞車還完好如初，但包括懸吊桿、腳煞和大號的鼓煞，現在已經在市面上都很難找到了。

戰後腳踏車成為普遍的營生工具，一部武車就是一間移動的雜貨鋪，小販會用各種創意在車手、上管、後貨架堆滿物品，並且打造出各式各樣的後貨櫃。有的時候「喝（huah）玲瑯」的車一出現，整條街的婦女都牽著孩子出來，就像逛街一樣挑著車上的物品，順道閒話家常。

商場晚上會有一個「賣茶」的人，但他賣的並不是茶葉或茶水，而是麵茶。他會在車手兩邊各吊一壺熱水，貨架上則放了一個木製的「雜（tsa̍p）細櫃」，裡頭放著紅豆、蓮蓉、冬瓜等各式糕餅，還有油條燒餅、鹹餅和涼糕。大約午夜之前，他的聲音會先出現，遠遠的你聽到「茶喲，茶喲」的叫賣聲，「茶」的音會好像放風

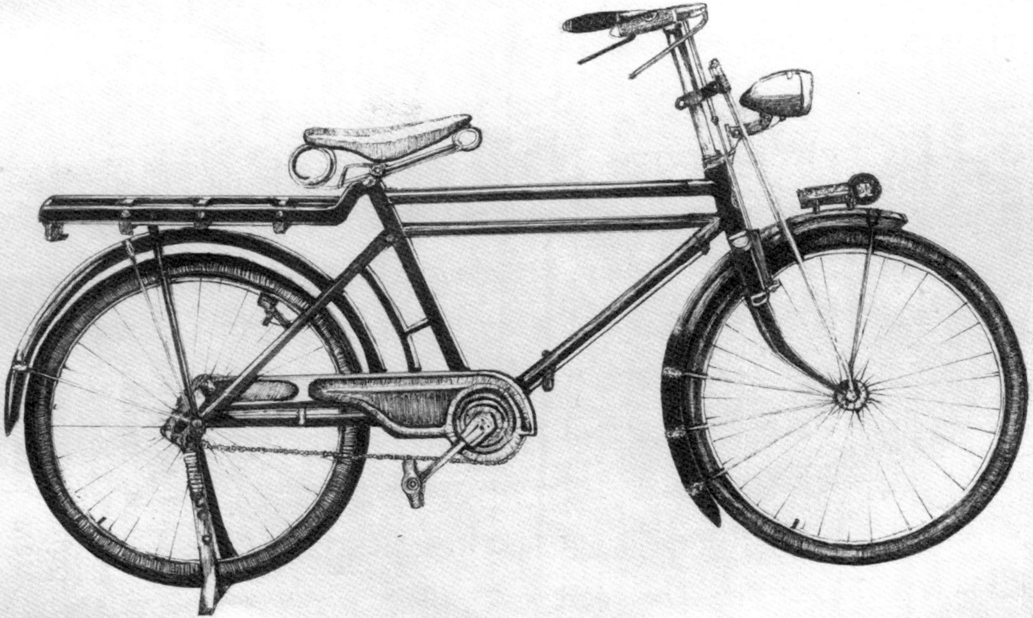

幸福牌雙槓武車

箏的線一樣拉得很長，茶壺加熱時會發出汽笛聲。

我曾目睹一位年輕時販售「大甲東陶」（陶缸）的老人家，用一條麻繩與一根竹棒將八個大陶缸綁在一輛武車上。這不但要考慮腳踏車的載重，還要在捆綁的時候注意均衡，卸貨時也要求每一個陶缸依序取下時，不至於傾倒。那已經是一種技藝了。

事實上「文車」與「武車」並沒有固定的式樣，但簡單來說，文車是為一般短程交通而設計，武車是為營生而設計，它們的功能性影響了外觀。武車車架較大，輪胎較寬、重、厚，也會選用較粗的鋼絲編輪。相對之下，文車的管徑、座椅與後貨架較小，有的則將上管做成斜管的設計，方便穿裙子的婦女上車，就是後來淑女車的原型。也有將上管做成可調整的男女兩用車。

騎武車的是做生意的小販、載稻穀的農夫，和帶著「家私頭」的工人；騎文車的則多半是通勤的中產階級、醫生、教師、公務員，或巡邏的警察。

在市場的需求下，文、武車的設計都因時因地做了一些改變。中部以南鐵馬多半支援了農村的生活形態，因此像是福鹿、自由、菊鷹、清秀牌，為進一步改良車子的載重能力，設計出雙槓武車——它多加了一根上管，被農民暱稱為「台灣牛」。相對之下，以北部、休閒為主要銷售市場的幸福牌，雖然也有做雙槓武車，但數量較少，不過它中後期仿菲利浦款式的文車，海鷗把跑車，則是當時時髦且前衛的設計。

同時是名醫與文學家的賴和的《獄中日記》，寫到自己某夜突然被警察叫起帶走問話，到了警察署以後，知道會被拘留的第一個請求是「打電話到家裡，叫人來牽自轉車回去」。當時還不知道自己的命運如何的賴和醫生，騎去警察署的我想是一輛文車吧。

每回父親騎車載我去台北橋小兒科看病的時候，我會好像抽離出來，看著自己和他迎著台北的風，從西門町騎往太平町。不管坐在藤椅上的我或是坐在後座的我都是生病的，也許正咳嗽，也許正在發燒。

父親會把踏板移到小腿肚的高度，然後用腳蹬了踏板兩下才騎上去。坐在貨架上的時候，我總是用濕冷的手指抓著父親的腰帶。我不敢貼上他的背，那太親密了，何況父親的白色汗衫總是有汗。汗衫會貼在他的皮膚上，幾乎看得見他背上的汗斑。更大一點的時候我連他的腰帶都不好意思抓了，只好身體重心朝後拉著貨架的突出點，好像隨著年紀漸漸與他的距離愈來愈遠。

隨著體重變重，我在後面會清楚聽到他因為使勁踏踩而喘氣的聲音，有時因為逆風，有時因為年紀。我到現在都還記得他最後一次載我的情形，那是國中的時候，我在模擬考後又發生了習慣性痙攣，他到學校來帶我，直接載我到台北橋小兒科。我們一路上沉默無語。

我從小就有緊張時失控痙攣的毛病，會變得無法控制手指，嚴重的時候，連小腿都會抽筋，甚至曾經就撲通摔倒在地。小學有一回沒考滿分，拿到考卷以後我的手無法打開考卷，回到座位時怎麼也拉不開椅子。老師扶我到教師休息室等父親，我看見他走進來哭聲就停止了。他牽我出校門，抱我坐上腳踏車，騎上車後他對背後的我說：「無要緊。」那是他唯一安慰我的一次。

我父親教養我們的原則就是，成績只允許前進或保持，不允許後退。做事就是要準時，差一秒鐘就是遲到。他每天盯著我打算盤，用碼錶記錄我完成的速度。即使快一秒都好。他告訴我，即使快一秒都好。

我記得那天父親踩踏板時顯得力有未逮，他勉強載著那時已經和他一樣高的我，喘息聲重得讓他有些尷尬。他掏出手帕擦汗，卻不願停下來休息，塞回褲袋時沒完全塞進去，騎車時露出手帕的一角，散發著衰老男性的汗味。半路時他把車子彎進慈聖宮買了豬腳湯，我知道那是他需要休息一下的藉口，我站在一旁等，看著廟埕

Psyche

阿雲低著頭，用鑷子和蟲針，把盤子上的一排端紫斑蝶翼，一片一片黏在畫布上。如果退遠一點看，就可以推測出來，她正在用蝴蝶的翅膀拼出星空。這個工作不需要愛，只需要專注。用端紫斑蝶翅膀拼出來的星空比真正的星空還要深邃，黑，而且沒有盡頭。

屋子大概有四、五十坪，裡頭排列著六張大概三米長的鐵桌，桌子上鋪滿了裝著蝴蝶屍體的鐵盤，每個鐵盤裡的蝶屍都不一樣色系，有黑色的盤子、紅色的盤子、黃色的盤子、白色的盤子、花色的盤子……就像顏料盤一樣。其他地方布置得頗為家居，有一個放雜物的木櫥，放工具的抽屜櫃，牆上掛著碾米廠送的日曆。

在那些長鐵桌前，依序坐了二十幾個像阿雲這樣綁著頭巾的女工，年紀從十幾歲到四十幾歲不等，她們都因為專注而有一種肅穆的神情。屋子瀰漫著沉靜的氣氛，陽光從窗簾的縫隙照進來，光線裡的灰塵飄動。

阿雲在這群女工之中，沒有比較顯眼一點，也沒有更平凡一點，就好像一隻普通種的蝴蝶。不過阿雲可能是最年輕的一個。

她正在製作一種叫做「蝶の貼畫」的手工藝品，就是用各種蝴蝶的翅膀拼出一幅畫來。阿雲手中的這幅是關於夜色降臨的小鎮，天空的部分得用上五百隻蝶的前翅，大概就是小鎮的全部人口了。

有時候阿雲覺得這工作真好，比起下田來說，不必曬黑又不用流汗。有時候阿雲也覺得這工作真不好，得殺死這麼多蝴蝶才能拼出一幅大家看到說「啊，真婧（*suí*）」的東西。況且，如果有人說女孩子「婧」她可以理解，但說用死去蝴蝶的翅膀拼出來的畫「婧」，卻有點超過她的想像。

阿雲有時會像這樣胡思亂想，但多數的時候她什麼都不想，只是一面看著右手邊的原圖，比對底圖上的草稿，而後專注地把剪裁過的蝴蝶翅膀黏在紙上。

（這樣的工作，時間過得好快又好慢啊。）

每個女工的旁邊，都有一個簍子，那是用來裝切掉蝶翅以後的蝴蝶軀體的。被切掉翅膀以後蝴蝶就完全不像蝴蝶了，而是一種慘淡、褪色，既無生氣也沒價值的東西。牠們被丟在這樣的簍子裡，然後在下班的時候被集中在一處丟掉。

下班鈴聲響起的時候，阿雲會用沒有人聽到的聲音長長地吐一口氣，把頭從難以計數的蝴蝶翅膀裡抬起來。由於貧血的關係，這時她會有一點點頭暈。她和工廠的姐妹們疲憊地走出廠房，在水槽清洗手指、手掌、手肘和手臂上的蝴蝶鱗粉。鱗粉隨著水龍頭的水流入水槽，形成一條細細的、發亮的涓流。頃刻，那個洗手檯變得不尋常、太美麗了，以至於讓人不知道該不該稱之為洗手檯。

阿雲騎上單車回家，回家的路上總會有活著的蝴蝶飛過去，通常是在蝶畫裡被拿來做白色顏料使用的普通種紋白蝶，這種蝴蝶是最廉價的。這時忽然一隻罕見的綠蛺蝶飛過去，她聞到了**他**的氣味。

阿雲有一個肉眼看不出的能力，她不必用針把蝴蝶的翅膀挑開就知道牠們的性別，這是一個祕密。她從未告訴過別人，她聞得到雄蝶的味道。那味道像有人用手挽住了她，讓她身體震動了一下，壓下了煞車。

阿雲把車停在阿發雜貨店的公用電話旁，從口袋裡掏出一塊錢，投進公共電話的圓孔中，撥到最後一個號碼的時候，猶豫了一下，在響聲開始之前就把話筒掛上。她伸出指頭從退幣孔裡把零錢掏出來，用同樣的一塊錢，進去雜貨店買了兩顆「金柑仔」，然後把其中一顆放到舌頭底下。

這樣就能不想他順利騎回家了，阿雲想。只要兩顆金柑的時間。雜貨店的「曲盤」正在放歌，不知道為什麼，那歌聲好像隨著呼吸進入了騎在腳踏車上的她的身體。然後她掉了眼淚。就好像不斷往地底深處挖終究會冒出地熱，就像溪底的魚游過時，水面會出現一陣小小的漩渦，她的眼淚對多數人來說都沒有意義，甚至連對她自己也沒有意義，而她一輩子都再也想不起當時流淚的原因。

就在認識阿巴斯，與他漸漸深談以後，非常意外地，Annie回我信了。但嚴格來說那不算是一封信，比較像是一段文章……一段我不太確知是眞是假，是小說還是陳述事實的文章。

我將信件讀了三次，確定裡頭並沒有什麼給我的隱匿訊息，於是開始思考該怎麼「回」這封信。我在心底做了幾個假設：第一，信根本不是給我的，Annie寄錯了。二，信不是給我的，寄給我的也不是Annie，是某種系統錯亂或其他原因造成的。這兩種可能性我都不必有什麼反應。比較麻煩的是第三種可能性，信是給我的。如果是這樣，或許我的回應，將會決定是不是有下一封信？也會決定我能不能從Annie那邊得到關於腳踏車的訊息。

我很快地打消了問阿巴斯的念頭，從和他幾次談話的經驗直覺判斷，他和Annie正處於一種我把它稱爲「膠離」的狀態裡，他們雖然分開了，但心的某部分還連在一起。膠離的時間長短誰也說不準，每個人都不一樣。我和阿巴斯的交情並沒有深到可以探問他心底的眞正想法，也許他們是「決意」要分開的，那麼麻煩的地方就是，可能我提及對方的任何事，都會讓阿巴斯的心底起變化。

我也想過，如果他們曾是一對長時間的情侶，阿巴斯顯然不可能對腳踏車的來源一無所知，我推測他只是不想提關於Annie的任何事而已。他接受了我這個朋友，但暫時無意跟我談Annie，以及關於她的任何事。應該是這樣吧。

我對阿巴斯講的二高村與老鄒腳踏車故事的後續有著濃厚的興趣，然而，我更想知道把車借給Annie的車主究竟是誰？無論如何，答案是在Annie那邊。同時與兩個人接觸，應該不會冒犯了誰吧？這使我開始認眞思考，該怎麼回覆這封信。

由於信裡提到「蝶畫加工」，我遂到網上無目的地搜尋了一些相關的資料，沒想到是一段很有意思的歷史，我過去對這些一無所知。於是我趁著假日，到圖書館也翻找了一些資料，拼拼湊湊，寫成一段文字。

一九〇四年，明治三十七年，來到埔里爲伐木工人擔任按摩師的朝倉喜代松，受人之託幫忙蒐集蝴蝶標本。朝倉雇用的捕蝶工人，有一個叫做「余木生」的台灣少年。余木生因患有胃病，每回上山時都會帶著一瓶藥酒以備不時之需。有一回他不小心把藥酒打翻了，沒想到酒香竟吸引蝴蝶前來吸吮，特別是當時朝倉要他特別蒐集的枯葉蝶，更是大量地聚集，多到就好像整棵栓皮櫟都落盡了葉子似的，於是這瓶藥酒便成了余木生獨特的捕蝶竅門。他總是在山徑旁倒些藥酒，然後坐在森林裡等待，不多久便吸引各種蛺蝶前來，他再現身用網子蓋住陷阱。用這種方法，偶爾會捕獲相當罕見的蝶種。

那是一九一七年的時候。彼時擔任鐵道枕木工一天的工錢是六毛錢，但余木生光靠採蝴蝶標本一天就可以賺超過一元。余木生偶爾在林子裡的時候不禁思考，這意味著有幾十個孩子幫忙採集的朝倉，收入一定很可觀。

在森林裡看著蝴蝶一隻一隻飛下陷阱的余木生問自己，眞的要一輩子替別人捕蝶嗎？由於捕到的蝴蝶得先做處理，隔年朝倉乾脆在埔里成立全台灣第一間蝴蝶手工藝加工廠，叫做「埔里社特產株式會社」。加工廠將捕捉到的蝴蝶賣給日本名和昆蟲研究所以及一些學者，也從事鳥類與蛇類的標本剝製，朝倉本人就是一個技術相當好的標本剝製師。

不過朝倉並不是一個老實的商人，他曾賣給知名學者松村松年（Shōnen Matsumura）「升天鳳蝶」的改造標本。對想要發表新種的自然學家來說，獲得不完整標本和完整標本的差異很大，價格當然也相差甚大。朝倉當時所獲得的標本一邊尾突已經斷裂，因此他刻意將另一邊的尾突也剪掉，以便冒充是完整的標本高價賣給松村。收到標本的松村松年，因而誤以爲升天鳳蝶是無尾突的種類，並據此發表了報告，那當然是一篇失敗的論文。

另外，朝倉售出的日本虎鳳蝶（*Luehdorfia japonica formosana*）以及黃緣蛺蝶（*Nymphalis antiopa*），雖然採集地點都標示台灣，但日後都不曾在台灣任何一個地方被發現過，這很可能是他從別的地方取得的蝶種，混充是台灣生產的蝴蝶，賣給當時亟欲發表新種的學者，所導致的結果。

另一方面，原本受雇於朝倉的余木生暗中得到銷售往日本的管道，於是便用了攢下的一些資本，在一九一九年成立「木生昆蟲採集所」，自己做起採蝶的生意。那時埔里盛產各種蝴蝶的名聲已經傳到日本了，許多中學生因此夏休的時候就到埔里採蝶。鎭上由日本人原田源吉經營的「日月館」，也因此成爲熱門的住宿地點。

余木生的次子余清金是他的繼承者。一九四二年，美國的廣告公司向余清金訂購一千萬隻的蝴蝶，爲了一個奇異的用途。他們打算在廣告信封上用玻璃紙放隻蝴蝶，以便讓民眾願意打開信封看裡頭的廣告。余清金衡量當時自己手下的人力，不敢貿然答應，就先供應了五十萬隻。沒想到夾上蝴蝶的廣告傳單效果奇佳，爲了應付逐年增加的訂單，余清金遂架構起全台的捕蝶網絡，鼎盛時期，有近兩千個捕蝶人協助他採集標本，數百位女作業員進行加工。蝶翼完整而美麗的通常都做成標本或其他工藝品，而蝶翼有殘缺的個體則成爲蝶畫的材料。

「蝶翅貼畫」要先繪製原稿，有時模仿風景明信片有時則模仿名畫，或者直接找畫家或美術老師繪製底圖，然後依圖案逐一選擇適合顏色的蝶翅，經過修剪以後，用「橡皮筋膠」或「南寶樹脂」黏貼上去。當時是非常昂貴的手工藝品，是許多歐美人士喜歡的客廳裝飾。

余清金每回到工廠看著每一個都認識的女工埋首於工作，總覺得這座山、這條溪庇護了這個隱藏在島嶼核心的山村。

我把這段拼貼蒐集來的資料，寫到給Annie的回信裡，既沒有對那封信裡的內容表達任何意見，也沒有提出任何問題，就這樣按下傳送鍵寄送出去，隨後盡可能督促自己把這事忘了。這是我的一種習慣，對於自己沒有把握的事，刻意不去想它，認爲這樣或許反而會有好的結果也不一定。

而由於和阿布之間已經有了一種近似朋友的情誼，我更頻繁地去「阿布的洞窟」（我認爲這名字比叫工作室更適當），去看看他收進來的新家當，然後給他一些網拍宣傳語的建議。有一回我去的時候，遠遠就看到阿布坐在一隻米老鼠上跟我招手，那是我們童年時常見的那種，投五塊硬幣就可以坐三分鐘、聽一首兒歌的電動木馬，通常用卡通人物或動物的造型。阿布買回來的這台是穿著超人裝的米老鼠。

「你看得出來這大概是什麼年代的木馬嗎？」阿布問我。

「一九八〇？」我以我的童年年齡去推測。

「嗯，應該說一九八〇之後。你有天分喔。」

「證據呢？」

「這機器的馬達換過，所以沒辦法確定出廠時間，不過馬達和造型都是在台灣製造的沒有錯。超人電影是一九七八年在美國上映的，一九八〇年才在台灣上映，所以這造型不會早過那個時間。而超人電影在一九九〇以後就不流行了，所以工廠也不再製造超人造型的米老鼠。還有，一九九〇年後的機台並不同，加進了比較複雜的運動模式，使用的歌曲不同，而且投幣孔也變成十塊錢銅板了。」

「原來如此。」我對阿布對收來的舊貨能樣樣嘗試理解，真心感到佩服。

阿布讓我進去洞窟裡亂逛，那天恰好那隻叫做「FUJI」的綠鬣蜥就站在一張老板凳上曬著太陽。

我問了阿布為什麼牠叫「FUJI」？原來FUJI的原主人是一個出了車禍的老人家。當時賣家告訴他（那賣家應該就是老人的兒子），屋子裡的東西一件都不要了。阿布去清理現場的那一天，貴重的東西都搬空了，聽說房子已經賣給別人，而前一天晚上，死者的兒子已經搭飛機回美國了。那批被拋棄的舊貨裡，對阿布來說最有價值的就是一個老樟木儲物箱，以及裡頭存放的，老先生從日本時代留下來的各種證件（昭和年間的國民學校成績通知單、自轉車稅單、農會出資證券、國民貯蓄金額通知書……），最麻煩的就是這隻綠鬣蜥。

阿布原本對綠鬣蜥並沒有好感，或者說，對於養任何生物都沒有特別的熱情，於是他便打封信問賣家他們是不是忘了這隻蜥蜴？沒想到賣家說那些老人的文件和那隻蜥蜴都不要了，放走也沒關係。阿布推測可能是孫子養的，後來沒興趣了就丟給了老人家，而老人家死了以後，這蜥蜴也就連帶失去存在的理由了。

阿布一開始網拍這隻綠鬣蜥，後來發現可能會違反法令。有一天回家時，他看到綠鬣蜥趴在一台大同電視上，眼珠反射著窗外的樹影，他才動了照顧牠的念頭。就像他研究每一樣帶回來的舊貨，他開始研究綠鬣蜥的食譜、習性。而因爲當時關著蜥蜴的籠子上，掛著一個阿布覺得非常罕見的日本FUJI密碼鎖，他破壞了籠子，留下密碼鎖，因此就決定把蜥蜴取名叫「FUJI」。

阿布邊打著給「FUJI」的沙拉，邊告訴我這件事。

「這沙拉裡有什麼呀？」

「四季豆、蘿蔔葉、甘藍、秋葵，今天的是這幾種。」

「每天還不同啊？」

「當然，綠鬣蜥雖然是素食的，但不能只是餵一、兩種青菜而已。你每天都吃一樣嗎？」阿布對我的問題嗤之以鼻。

我看著阿布將那盤沙拉泥放到FUJI的面前，旁邊再襯以幾葉萵苣，和剝好的葡萄。

「牠可是從中美洲莫名其妙被送到台灣來的耶。」阿布說。他從一個鐵盒裡找到一枚舊版的五塊銅板，投進米老鼠超人裡。米老鼠超人「咿呀」一聲，便唱著兒歌永遠無法前進地飛行起來。

「要不要坐坐看？」阿布問。我搖搖手。

「每一個被丟掉的東西都有主人，我跟你一樣，也會一直想那是什麼樣的一個人？」

「你說誰？」

「丟掉 REALISTIC 唱盤的那個人。」

我思考著阿布講的這句話，並且問他：「那鎖打得開嗎？」

「那把 FUJI 鎖？」

「對。」

「打不開。密碼也被老人帶走了。」

就在那天晚上，我收到 Annie 的第二封信。

阿雲帶著比她還高上一截的捕蟲網，跟著父親走進溪澗，整個夏天好像都被擋在這片溪谷之外。她和父親的捕蟲網都是自己做的，先用山上採的藤蔓編織成藤環，再把薄網穿進去。小小捕蟲網看起來簡單，但卻也沒那麼容易做好。如果藤環穿得鬆了，難免在關鍵時候被蝶逃逸；如果穿得緊了，又難以揮灑自如。阿雲做的捕蟲網迎起風來像隻小鳥，父親總是誇她手巧。

這條溪流是屬於「眉溪」流域，阿雲非常喜歡「眉溪」這個名字，好像在暗示溪流是山的眉毛似的。父親總是騎著自轉車載著她，然後把車子停在林道旁的一處草叢裡，再帶著她一起進入一條南山溪上游的林道。據父親說，這是一條獵徑，只有他和少數山地獵人才知道。這條路也是父親獨有的蝶道。

沿途雖然已經有很多「イチモンジ」（一文字蝶，通常指單帶蛺蝶或台灣單帶蛺蝶）、「草蝶仔」（三線蝶）、「白花仔」（斑粉蝶）飛來飛去，但父親要她別採這些飛動中的蝴蝶。「傷食力，而且無價值。」父親說。從小他就告訴阿雲採集蝴蝶的訣竅：「毋是清彩掠（*tshìn-tshái-liàh*），愛知影啥物款的蝶仔（*iàh-á*）食啥物款的葉仔，需要經驗。」因此，阿雲一開始被教導的不是認蝴蝶，而是認樹。找到了蝴蝶的食草，就能在附近找到剛羽化的、完整而美麗的蝶。

從日本時代就開始採集蝴蝶的父親，曾跟蹤有經驗的採集者，順利發現白蛺蝶在北山坑的棲息地。有的時候也被跟蹤，因為其他捕蝶人也想知道父親捕捉綠小灰蝶的「蝶場」。

捕蝶人之間彼此競爭，在山林裡盡可能甩開對手，到達自己所找到的理想採集點，較勁的是體力也是腦力。在這行的默契裡，先來的人就是蝶場的暫時擁有者。而現在所有蝶的棲息地幾乎都已經被知道了，蝶的價格變得低廉，採集人變成得要每天捕到一定的量才能養家活口，因此怎麼樣能聚集更多蝴蝶，才是捕蝶人追求的。

「蝶仔少（*tsió*）就是歹年冬。」父親就像農人一樣這麼說，並且跟她提起眉溪曾經的蝴蝶盛況。年輕的時候，有一回他在溪谷旁邊午睡，睡到一半的時候，夢見自己騎著車進入一片烏雲。醒來的時候他的身上、身旁，以及天空之中，聚集了可能有數萬，不，數十萬隻的蝴蝶，牠們把他可見的視線全部占滿，同時振翅的聲音，讓他心悸不已。

阿雲常常想，讓她也看一次那樣的景觀，一次就好。

每天清晨，阿雲的父親會沿著溪谷布下「陷阱」，他用鏈子鏈出一個跟捕蟲網直徑相當的區塊，然後在裡頭灑上尿液或糖水，有的則放進鳳梨、香蕉之類的腐爛水果，或自製的水果酒。採集人都知道，不同蝴蝶會被不同的氣味所吸引。有的時候父親為了捕捉特別罕見的蝶種，也會在捕到雌蝶以後，用細線將雌蝶綁在樹幹上。雌蝶拍動翅膀時身上的氣味會吸引雄蝶前來，彷彿一種愛的陷阱。

而阿雲可以嗅聞出雄蝶的氣味。起初她自己並不知道，只是覺得某些蝴蝶飛過，或在捏暈牠們時都會發出一種很難描述的味道，就像是火柴快要完全熄滅前一刻的煙的氣味。她一直以為每個人都聞得到，所以並不在意。後來她才發現，似乎只有她能聞到這樣的氣味，或者說只有她對這種氣味特別敏感。奇怪的是，她並不能嗅聞出雌蝶的氣味。

一開始的時候阿雲並不覺得特別，後來她發現，這種氣味會讓她腋下開始冒汗，手掌跟著濕潤起來，有時身上的汗毛也會起幾不可見的微妙變化，這讓她緊張。阿雲因此從來不跟任何人提起這件事。

「陷阱」設下之後，等到蝴蝶活動的高峰時間，阿雲就跟父親分頭一一採收。她會小心翼翼將網蓋上陷阱，有的時候一網就有數百隻蝶。別看每隻蝴蝶不過數公克，網住數百隻蝴蝶的捕蟲網也會變得沉甸甸，就彷彿裡頭是小石頭似的。而且因為蝶的活動力還很強，因此會感覺到那些蝶想要脫困的掙扎透過網子傳到手裡來。一時之間，有這麼多的生命交到自己的手中，讓阿雲覺得不太真實。

這時父親會迅速把手伸進蝶網中，將蝴蝶捏暈放進腰間的竹罐裡頭，以免蝴蝶翅膀的鱗粉脫落。

黃昏以後，蝴蝶的活動停止，阿雲和父親再把捕到的蝶夾進用舊證書、記帳本做成的三角紙裡，分類整理等待收購的蝶商前來收購。有時這樣的採集旅行要連續好幾天，他們便在山上過夜。

「蝶仔破去就無價值囉。」父親在整理蝶屍的時候，為了提醒她，往往一再重複地這樣說。

阿雲有時候會想「價值」是什麼意思？在父親的觀念裡面，一隻白蛺蝶一塊日元，而當時公務人員月薪是十六、七元，這就是白蛺蝶有價值的地方。但會不會也有的價值，是像她坐在自轉車後面，抱著父親的腰，嗅聞著他的汗味，讓風從疲憊的身體吹過那樣的呢？而如果能再見到母親一面，她也願意拿出自己所有的錢，不，連未來賺的錢都拿出來也沒有關係。

不過這已經是不可能的事了。

無論從觀察力或是體力來看，阿雲都是一個很好的蝴蝶採集人。不過她終究是女孩，長時間在山上過夜並不方便，因為深山裡面同時有很多採集人在。父親在她的兩個弟弟大到可以參與捕蝶後，就介紹她到蝴蝶加工廠工作。他認為，製作蝶畫或蝴蝶手工藝品，比捕蝶更輕鬆，更適合女孩子。

一開始阿雲先被分派去剪除蝶翼，這個工作是用小刀將蝴蝶的頭部、身體與蝶翼切離。少數蝶並沒有真的死透，當身體與翅膀被切離的那一瞬間，口器會往前一伸，六足也會陡然縮起。不知道為什麼，阿雲有點著迷於這個程序。她覺得在把美麗的蝶翼和醜陋的蝶的軀體分開的那瞬間，好像碰到了什麼和她心底很像的物事。

一段時間以後，前輩女工開始教導阿雲製作「蝶蛾鱗粉轉印」的技術。這是將蝴蝶美麗的翅膀，轉印到紙、絹、棉布上的一種特殊手法。製作者要將一種稱為「*cement* 油」的藥劑仔細塗布在蝶翼上，待略乾後用加壓器加壓到欲轉寫的布或紙上。而那個原先被剪除掉的、當作廢物處理的身體，改用不會腐壞的、塑膠的身體取代。

幾個月後，阿雲因為手巧，被選去製作蝶畫。一群年輕女孩在鐵皮桌前，用鑷子仔細又迅速地把每張蝶翼的顏色依據草圖放置妥適，那是既耗眼力又容易疲累的工作。而蝶畫的價值就在於圖的複雜程度與使用的蝶的數量和種類，使用的生命愈多，做出來的畫就「愈婧」、愈細緻。

製作一幅蝶畫的工資，遠比父親在山上餐風露宿一周要賺得多。但是每當阿雲抬起頭的時候，她就懷念起和父親在溪流邊的樹林與濕地採集的日子。飽含水氣的風從下游吹上來，那是「谷風」。她打開布包，拿出清晨做的飯糰遞給父親。父親的汗味、雄蝶的氣味、樹林的腐葉以及剛剛舒展開的新草，混揉成一種具有形體感的記憶，包圍住她。而那些蝴蝶都還活著，至少此刻都還活著。

收到這封信時，我已確定收信人是我了，不可能連續寄錯兩次。而且這信的內容，顯然也在呼應著我寄去的資料。我開始想像，Annie是什麼樣性格的人？她爲什麼要用這種方式寫信給我呢？

這兩段文字裡都出現了腳踏車，那是同一輛車嗎？這又是在暗示什麼？她想用這樣的方式，告訴我她是怎麼得到我父親的腳踏車嗎？

Annie顯然不可能是這故事裡的阿雲，年紀不符，因爲從我蒐集來的資料裡可以知道，台灣的捕蝶行業大概在一九八〇年代就日漸衰微了。

但另一方面，這文章也喚回了我一些記憶。小的時候，商場的「特產行」（一種專門開給觀光客逛的店，賣台灣的手工藝品爲主）都一定有賣蝴蝶標本與蝶畫，很受觀光客歡迎。我當時不知道爲什麼，有點懼怕蝴蝶的身體，因此不太敢看蝴蝶標本。那時我到靠中華路那頭等好像一個世紀都不會來的公車時，總會百無聊賴地看特產行的櫥窗——那裡頭有用野牛牛角做成的擺飾、象牙雕刻的船、巨大蛇頭蛾的標本，以及貼出蒙娜麗莎微笑的蝶畫。

就像那封信裡提到的，蝶畫的價錢取決於使用蝴蝶的數量，蝴蝶的種類，以及拼貼者的技術。只是那總讓我聯想到無數屍體躺在一片大地上的畫面，那怎麼能算是「畫」呢？

我曾在一支錄影帶裡看過以叛逆、挑釁聞名的英國藝術家達明．赫斯特（Damien Hirst）的作品介紹。赫斯特曾在倫敦辦了一個名爲「愛的進與出」（In and Out of Love）的個展，當時他先放了數百隻蝴蝶在展覽室中，任其飛舞、產卵，直到死去。之後赫斯特用牠們的屍體，拼貼成兩幅如教堂彩繪窗的圖樣，分別是「蛻變—生命之冠」（Disintegration – The Crown of Life）與「觀察—正義之冠」（Observation – The Crown of Justice）。那作品完全沒有帶給我美感的經驗，但他讓我想起了，所有人類意識的狂熱病，殺死的生命總數，絕對不亞於瘟疫這件事。蛻變與觀察，生命與正義。

我對赫斯特的作品無感，但很喜歡他的作品名稱。赫斯特最知名的一件作品，就是用防腐藥劑在玻璃櫃裡，保存了一尾十八英呎長的虎鯊，這件作品讓赫斯特成爲在世作品最高價的藝術家之一。他把這件作品稱爲《生者對死者無動於衷》（The Physical Impossibility of Death in the Mind of Someone Living）。

戰爭末期，埔里的捕蝶產業一度停擺，捕蝶人蒐集來的數百萬隻蝴蝶都難以出口，最後都被扔棄在溪谷。活蝶以爲那是同類正在吸水，紛紛降下溪谷，彷彿春季的落葉，形成一幅瑰麗詭異、生死交錯的畫面。

戰後余家重整蝴蝶產業，最重要的一步便是和台大的工學院教授凌霄合作，以「Formosan Butterflies Supply House」爲名，刊登廣告在美國《自然科學家名錄》（*The Naturalists' Directory*）上。於是蝴蝶的外銷市場，便從日本轉到了西方世界。凌霄後來移居加拿大而停止了兩人的合作。

蝴蝶的工藝品在日本人的研究下愈來愈多樣化，除了標本、蝶畫外，還有蝶蛾鱗粉轉印、蝴蝶護貝等等。蝶蛾鱗粉轉印技術是在明治四十二年（一九〇九），由「名和昆蟲研究所」發明的。透過上膠與燙熨的程序，將蝴蝶或蛾的翅膀鱗片轉印到布料或紙張上。當時甚至流行運用在和服腰帶、雨傘、髮簪、扇子、容器、明信片等日用品上。因爲太受歡迎，所以蝴蝶的需求量也大增，連帶地能製作這些工藝品的女工需求量也大增。

台灣在一九六〇年代到一九七五年間，每年出口的蝴蝶都有數千萬隻之譜，成爲當時很重要的外匯來源。與此同時，埔里的蝴蝶棲地遭受嚴重傷害，蝶的數量漸漸不如以往。蝶商開始向南部、東部收購蝴蝶，並在北部設置加工廠，以便出口。再過十年，台灣的蝴蝶手工藝，與漫山遍野的蝴蝶，便漸漸淡出時代與野地，一逝不返。

我寄出這封信後不到三個小時，這中間我喝了一杯咖啡，看了一場聖安東尼奧馬刺對金州勇士隊的比賽，淋了浴正準備出門，就收到回信了。

阿雲是因為盲腸炎而認識他的，彼時在這小鎮裡，只有他能動手術。他為她動了切除手術，拿走她身體裡發爛的小東西，然後在她的肚子上用線打了個結，在心頭也打了一個。他的手掌比一般人大，非常柔軟，連一分可能形成厚繭的地方也沒有，也許那也是小鎮裡唯一如此柔軟的一雙手。他就用這樣的手伸進她的肚腹裡。

從此阿雲變得期待從工廠回家那段路。當自轉車經過診所時，偶爾可以看到他坐在裡面看報紙，或休診時拉開窗簾看書的樣子。那瞬間她總是忍耐著笑，因此看起來反而泫然欲泣似的。

不久，醫生就開始在某個路口等她，若無其事地等她騎進小徑，他會跨上她父親的自轉車，讓阿雲坐在橫桿上，帶她騎一段沒有人的道路。他握著阿雲的手的時候，總是一直流著手汗，好像手裡頭有一條小溪。僅僅只是那樣的一個動作，就讓阿雲有種被緊緊壓迫的窒息感。

多年之後，阿雲回想起那段時間，不曉得自己是因為身體的脆弱而導致心理的脆弱，抑或是父親的死去所造成的身體與心理的脆弱。總之他的出現就像一條繩索。

阿雲的父親在教會兩個弟弟捕蝶技巧後，在一次單獨採集綠小灰蝶時，就沒有走出溪谷。一天後被其他捕蝶人發現，從頭部傷口流出來的血，都被溪水帶走了，因此身體變得蒼白，顯得乾淨。捕蝶人都說他是被魔神仔化成的罕見的蝶誘騙到深山裡，一直到天黑還找不到路以至於踩空。捕蝶人都相信山裡有魔神仔的存在，祂負責分配每個捕蝶人的捕蝶量。「阿合仔」（阿雲父親的名字）一生捕的蝶的量已經到了，繼續捕下去難免被魔神仔盯上。

繼母哭到無法行動，弟弟們顯然還不清楚死亡是怎麼回事，阿雲被警察通知牽回父親停在溪流入口的自轉車。她將車騎回家時竟然錯過了自己的家，一路到村子口才醒覺過來。

幾天後阿雲肚痛異常，到了他的診所去看診，診斷是盲腸炎，一種當時算是相當嚴重的、肚子裡的疾病。而當阿雲十八歲又兩個月的時候，那個已經割除盲腸的肚子懷孕了。

醫生是有家室的人，而繼母一定會覺得自己失了家庭的面子，更何況這是父親死後沒多久就發生的事。而在這空曠如草原的小鎮上，沒有任何事有被掩蓋的可能性。阿雲不想讓他難堪，也不想讓死去的父親與繼母難堪，她唯一想到的辦法就是離開小鎮。

阿雲騎著自轉車離開村子的前一天，到雜貨店跟那些貨品告別。她一一瀏覽店鋪裡的髮夾、開瓶器、衛生紙、糍糊、阿助伯種的薑、玻璃瓶裝的可口可樂；清水仔打的鐵鍋、鐵耙、磨的鋤頭；瓦歷斯採的劍筍與竹竿；從另一個村子裡批發來的廉價工廠織的衣服、黃長壽；阿喜姨醃的醬菜，還有只有這個小村的雜貨店才可能出現的，從日本時代到現在還沒賣出去的「蝶額面」。裡頭每隻蝴蝶都是工廠裡的女工用小刀割開身體與蝶翅，再用手工畫出那已經不存在的身體的，真正的手工藝品。

她把每件東西都拿起來，再放回原位，她逛得如此之慢，就好像花了十八年似的。這些物品就等於整個村子了。她想，這間雜貨店等於是村子了，而剛剛那段路就是她的十八年。她沒有繞到診所前面，因為她知道不能繞到診所前面，連看他一眼也不行，那會把她釘在這個村子裡。

阿雲把自己親手做的幾幅蝶畫綑在自轉車的後架上，兩邊的袋子掛了一些日用品。

這一年多來阿雲會私下批蝶翼回家製作蝶畫，因此存了一筆錢。她把這所有的錢放在紅包紙袋裡，放在繼母的枕頭下面，感謝她的照顧以及當作取走父親自轉車的費用。她慶幸自己還留著父親的自轉車，騎在車座上總若有似無地聞到牛皮座椅保留的父親的汗味，那讓她安心。

騎上自轉車也不免讓她想起他。阿雲因為體質的關係，冬天膝蓋和腳踝、腳底都會冰冷得要命，但只要他一撫摸過，那裡就會回復血色，好像窗戶外邊的陽光重新灑了下來。

多年以後，阿雲因為沒有留下照片，幾乎快要忘記他多高，以及說話的聲音，但阿雲就是記得他的手的觸感。他的手從背後像樹的枝幹繞過阿雲的肩膀、汗濕的腋下、剛剛發芽的乳房，輕輕地放在龍頭的她的手上面，體溫從後背傳來。

這樣的記憶，奇異地、堅韌地附著在腳踏車的牛皮座椅，以及把手上。

我盯著螢幕，讀了兩遍。一隻不知名的昆蟲停在那上頭，就像一個逗點。

Bike Notes Ⅲ

鐵馬誌

當人們騎上自行車越過山脈那一刻，就好像
一個蒙古人騎上了原野難馴的野馬。
那個身體切實感受到的土地律動，
原先不存在於人的感官經驗之外的價值
難以衡量。

德國單車設計師 Karl Nicolai

我認識不少收藏老鐵馬的達人，有的是古物商人，有的是本身是腳踏車研究者，有的就像小夏那樣，因為某次騎上了一輛老鐵馬的經驗，從此就再也下不來了。變成了所謂的癡人。

小夏是宜蘭人，住在新竹，是科學園區的工程師，為了收藏車，他還租了車位跟工作室。他原本是什麼老車都蒐集，漸漸變成只收藏幸福牌。他對每一部車的期待是，讓它們「回去」自己的時代。他會親手將每一輛車拆卸、清潔，再一一組裝回去，並且將過程用DV拍下來。說起來，我這個習慣就是模仿他的。他告訴我，人本來就有修東修西的慾望，自己動手就是對物品，以及對自己身體能完美運作的致敬。

他帶我去訪問過中壢、桃園、新竹附近還持續工作的老師傅，告訴我怎麼辨識幸福牌不同時期的車種。比方說早期幸福牌的logo與風切都是銅牌燒琺瑯，後來換成鋁牌印刷，最後為了方便，都用貼紙了。小夏說：「這可以說是手工藝倒退史。」當然，它可能還意味著，腳踏車從象徵擁有者的身分地位的物品，變成普及性的交通工具了。

根據小夏的說法，幸福牌到底有多少款車，並沒有人確切知道，而他目前已經有了其中的十七款。小夏似乎永遠在追求，他手邊沒有的「夢幻車款」。

這十七款裡，讓他印象最深的是那輛「產婆車」。這輛產婆車是他從一個老師傅那邊買到的，老師傅在台東火車站附近的派出所旁邊看到這輛車，特徵就是被稱為「大彎樑」的下彎弧度，這在當時來說，是很困難的技術。更重要的是，這款可以說是早期專為女性騎乘者設計的車，產量稀少，非常罕見。

經過一番打聽，車主是找到了，但老師傅怎麼樣都無法說服車主把車讓給他。一個月裡，他往返新竹台東四次，最後以兩輛偉士牌跟車主換回了這輛車。而接下來就是小夏跟老師傅的拉鋸，這段時間足足有五年之久。小夏每周末都去老師傅家聊天，陪他泡茶，他們之間的關係像是先成為師徒、親人，而後才完成這筆買賣。

我曾問他，以一個平常人來說，我們實在擁有太多輛腳踏車了。多數車根本不可能騎，也沒有地方可以展示，用盡辦法把一輛車買到手，意義究竟是什麼？

小夏的說法是，許多老車主已經不在意他們的車了。如果任憑它放在那裡，可能最後一台幸福牌產婆車，就這樣變成廢鐵。而他真正跟老師傅交了朋友以後，他根本從未開口說要買那輛車，他說光是那五年老師傅把修車知識跟尋車史說給他聽，就值了。

幸福牌產婆車

那輛產婆車，便成了兩個癡人之間的信物，在誰的手上，已無關緊要。小夏說，目前還太少人知道這些老鐵馬的價值，它們就像是街頭的野史。我此刻不收，未來就無車可收，也就無車可以驗證那個時代。

一九五〇年，台大一則公文顯示，因為校地遼闊，當時農學院想購買一輛價值三百五十元的腳踏車以為公務之用，校方竟因為經費短絀而未予同意。一九五五年左右，台灣自產的諸如伍聯、菊鷹的基本車款大概賣九百多塊，日本進口的車款則要一千七百多塊，但當時理髮一次只要七塊。依據現在理髮的一般價格是兩百元，那麼一輛腳踏車可是相當於此刻的數萬元。我總認為，那些願意花這麼多錢買一輛腳踏車的人，可能並非完全是為了實用，而是「摩登」。用我母親的說法，就是「展風神」（tián-hong-sîn）。

一九五六年，政府公布了「腳踏車配售辦法」，軍公教人員可以分期付款購車，學校教師可以透過台灣省物資局來申請分期付款，由校長擔任保證人。當時售出的伍順牌教師專用腳踏車，一輛售價是一千兩百元，可分十期支付。腳踏車還得繳交牌照稅，當時的兩段式車牌，用的是兩張鋁製的車牌綁在車龍頭上，如果違規了，警察會抽去上層，如此一來這輛腳踏車就禁騎了。

我出生的那年，腳踏車在台北市的一年牌照費是十八元，同一年商場的「真正第一家陽春麵」賣的陽春麵是一碗五元。再過兩年，腳踏車的車牌規定被取消了，事實上這意味著腳踏車等於「摩登」的第一個時代過去了。

而隨著時間的過去，此刻網路上一輛完整的、罕見幸福牌車款，有人喊價到十萬元，富士搬運車甚至有人喊價到二十萬。這些曾經是生活裡的工具車，此刻又再度成為有些人「展風神」的道具了。他們不是我認為的癡人，只是有錢人。

在我當八卦雜誌記者的那段時間，曾陷入一種「自由時間」（time-free）的睡眠狀況。在那段時間裡，我的睡眠時間規律地每天往前推兩個小時，時間一到便會隨時突然睡著。我因此辭掉工作，放任自己的時間與別人節奏不同。後來我決定到日本去看看我父親二戰時製造戰鬥機的高座海軍工廠，並且把那段經歷寫成一部小說。

那樣的狀況後來毫無預警地離開，就像那症狀毫無預警地到來一樣。不過隨著書出版，時間過去，每當深夜我仍會有像湖水一樣清醒的時間。在那個湖裡沒有人垂釣，沒有蟲鳴，沒有月色，天光不會升起，只有我自己坐在那裡。

為了度過那樣的時間，我會帶著我的Ricoh，到深夜的萬華去走走，這樣的步行會讓我隔天變得平靜。選擇這個地方的理由是，我的家族在搬到商場之前，曾窩居在一幢這區老公寓的地下室裡。

我總是先繞著廟口公園走幾趟，這個區塊原本是一大片小商店組成的市場。在我的童年裡，這兒有賣小藝品、絲巾、衣服、鞋子等日常用品，也有賣虱目魚、赤肉羹、蘿蔔湯、肉粥、八寶冰、碗糕等等的小吃。我母親則會在過年時帶我到一家叫「皮鞋醫院」的商店買鞋，我覺得那個店名取得實在太妙了。

後來老樹被砍掉，商店被遷移走，現在變成一個莫名所以的水舞噴水池，以及一個無人聞問的地下商場。有些老店家四散周遭的道路開店，但已經不是原來的風味了，畢竟食物的滋味跟場所息息相關。

事實上遊客也沒有聚集在這個延伸的廟埕。公園成了無家可歸的遊民的聚集地，深夜他們或坐或睡，走在其間會有一種墳場的氣息。多數人以為遊民就是整天發呆，不過沒有和他們一起呼吸、一起生活的人不會知道，遊民也有屬於他們一天的娛樂。

他們早晨跟中午的主要活動是下棋，午睡後是一段無目的閒逛的時間。黃昏時會三、五人聚集玩一種擲銅板的遊戲——看誰能拋得比較靠近牆壁，其中有幾個老人非常厲害，總是能準確地將銅板擲到花台邊緣一公分左右的地方。晚上唱那卡西的街頭藝人出來了，無家可歸的人圍著聽歌，偶爾也會拉個身旁的遊民女伴起舞。這些歌手通常不算高明，有一個拉鋸琴的婦女不管拉哪一首歌都是嗚嗚嗚一樣的節奏，根本沒有音準也沒有旋律。但遊民們還是很願意把一天撿到的一點零錢投給他們。

而這邊的遊民組成也比一般人想像複雜得多。媒體總是喜歡報導那些本來是大老板，後來淪為遊民的故事，但對我來說那是最無聊、身上故事最少的一種遊民。因為他們一定是做生意失敗、錢被騙走、縱情酒色這幾種情況而已。

遊民之中還有一些是真誠的惡棍、無法適應社會生活的人、流浪的藝術家，和眼光犀利、飽讀各種奇異知識的人。這類人晚上都還會擺個攤子，混雜在「老人市集」裡頭。我並不是因為同情而喜歡到那裡的，而是跟他們聊天比我過去在大學課堂上學到的多得多，而且不必遮掩自己的無知。

有天晚上我坐在固定的角落抽菸，寫些筆記，不遠處一個像是骯髒衣物揉成一團的物體微微地震動著。我仔細一看那床印著史努比圖案的棉被底下有兩個人，正在做著淫猥的動作，仔細一聽就可以聽到他們的喘息聲。

在他們一旁，停著一輛幾乎完全被掛滿的髒污塑膠袋遮住的一輛腳踏車。我好奇地悄聲走過去，把腳踏車車手上的塑膠袋移開一點，就看到車手立管上的車牌。那兩隻鴿子，背上各有一朵百合，下面寫著「LUCKY」與「SUPER CYCLE」的logo——幸福牌。一輛早期，黑鐵土除的單槓武車。

街燈在他們周遭的黑暗處形成一個光圈，他們的影子有時候讓那個光圈縮小些，然後又恢復原狀。在一陣激動之後，他們的動作慢慢和緩了下來，又恢復成難以辨識的一團髒污。而後他們的頭露了出來，那個鬢鬚俱已花白的男子伸出了手，撫摸了一下女的布滿油垢、打結，光看就覺得堅硬的頭髮。那動作非常緩慢，緩慢得讓你誤以為他的手是靜止的，是原來就已經放在她的頭髮上。

不知道車主知不知道自己騎的是老鐵馬迷著迷的一輛車？或者他自己就是一個老鐵馬的癡人？我打算找機會，敲開他的沉默之核，也許他會願意，借我他的幸福牌騎上一圈。

做為一個不及格的「癡人」，我常覺得車的故事比車本身重要，小夏算是跟我脾胃比較接近的一個。我記得小夏讓我騎上他費盡心力修復的那輛產婆車的午後，他在公園等我把車騎回來，一開口便問我：「有沒有感覺到那個產婆要去接生的心情？有沒有？」

我搖搖頭，又點點頭，心跳快得好像手裡抱著一個完美的嬰孩。

銀輪之月
The Silver Moon

這個秋天雨下了又下，早上第一個入耳的聲音就是雨聲。大雨打在馬路、天台、鐵皮屋，和所有樹的樹葉上，讓人不安。

那天離開阿巴斯的工作室以後，我偶爾試探性地追問他關於那部老鄒鐵馬故事的後續。阿巴斯說，關於這個故事的某些段落，他不想自己說，有別的讓我知道的方法。他約了我去他家老屋走走。

阿巴斯老家的小村落是位於南投的鄒族部落，也是鄒族分布較北的一個部落。我跟阿巴斯約在南投碰面，吃了路邊攤的滷肉飯後，他便騎著老野狼機車載我上山。順著幾乎就蓋在濁水溪溪床上的砂石車專用高架道路走，轉進陳有蘭溪，看出去的大山，都被漫漫黃沙籠罩。數百公尺寬的行水道裡只剩幾條十步寬的濁水，像辮子一樣互相糾結朝出海口編織而去。

「蓋了攔河堰以後，濁水溪就變成無水溪了。」阿巴斯說。

騎進山裡後，阿巴斯轉進名叫「倉庫溪」的溪流旁的一條窄窄的產業道路上。倉庫溪是一條三到五公尺寬的小溪，沿著河岸都種了梅子樹，耕作者秉持著不浪費土地的精神，凡是空隙處都補種了玉米，此刻正吐了紅穗，高壯整齊像衛兵一樣排列成行。再往上一點，就是整片整片的葡萄園了，葡萄藤爬滿木架，讓人會一時錯以爲兩旁的地比道路還高。

隨著道路爬升到盡頭，部落出現了。

阿巴斯刻意把車繞這個小部落一圈，讓從來沒有到過這裡的我四處看看。部落大約只有幾十戶人家，除了少數改裝成有點突兀的樓房，多數還是低矮的瓦房。許多人家的牆面上都有泥塑，表現祭典活動、狩獵、耕種、遷徙，以及聖經故事。泥塑裡的鄒人拉著弓，追逐飛鼠、水鹿、山羌、野豬和松鼠各種獵物，或播撒小米種子，收割、樁米、收藏。鄒族人有小而挺的鼻子，長睫毛，眼神像是有雨雲飄過，微微擔憂著未來的樣子，塑像裡的他們似乎還與整個世界隔開，安靜而堅定地生活著。

阿巴斯停在一間不起眼的石造小平房前面，圍牆四周用磚圈出一小塊土，種著茄子、辣椒這些日常蔬果，空地上正曬著愛玉。愛玉的皮與子各自被分開，以沒有規律卻又像是有規律的排列散布在防水布上，有一種幾何的美麗。阿巴斯的母親出來迎接我們，她拍拍阿巴斯的手背，對我報以一個微笑。大約是六十幾歲的婦人，安靜內斂的性格的樣子，中長髮，眉頭皺著，嘴角卻像在微笑。

屋子非常簡單整潔，幾乎只有一張大桌子。除此外就是牆上所布置的阿巴斯作品，都是山脈與叢林的黑白照，一角放著幾個醬菜甕。阿巴斯領我進一個三步寬、五步長大小的房間，有一張單人床，床架顯然是自己削製的，床腳就是四根圓木，掛衣架也有著美麗的木紋。木窗是開著的，窗口可以看到正在懷孕的木瓜樹。

「我的房間。」阿巴斯說。

來之前阿巴斯就已經提醒我，要我帶一台能聽卡帶的機器去，他的已經壞了。所以我早早就到阿布的工作室拿了一台 SONY CFS-3000S。阿布告訴我，那是生產於一九八〇年代的機器，除了可以聽卡帶、收得到調頻（FM）以外，也能收到短波（SW），有時候可以收到國際遠距廣播的訊號。

「是一部可靠的機器，從造型上來看，也是很有日本風格的工藝品。」阿布自豪地這麼說。

阿巴斯的母親說想去葡萄園看看，她在這個季節被雇用去採收葡萄，裝箱準備運往台

北販售。她走了之後，阿巴斯來到房間裡坐下，拿出一個牛皮紙箱，裡頭每件東西都用油紙包著。是幾張照片，和兩卷空白錄音帶。錄音帶上的小貼紙，用有點用力的原子筆筆觸寫著「ぎんりんぶたい」（銀輪部隊），以及「北ビルマの森」（緬北之森）。

「這就是銀輪部隊。」他指著一張照片說。裡頭一群士兵，正扛著腳踏車渡過一條色如泥沼的河。我將照片翻轉到背面，在斑駁發黃的紙上，有人用沾水筆以稚拙的筆跡寫著「濁水溪」。

阿巴斯挑出一張一個約莫二十歲、身著日本軍服的英挺青年，站在相館布景前的照片，說：「他就是巴蘇亞。巴蘇亞的漢名叫高天進，日本名字叫森勝雄，所以有時候鄰居也會叫他もり（mori）。」

我注意到阿巴斯跟我講話時，並沒有常用父親這個詞，好像照片裡的人是陌生人似的。他翻出一張看來是保護相片用的硬紙板，上頭寫著一排日文字，阿巴斯說他找人翻譯過，意思大致是：「我因爲曾是日本兵，怕因此被中國軍人記恨，所以把照片都燒了。只留下這幾張。」

我慢慢地翻看每一張照片，多數是叢林的照片，但那照片裡的叢林有點陌生感。另外有幾張顯然是比較近期的新照片，一張是巴蘇亞和阿巴斯母親的結婚照，另一張則是巴蘇亞和一個孩子的合照，那小孩子一看就知道是阿巴斯，拍照的人很可能是阿巴斯的母親。

父子站在動物園的獸欄前面，後面有一頭大象舉著長長的鼻子，好像咧著嘴微笑。而另一張是巴蘇亞和阿巴斯母親的合照，大象一樣站在他們身後，只是取景的角度顯得更低。

「這張是我照的，我的第一張作品。」阿巴斯說。

除了這幾張照片以外，他父親的牛皮紙袋裡，還有幾張印著日文的紙張，以及一張地圖。地圖上用了一些符號標示樹木、房子與河流，看起來是一個被包裹在叢林間的小村落，靠小村落的西邊，有一個特意標出的鮮明紅點。

我問阿巴斯知不知道那上面寫什麼，他說知道，他請懂日文的朋友幫忙翻譯過，是當時的日軍的一個中佐參謀，寫給士兵的「戰爭如何取勝」的手冊裡頭的幾頁。不過當時翻譯的內容他沒有刻意留下來，所以細節說不清楚了。至於那張地圖，我聽完錄音帶，應該會了解。我徵求他的同意，用手機拍了照，傳給了一位熟稔日文的編輯朋友小甯，寫了短訊請她幫忙。

另外有一張紙條，上面用毛筆寫著一首日文詩，叫做〈われは草なり〉，字跡非常娟秀漂亮，上面署名是「高見順」。

「我總覺得關於那輛腳踏車的後半段，不對，應該說是前半段的故事，讓我來說並不恰當。還是讓巴蘇亞來說比較好。不過，你要弄懂他說了什麼並不容易，這些錄音帶裡錄的，參雜了日語和鄒族語，而且提到一些戰爭時期的事情。鄒語我可以幫你找到村子裡的老人幫忙，但日語的部分可能就要再請人聽，翻譯給你，而且錄音的品質不是很好……」阿巴斯說。

「我了解。我現在可以先放來聽聽看嗎？」

「當然。」

於是我拿起上面寫著「銀輪部隊」的那卷錄音帶，放進SONY CFS-3000S的卡匣裡。不久，一個低沉的男聲從像磨擦鐵鏟子似的錄音帶雜音訊號間傳出來。那棵懷孕的木瓜樹後頭是一片緩斜坡，無數的葡萄樹此刻都包著白色的果實袋，此時窗外的一陣風，帶著淡淡遠遠的果香傳來。我聽著巴蘇亞的聲音，就像是一片森林在我眼前展開，隱隱約約看到一個影子跑進森林，走上不分明的小徑。

當天晚上我把錄音帶用手機轉錄成檔案，一樣寄給小甯，請她幫我逐句翻譯，代價是日後我會在她宅在家裡需要食物的時候幫她送過去。

隔天阿巴斯帶我去見了一位部落裡少數鄒語流利、中文表達也還可以的老人。由於阿巴斯以前就試著翻譯過鄒語的段落，因此我就將他的草稿印了出來，坐在板凳上，在門外的屋簷下再聽一次老人的解釋。將近九十歲的老人個子相當小，好像是正常人的比例縮小的樣子，但精神卻非常好，他邊抽著菸，邊看著遠方的山嵐，話語從他的嘴巴吐出來的時候都迷迷濛濛，像瀰漫著霧氣的湖。

每天晚上我都跑到訊號較好的地方，收取小甯寄來的日語部分的翻譯。然後再回到房間，反覆聽著錄音帶，對照鄒族老人的翻譯，將雜揉著鄒語和日語的敘述轉折點重新接榫上，就好像在重蓋一座已經被拆解的高山駐在所似的。

我漸漸發現，巴蘇亞的日語往往被用在敘事裡，而鄒族語則會在表達感情與景色的描述時出現。我本想把這兩種語言的段落特別標註出來，但想想或許不用。因爲這兩種語言在講述者的身上已經合而爲一，鄒族的聲腔與日語的聲腔，就像山壁和風、樹以及生長其上的寄生植物，再也難以分解開了。

這份筆記裡的文字確實經過我潤飾，但我並沒有擅自增刪。而爲了方便不同身分的讀者閱讀這份筆記，我多事地在一些詞語的後頭用括號加了註解。

二十歲那年冬天快來的時候，我離開故鄉登上日軍運兵船前往海南島。半個月後，從海南島的三亞登上運兵艦時，我仍然不曉得自己的命運之鳥會飛到哪裡去。那是一個連海都變成啞巴的夜晚，安靜得連船艦的引擎聲都被藏起來。那一夜在甲板上的人都看見了不可思議巨大的月亮，周圍繞著一圈紅色月暈。部隊開拔的準備工作直到清晨，直到月亮變得蒼白向西方沉落，太陽從東方升起，水面同時反射著日光與月光。

（一段長長的沉默）

我們族人是楓葉的後代，新高山的子民。*ak'i*（祖父）說，在遙遠的時代，*Hamo*（天神哈莫）搖動楓樹，飄落的楓葉遂成為鄒族的祖先。後來發生了大洪水，人和動物為了躲避大洪水，就逃到 *patunkuonu*（玉山），洪水退去了以後，族人才開始尋找新的家園。我們的祖先從新高山下來以後就朝北方，越過雄壯的 *havuhavu*（鹿窟山），到達西部的平原，努力耕作、繁衍後代，從 *lenohi'u*（小社）逐漸長大成為 *hasa*（大社）。

一個大社會有自己的 *kuba*（男子會所）、有 *yoyasva*（祭祀廣場），周遭種有 *yono*（神樹），*fiteu*（神花），祭祀有 *pamomutu*（守護神之地、社神），並且有 *ak'e mameoi*（土地神）的 *oisiasutu*（祭祀地點）。社裡也有擔任各種職位的長老和首長，他們精通鄒族的祭儀，而且每個人都是了不起的說故事人。我們族人並不像平地人那麼恨或怕日本人。因為當初被洪水困在玉山的時候，麻雀跟山羊幫忙取火，螃蟹協助我們祖先讓洪水退去，族人則和布農（*sbukunu*）及 *maya* 在離開玉山時，分別取弓身的一段，做為兄弟族日後相見的憑據。有老人家認為，日本人可能是失散多年的 *maya*。

我出生的部落是 *Hosa no luhtu*（魯富都和社大社，又稱和社），*amo*（父親）說和社曾經是很大的一個部落，但後來因為被像洪水般的瘟疫襲擊，整個村子的小孩幾乎都埋葬在那一年新長出的樹下。昭和五年的時候，日本人強迫我們併入*mamahavana*，日本人叫ナマカバン的地方（現在的久美部落）。我的族人把小孩、狗、種子、豬和雞帶到新的地方，怕子孫忘記回去的路，所以把故事畫在牆壁上。*mamahavana*也有布農族人、平地人，我們像親人一樣住在一起，有時吵架有時結婚。到我有印象的時候，部落的族人不少都是「國語解者」（懂日語的人），大家有時候講日語有時候講族語。學校老師說我的日語還不錯，不過父親要我不能讓族語離開，因為那樣人會變成空心的樹。

十八歲那年，我加入了「青年團」。在青年團裡，老師們常教我們以為「現人神」殉身為榮耀。那時候有好多老師都被徵召入伍了，他們在入伍前興奮地說：「等待好久的入伍通知終於來了，太感動了，能上戰場殺死美鬼和英鬼，得到像櫻花一樣華麗凋零的權利了！」不過有一位椎名老師在私底下偷偷地說自己屬於「文道」而非「武道」，徵召他這樣的人上戰場是沒有用的，只是去送死而已，他沒有辦法說出「在令人心痛的純白盒子裡，靖國神社前再會吧」這樣的出征語。那時候我很看不起椎名老師。

昭和十六年，我被小鎌次郎老師推薦，加入了一支特別的研究部隊。小鎌老師說，因為皇軍正在準備進攻南方，那裡的氣候比台灣還要炎熱，同時有大海一樣的叢林，皇軍習慣在寒冷地方打仗，這場戰爭會是全新的考驗。他告訴我說，一位極為聰明的中佐，奉命設立「研究組」，研究在叢林戰裡，要穿著什麼樣的制服，怎樣在潮濕的氣候裡維持通訊、運補，怎樣處理衛生、清潔問題，而他希望能找一些蕃人，來幫助他們了解叢林裡要注意的事。

小鎌先生說，找上我的原因是我體力很好，聽說*amo*又是部落最好的獵人，我一定知道很多關於叢林的事。他告訴我這是報答天皇的好機會，而且訓練結束以後，他們會送我們家幾包的米。

我瞞著*amo*加入了這個研究組。一開始的時候是帶著日本軍官走附近的獵徑，我教他們部落獵人找食物、水源的辦法——怎麼從樹皮取鹽，怎麼割藤蔓解渴，怎麼避開毒蛇。晚上的時候我用小刀削下木頭，做成木釘，拉起防水油布，用繩子綁在另一棵樹上，用鐵絲和木條架成烤架，煮水以及獵物。我教他們看星星、聽風的方向，以及如何在黑暗裡走路。這些都是*amo*教我的，他總是說，腳尖很重要，腳尖就是我們在黑夜裡的觸鬚。他們把我說的都用筆記下來。

一天晚上我睡不著，醒來的時候一個平常很照顧我的藤井少尉也睡不著，和我坐在森林邊緣的斷崖聊天。那個月是我們族人說的*Cofkoyacifeohu*。*feohu*是月亮的意思，族人把時間上的一個月稱為「一個月亮」，一年的最後一個月亮是兩個月的時間，因為那是回復之月。*Cofkoyacifeohu*從字的表面上看是「乾淨的月亮」的意思，事實上指的是可以辦理祭典的月份，表示這個月盈月虧的過程裡，部落裡沒有人往生，也沒有發生事故。

我跟藤井少尉說，這是一個「乾淨的月」，可以做戰祭，也可以蓋房子。我不知道為什麼，誤把 *getsu* 唸成 *tsuki*，因此藤井接話說：「對呀，這裡的月亮真是乾淨美麗，我的故鄉的月亮也美麗，不過是另外一種美。我們的部隊騎著銀輪（ぎんりん），抬頭也可以看見另一個ぎんりん。」

我問他，是不是所有的地方月亮都一樣？

他有點遲疑地說，所有的地方月亮都一樣。輝夜姬住在那上頭呢。

（一段大約半分鐘的停頓）

後來他們教我騎自轉車，那是我第一次騎自轉車。我很快學會了怎麼用身體控制、感覺它。小鎌老師告訴我，要渡海打仗的話，運送大量的裝甲車和機動車輛是困難的，但自轉車相對來說就能帶上不少。自轉車輕便、快，還能夠載東西。我跟他說我從來沒有看過大海，他笑著說，也許你以後會不希望看到也不一定。

我在很久以後，才理解這句話的意思。

後來我進入了一支特殊的部隊，那裡每個人都有一套據說是實驗中的「叢林服裝」，並且有一輛自轉車。

一開始的時候有技術人員教我們拆解自轉車、修復自轉車。這輛自轉車跟我後來看到的，城市的有錢人騎的並不完全相同。它可以在前輪叉架上一把步槍或輕機槍，橫桿和車後的袋子，可以裝載子彈和裝備。渡河的時候，可以利用車架上的鉤子，穿上背帶背在身上。接著是一個軍曹替我們上課，教我們騎自轉車配合戰術以及部隊移動，其中最重要的便是長途騎乘，以及叢林中的騎行訓練。部隊訓練非常嚴格，只要有做錯的地方就會被「制裁」，用拳頭直接毆打臉頰，而且我們得繼續站得挺挺的，承受那個拳頭。

訓練的第二周，我們就做了第一次長程騎乘，從最北方的台北州基隆港，到「帝國最南方」的高雄州燈塔，稱為銀輪急行軍。從西半部的公路南下，除了短暫的吃飯時間與睡覺，連喝水都在自轉車上面解決。騎得快的人在第四天就到達了設在燈塔的標的物，我一直保持在領先集團裡，和我同時的只有一個叫做柏崎勇夫的一等兵。他是一個很漂亮的年輕人，後來我聽說他在大洋裡的島戰死了。

騎乘的時候忍著一口氣，但走下自轉車時，整條腿都像是著火的樹，很多人都癱在地上無法接受校閱。部隊在當地休息了一天半，再騎了三天回到台中州。

當時我們的隊長是一個叫做野口則也的矮壯軍曹，他在集合後指揮我們，分成三人一組，十組一隊，進入山區，隨時聽候戰術調度，操演叢林作戰的機動性。

這是一次保密的訓練，騎乘剛好就是沿著部落人稱為 *himeucicumu*（濁水溪），轉進陳有蘭溪，涉溪，登上望鄉山，再從山另一側的斜面下來，在台地集結。而我故鄉的部落，就在這條路線遠遠望過去，溪流另一邊的山坳處的 *mamahavana*。

amo 曾告訴我，會叫 *mamahavana* 那是因為以前從平地到這個地方不但要翻過台地、山地與溪流，到部落之前還有一段很陡的坡路。因此，走到這裡都已經 *mamuhu*（痠痛麻木）了，所以就把這個地方稱做 *mamuhuana*，久了以後，唸成了 *mamahavana*。也許是因為常和 *amo* 上上下下爬這個讓人腳麻的地方，才訓練出我的好腳力吧。

我們在日出之前出發，跟我同組的是一等兵澤木貴田和天野善一，他們都是從野戰部隊調度來受訓的。澤木是一個高大卻害羞的人，天野正好相反，他的體型小巧，聲音卻洪亮，是一個勇氣十足，甚至可以說是有點莽撞的人。

我們先尋找溪流最窄的地方，扛著自轉車以及裝備渡河，在平地時他們勉強能跟上我的速度，但一騎上山路他們就遠遠落後，變成快被箭追上的山豬。*amo* 曾說，箭永遠只追得到應該死去的山豬，要活下來就要比箭快，比射箭的人聰明。到達集合地以後，我們接到命令，隊長要我們跟另外一個小組進行叢林演練，在森林裡追逐纏鬥。一組先放行，然後一段時間後另一組再隨後追蹤。接著兩者再角色交換。

這就跟捕山豬沒有兩樣，你要不顧一切銜緊牠的尾巴，要仔細觀察，保持直覺。因為這片森林我實在太熟悉了，我領著澤木和天野在樹林裡繞圈，尋找掩蔽，並且教他們怎麼站在適當的位置，以辨別聲音的來源——*amo* 說聲音在森林裡面會製造陷阱，它常讓你以為在你左邊，其實是來自後方，這都是因為風和樹捉弄你的緣故。

我們很快地抓住另一個小組的蹤跡，將他們逼得離開森林現身，然後困在斷壁之間。失敗的組別，要承認自己失敗，並且接受制裁。當攻守交換時，我也教他們在叢林裡隱身的技巧。人的呼吸如果控制得當，可以非常接近樹，動物對樹是毫無警覺的，懂得訣竅的話，就連澤木這樣的大個子也做得到。

中午過後，我們開始涉溪。經過半天的訓練，每一組人員都累得說不出話來。等到終於涉過湍急的溪流，進入了山谷間的開闊地，看到眼前的大山，身體簡直像是被曬乾的蛇，一點都沒辦法前進了。那時正好有一隻 *toeoya*（大冠鷲）在高空盤旋，幾乎靜止不動在空中，影子就正經過我們的輪前。

我想起有一回和 *amo* 打獵，也正好遇到日正當中，飛行中的大冠鷲的影子投射在草原上，就在我們面前緩緩移動，*amo* 當時馬上舉起右手，做出撫摸影子的動作，並笑著對我說：「這樣就摸到鷹的羽毛了。」

我對澤木與天野說，我們部落的勇士所戴的皮帽，上面都會裝飾大冠鷲、*doevosu*（藍腹鷴）和 *fudufudu*（帝雉）的羽毛各兩根，總共六根，得到這三種鳥的尾羽的獵人是很不簡單的，是真正的勇士。其中又以大冠鷲最難射到，牠飛在空中的時候幾乎是不可能的，一定要找到牠築巢的地方。

他們聽了精神像被冰涼的溪水洗過一樣，騎上車追逐起鷹的影子，直到接近影子的那一刻從車子跳下來飛撲那巨大的影子，好像自己抓到了鷹似的。

我覺得自己愛上這輛被一些士兵暱稱為「日の丸號」的自轉車了，也感覺到車子的某部分正在歸屬於我。就像我父親跟我提過的，弓箭與獵人的關係一樣。

那天晚上我們就在山的腰部紮營過夜，自轉車整齊地停在林道旁，每個士兵都安靜地用工具筒裡的油布擦拭自己的車和槍。森林裡的貓頭鷹有時無聲地飛過部隊的上頭，或者在森林深處呼咕呼咕地叫著。不知道為什麼，看著天上不可思議的圓月，我有一種預感，也許有一天我會離開 *mamahavana*。

不過所有地方的月亮都一樣。我這樣安慰著自己。

那天晚上我做了一個夢。我孤身走進一座大叢林，穿過無數棵樹，朝著一株孤立的樹走去。那棵巨樹和所有的樹都不同，它有碧藍的葉子，無數的鳥在那葉子間穿梭來去，陽光從鳥和樹葉的縫隙落下，讓人睜不開眼。在夢裡，我試著去抓那鳥，但卻也預感一旦伸手，就會出現看守那棵樹的蛇，牠正準備咬我。我心裡想：這下可得靠運氣了。但我抓鳥的慾望強過對那條蛇的恐懼，於是還是伸手。正要接近一隻琉璃色的鳥的時候，一條閃動著綠色鱗片的蛇爬到了我身上。我開始拚命掙扎，卻被死死地纏住，而且愈纏愈緊。我聽見腿被夾碎的聲音，接著那蛇開始吞食我，先從腳開始。就在那瞬間，*ino*（母親）出現了，她背著背簍，裡面裝著雞，手裡拉著一條繩子，那條繩子上頭牽著豬的耳朵。她總是在豬的耳朵上打個洞牽豬。她放出背簍裡的母雞啄出蛇的眼珠，並且讓豬去咬蛇的尾巴。蛇一痛就將我吐出來，然後 *ino* 將受傷的我放進背簍裡飛奔起來。豬的耳朵被跑得很快的母親拉得很痛，邊奔跑邊大聲嚎叫。

清晨醒來時，月亮還沒有沉落，而太陽已經出來了。

留在久美的第四天，我的筆記整理到這裡，深深地吐了一口氣，好像心底的什麼也隨之吐了出來似的。回台北處理事情又趕回來的阿巴斯，正好趕上看我的初稿。他好像很感滿意地說：「我就知道找你來是對的。」

「你知道我一定會把錄音帶整理出來？」

「嗯。」

「爲什麼？」

「因爲我覺得你眞的想知道，老鄒給我的那輛腳踏車的故事。」

「所以現在兩個故事接上了嗎？」

「還沒有，但是快了。」

「我猜猜？」

「你猜。」

「老鄒的那輛腳踏車，就是銀輪部隊的日の丸？」

「雖然不敢肯定，但我也是這麼想。」阿巴斯似乎沒有對我猜中有多麼意外的驚訝。

「當然不是巴蘇亞騎的那輛，那輛應該已經在馬來半島上，變成廢鐵了吧。老鄒的應該是另外一輛，因爲某種原因，而留在台灣的銀輪部隊軍用自轉車。」

「你沒有問過巴蘇亞？」

「沒有。有將近十年的時間，我幾乎沒跟他說過一句話。從當兵前開始。」阿巴斯把一盤葡萄推過來給我。

我本想追問爲什麼，但忍了下去。因爲阿巴斯不是那種適合問他爲什麼的人。如果那是他想告訴你的，自然就會在他感覺可以告訴你的時間點說出來。

「那你怎麼知道那就是銀輪部隊的車？」

「老鄒的車在前管右側的部分，跟座墊下方，確實有兩個不明作用的鉤子，我有時候會把買給老鄒的魚和麵吊在那個位置。後來想想，那說不定就是放步槍的位置。而且我跟你說過，退伍之後我把車騎回部落，每回巴蘇亞回這裡，他都會蹲在車子前面很久。這段時間，他只有一次主動對我開口說話，就是爲了那輛車。」

「說什麼？」

「他問我車從哪裡來的。」

「你告訴他了嗎？」

「沒有。」阿巴斯停頓了一下說。「他也從來沒有當面告訴過我銀輪部隊的事，如果他說了，說不定我會告訴他老鄒的事。」

我想著這父子倆之間的關係，就好像溪流隔開的望鄉山與鹿窟山，固執地守在兩旁。他們聽見彼此喊叫的聲音，卻又假裝沒聽到。

「後來，巴蘇亞死後，母親要我擴建後面的倉庫。我爲了要移動工具間的牆，打掉了他釘的一個櫥櫃，發現了這個箱子。那裡頭就是你看到的卡帶跟那些文件。那時我費了一些努力，去了解卡帶裡巴蘇亞講的事情，才知道關於銀輪部隊的事。

「銀輪部隊最知名的一役，就是日軍派山下奉文從馬來半島一路南下，在新加坡擊敗英印軍的一戰。英國當時雖然認爲日軍對新加坡是個威脅，卻始終認爲戰爭可能會發生於海上，因爲他們認爲日軍要直下馬來半島，突破叢林並不是那麼簡單的事。

「山下奉文要他的參謀辻政信研究叢林戰法，因爲他已經決定從馬來西亞和泰國的邊境登陸，朝南進軍。銀輪部隊就是在這樣背景下的產物。錄音帶裡提到的日軍高級長官，我猜就是辻政信，也就是那幾頁『戰爭如何取勝』的作者，他是被稱爲惡魔參謀的男人。

戰後為逃避審判，聽說還做過蔣介石的軍事參謀，後來又再次重返寮國繼續想推動『東亞共榮圈』。這個人很巧妙地利用東南亞國家人民被西方殖民帝國壓迫的痛苦，來合理化日本的軍事侵略，是一個很有煽動力的人。

「他的死法有很多說法，其中一個說法是，戰爭結束後他偷偷重返寮國，卻死在老虎的爪下。

「當時山下奉文兵分兩路，騎腳踏車的部隊移動速度比英軍想像的要快得多，而且常常從叢林裡面突然竄出從側翼攻擊。那個腳踏車從叢林竄出突襲部隊的景象，始終在我夢中出現，讓我覺得神祕迷離。

「年輕的時候我妄想拍出什麼驚人的作品，但還沒有方向感。因此那時我就憑著一種直覺，決定騎著老鄒的腳踏車，從泰馬邊境一路南下，邊騎邊拍當時馬來亞戰役的路線。」

「所以巴蘇亞參加了馬來亞戰役？」

「沒有。台籍志願兵是從一九四二年開始徵召的，而那場戰役，是在一九四一年就開始的。」

「原來如此。所以你工作室裡那些馬來半島的照片，都是你那趟旅行裡拍的？」我邊吃著剛採收的葡萄邊說，山的甜味在我口中散開來。

「是啊。我在想，老鄒那輛車也許是因為某種緣故而沒有到那個戰場上的車，我因此想騎著它，去走一趟。」

阿巴斯走到戶外，點了菸，一個鄒族老人在黑暗中路過，跟阿巴斯和我揮了揮手打招呼。遠處傳來像是貓頭鷹的聲音，呼呼的聲音好像在惋惜什麼、呼喚什麼。

「我一直對拍攝戰爭的攝影師有一點疑惑。」我那時已經知道，阿巴斯是台灣很少數的戰地攝影師，他會用另一個假名來發布那些照片。

阿巴斯挑了挑眉要我說。

「不論是在戰爭發生的地方，或是戰爭已經結束後的地方，有人特意去按了快門留下一些畫面，這樣的事，它根本的意義是什麼？」

阿巴斯像在思考怎麼樣回答我這個問題才好，抽了幾口菸以後才說：「說是空集合也不對，說它充滿意義也不對。

「我年輕的時候曾經想過寫詩。寫詩跟拍照有什麼不同？我常常這樣問自己。後來想到，寫詩和攝影最大的不同是，拍照的人一定得到要拍的地方去。一個沒有經歷過戰爭痛苦的人也可以寫彷彿他經歷了什麼痛苦的詩，而且我相信那些詩人眞的感受到那種痛苦，可是我想，一定很多人的感動是假造出來的，那聲音就像經過變聲器那樣，把虛妄的憐憫改造成彷彿眞誠的憐憫。不過一般人並看不出來。

「但因爲得到現場去，拍照的人或多或少，一定會被那個現場改變。你每按一個快門，如果你真的有在看，你一定會被那個現場所改變。因此好的戰地攝影家一定快樂不起來，他們的照片常常變成很刺眼的東西，而且比戰爭的紀念碑還早出現。我非常佩服的一個攝影家Don McCullin，他說自己在拍攝比夫拉戰爭的時候，同情心與良心的鞭子從未停止攻擊他。他說年輕的攝影師都受天真的信念之害，以爲光憑正直就能理直氣壯地站在任何地方，但是如果你是站在垂死者面前，你還需要更多理由。如果你幫不上忙，便不該在那裡。」他講到這裡，眼神突然黯淡下去，就好像下了決心不流動的河一樣。

「可是我們眞的是幫不上忙的。你知道嗎？在眞正的戰地照片裡，沒有什麼光榮或是名譽這種東西，只有恐怖，而最不幸的是，按快門的人，就像那個湯恩比講的，有時候也會愛上這種自己反對的恐怖，只是當時不知道。有些事情就是這樣，如果你直視太陽太久，眼睛就會留下傷痕。」

我與他的眼睛相對，大概只停留了一秒鐘。別說太陽了，我連他的眼睛都沒辦法直視。

「每次我拍照結束，回到台灣，在機場的時候就會感覺到一種奇怪的感覺，你因爲自己毫髮無傷重返一個安全、可預期、槍管和瘟疫不會推翻宇宙時間表的世界而如釋重負，但又並不眞的釋下重負。我有時候會想，所有的藝術終究是自私的，它不一定會改變別人的想法，但改變了什麼你自己最知道。去過車臣以後，我覺得自己暫時沒辦法再讓自己看到太多事，才開了『鏡子之家』。」

我覺得在談話的過程裡，自己跟阿巴斯的關係似乎拉近了一點點。我不禁動念想問他關於巴蘇亞的死因。因爲從他的談話裡，似乎隱隱約約，有一層薄霧存在。就在那個時候，我的手機響起，是小甯把翻譯好的那幾頁「戰爭如何取勝」，存成PDF檔傳來了。我打開手機，順道把檔案傳送到阿巴斯的手機裡。

在日本最近的一些年代，我們不同意歐洲人高人一等，以及由此而帶來的對中國人和東南亞人的歧視。這些看法就像唾液吐進我們眼睛裡一樣令人憎惡。

一旦踏上敵人的領土，你會發現自己遭受白種人的種種壓迫。從山峰的最高處往下望去，你會發現山坡上當地土著狹小的茅草屋，它們和山下面漂亮的建築物形成鮮明的對比。亞洲人的血汗錢供養著一小部分白種人的奢侈生活。

在經歷了歐洲人幾個世紀的壓迫之後，這些國家已經差不多完全喪失了解放的能力。我們希望可以幫助他們迅速獲得解放，但我們也不應該期望過高。

武器是具有生命的，就像士兵一樣，步槍也不喜歡炎熱的烘烤。士兵們也應該讓他們的步槍得到休息，與人喝水不同，步槍要大量的潤滑油。

小心毒蛇。這些潛藏的危險物要麼藏在厚草叢中，要麼棲居在樹杈上；在你停留的地方如果沒有注意到牠們，就有可能遭到傷害。如果你發現了一條危險的毒蛇，必須立即殺死牠。你也應該吃一些活的動物，並且要把這些肉食煮熟。沒有比這更好的、能增強你的體質的藥物。

榴槤和椰子有助於解渴，在山區地帶，你會發現垂下的樹藤，吸吮暴露的末端部分會有助於你的健康。

登陸後當你遭遇到敵人時，把你想像成一個復仇者，最終你面對的是謀殺父親的凶手。你血液沸騰，怒火中燒：必須將這個人置於死地。如果沒有完全殺死他，你就將永無安寧。

在進入戰場之前——最後一次待在戰船上的時候，你應該留下遺言。裝入一束頭髮和一塊指甲，這樣你就在任何時間、任何地點都準備好犧牲。一名士兵應該事先處理好個人事務，這僅僅是應有的謹慎。

我和阿巴斯各自默默地讀完這段文字，這時候一片烏雲正好飄走，月光落下來，把整個部落的屋頂都照得稜角明亮，果園朝著下坡發展，慢慢消失在遠方。我心底想，這篇戰爭如何取勝的指南寫得眞有力量，裡頭卻有一種荒謬、奇異的恐怖感，可是那個恐怖感究竟是從寫作的那人的腦袋裡傳達出來的？還是更深的什麼所創造出來的？

阿巴斯深吸了一口菸，菸頭的火光因此把他的眼睛照得微光閃爍。我不自主地被那菸頭的火光吸引。

Bike Notes Ⅳ

鐵馬誌

我們設計單車是為了帶人去更遠的地方．
那裡應該充滿鮮花．被水洗過的
森林．以及能讓鳥鳴叫的清新空氣．

英國腳踏車設計師．Ray Tomlinson

武裝部隊使用腳踏車參與戰事，可能最早是在一八九八年美西戰爭後，美國壓制哈瓦那暴動的事件。如果說涉及軍事用途的話，可能還要更早一些，比方在一八七五年，義大利人就運用腳踏車在戰場上做為傳遞訊息之用。在《戰爭中的自轉車》（*Bicycles in War*）這本書裡，提到了一些腳踏車運用在軍事上的優點。首先，它移動如騎兵般迅捷，卻不像馬要吃喝拉撒睡，它也不會咬你或踢你，更重要的，它也不像裝甲或摩托車部隊一樣需要消耗汽油。而騎車比騎馬或開車都要安靜多了。

除了作戰以外，腳踏車部隊更常被使用在運輸輕裝備與軍需上，它也是很好的偵查與巡邏工具。摺疊腳踏車也是為了戰爭而被開發出來的，以便在偵查時可以將腳踏車藏匿起來，或在戰場上方便士兵攜帶，有一些國家，甚至拿來做為傘兵降落後迅速移動的裝備。我曾看過一張海報，畫的是一八九六年的奧地利部隊，一名士兵正舉槍瞄準，他的背上正背著一輛二十四磅重的摺疊腳踏車。

著名的波耳戰爭（The Anglo-Boer War）中，英軍在南非戰場上曾經使用過一種很像協力車的腳踏車，它被設計行駛在火車軌道上，同時可以乘坐八名士兵，運送兵員或武器。這種腳踏車的輪圈就像火車輪子一樣，是中間凹陷的鐵圈，可以說是人力輕軌捷運了。它雖然沒有輪胎但也可以行駛在一般道路上，只是會很顛簸而已。

腳踏車在當時並沒有完全取代騎兵，很重要的一個原因是相對於馬匹，腳踏車在適應地形上仍略遜一籌。此外，騎腳踏車的士兵消耗的是自己的體力，這使得他們在遭遇困難地形時格外辛苦。比方說很容易受困在濕滑的泥灘地，而扛著腳踏車渡河是非常危險的，一個重心不穩，士兵就會被水流帶走。

一次大戰之前，俄國、德國、英國、美國、瑞典……都已經在軍事上使用腳踏車，有意思的是，擁有最知名腳踏車部隊的卻是軍事中立國瑞士。瑞士的多山地形，讓腳踏車有發揮的空間，從一九〇五年開始，他們就發展了數款變速山地軍用車，成立腳踏車旅，服役長達一個世紀。被稱為「MO-05」與「MO-93」的瑞士軍用腳踏車，採用半亞光的塗裝，可以另裝上座管袋、馬鞍袋，或者是兩個可以用來攜帶槍彈與迫擊砲彈的金屬架。在接敵時士兵迅速從車上跳下來尋找掩蔽，腳踏車本身就成了補給的小軍火庫。

歷史上使用腳踏車最知名的一場戰役，恐怕仍是二戰中，日軍取道馬來半島攻取新加坡的這場仗。它是日本南進戰爭的一部分，和珍珠港襲擊幾乎同時。發動的原因是美國禁運石油等軍用物資給日本，日本主戰派一面希望囊括東南亞豐富的橡膠、石油、森林資源，一面希望能把美軍勢力隔絕在太平洋一端，遂行「大東亞共榮圈」。南進的戰事分別是本間雅晴統率第十四軍在菲律賓迎戰麥克阿瑟，今村均的第十六軍攻打荷屬東印度群島，山下奉文則帶領第二十五軍攻打馬來亞和新加坡的英印軍。

當時山下奉文帶領六萬人左右的部隊，以及一萬多輛腳踏車登陸泰馬邊境，兵

Swiss Army Bicycle MO-05

瑞士軍用腳踏車

分兩路進行閃擊戰。

日本的「銀輪部隊」在這場戰役中扮演了重要的角色。一個騎乘腳踏車的士兵所能攜帶的糧食和火藥可以達到七十五磅左右，遠比英印軍只能帶三十五磅的裝備要多兩倍有餘。突然從叢林裡竄出的腳踏車部隊，也帶給對方強大的精神威脅。

只是沒想到馬來半島天氣炎熱，腳踏車常常爆胎，並且難以獲得補給，許多士兵都乾脆把輪胎拆下，只用輪圈騎行。一輛只有鐵圈的腳踏車騎在石礫地上只能製造出惱人的噪音，但數百輛、上千輛腳踏車就會發出震耳的匡鐺聲。從不知名處傳來的巨響，常讓已經士氣低落的英印部隊，誤以為日軍的裝甲部隊出現了，因此不及接敵便匆促撤退。

這支具有速度的日軍，因此在短短不到兩個月的時間，將數百哩的戰線打通。沒多久日軍渡過柔佛海峽，兩周後英軍屈辱投降，包括白思華中將（Lt. Gen Arthur Ernest Percival）在內的八萬名英國、印度、馬來軍人成為日軍苦力直到戰爭結束，僅有少數人倖存。而新加坡則開始了嚴酷的「昭南時代」。

我的朋友中有人擁有瑞士的MO-93、英國的BSA軍用腳踏車，但就是沒有人擁有日本的銀輪部隊用車。我只能從阿巴斯在二高村老鄒家，以及他騎行馬來半島的照片去觀察這輛車。

我把照片給阿布和小夏看，他們都覺得如果有人藏有這批參與馬來半島之役、日本軍方製造而非民用徵召的腳踏車，那一定會在市場上有個好價錢。只不過從戰役裡「生還」的腳踏車，一定在戰敗時全都留在馬來半島了。

而我的疑惑是，在台灣為什麼還留有這樣的一輛車呢？那輛老鄒的「日の丸」究竟是從哪裡來的呢？

阿布的推測是，當時在台灣訓練的銀輪部隊，有故障車被留下來，或者有人偷偷地，把其中一些車（也許就那麼一部）藏在什麼地方，意外地落到老鄒的手上。這兩個推測都很合理，小夏認為第二個可能性要比第一個可能性來得高一些。因為在戰時物資匱乏，銀輪部隊有一部分的車來自民間徵召。軍方製造的軍用腳踏車，即使是故障了，應該也都會積極尋找替代品修復，讓它能在戰場上發揮功能才對。

一定是有人偷了某部車，一定有人藏了某部車。

那天我們送走了騎著老山葉的阿布，看著他的排氣管噗噗噗地費勁吐著廢氣，一旁的小夏突然回頭對我說：如果在那時候，我有一輛腳踏車，我可能會騎著它到深山裡躲起來。

我問他躲起來做什麼，被抓到的話不就慘了？

被抓到當然就沒辦法了。可是上戰場就會比較幸運嗎？我要躲在山裡，找個馬來姑娘一起，每天晚上與她做愛，然後騎著腳踏車到處偷東西，用盡一切辦法活下來。

單車竊賊
Bicycle Thieves

深夜手機響起的時候，我一時不知道自己身在何處。窗戶玻璃上結了一層水霧，淡薄的月光傳進來，過了一會兒才讓我想起自己仍在阿巴斯家的房間裡。手機鈴聲響得異常地久，打電話的人顯然很有耐心，我翻身看了一下顯示，是大姐打來的。

電話那頭的她用焦急的聲音說，媽又不小心在半夜如廁時跌倒了，還好她的床邊有一個無線電鈴，媽按了那個叫醒她。我的腦袋一下子清醒過來，等不及天亮便去敲了阿巴斯的門。他睜著惺忪的眼聽完我的話以後，說要跟鄰居借輛車直接開車送我回台北。我拒絕了，只希望他能送我到台中附近的交流道搭乘巴士。

晚上的山非常安靜，看起來沒有傷害性，山的邊緣和溪水的流動微微發亮，我的眼前出現了不是很清晰的母親的臉龐。我爲一個人只要幾天不見另一個人，就很難完整想起他（或她）的臉這件事而感到心驚。

「會沒事的。」阿巴斯安慰我說，並且踩動了他的老野狼。

然而我心底知道，媽到這個年紀，任何一點傷害都可能造成嚴重的打擊。我現在期待的，就是她的意志力再次帶她走得更遠一些。

隨著年紀愈來愈大，媽常常忘記昨天發生了什麼事，卻清楚記得三十幾年前她帶著我，在大甲火車站錯過最後一班往阿公家巴士的往事。那趟火車，我因爲能準確地唸出每一個停靠站的站名，而讓她歡喜不已，一直說嘴了三十幾年。直到現在偶爾我帶她回大甲媽祖廟拜拜，我都懷疑她眼裡看到的仍是當時那個還沒有金媽祖的媽祖廟，而不是現在這個。她忽視現實，看重記憶。

媽也擁有強大的倒敘能力，她抱怨我愈來愈會頂她的嘴，抱怨我大哥太少回家，導致她拜拜時總是「跋無桮」（pua̍h-bô-pue，陰筊）。重提的總是我大哥考上高中聯考、我發高燒半夜送到台北橋小兒科，以及五姐差一點被送去當養女時，爸因此丟掉腳踏車的往事。

「彼時孔明車親像ベンツ（賓士）啊。」

我則在每回媽重提那些腳踏車時，戰戰兢兢地回應，以免開啓了關於父親的話題，就好像「爸」這個字是一把沒有刀柄的刀子。不過，就好像在修剪草皮時腦中一直叮嚀自己要避開園子裡不顯眼的植物，就是會在某一刻，不經意卻下意識地喀擦剪斷一直想避開的那一株。

幾天前要來南投前，我還專程去看了媽一趟。那時她透過二姐，知道了我與特莉莎分手的事。她因爲我回家，所以煮了一鍋「白菜滷」，那是我家從小吃到大的家常菜，其實就是把所有的剩菜丟下去跟白菜一起燉。吃飯時她刻意把話題在兄弟姐妹間繞了一圈，才表達對我至今拒絕結婚的不滿，她認爲就是因爲這樣，特莉莎才跟我分手的。

「好好一个查某囡仔，是按怎你毋欲娶？較早（khah-tsá）彼个也是仝款，戀愛亂愛，你總是愛甲（kah）無頭無尾。」

我知道這個時候回應只是讓她更爲激動，所以選擇沉默。果然，媽看我沒有反應，就開始叨叨絮絮地把抱怨轉向出生時最讓他們指望的大哥。

「阿弟仔就是毋聽我的話，才會變甲遮爾放蕩。」大哥的小名叫「阿弟仔」，直到他現在都五十幾歲了，媽還這麼叫他，就好像他是那個永遠爲家裡帶來男丁喜訊的小男孩似的。

爸媽都希望我大哥好好讀書，成爲「坐辦公桌仔的」，但大哥偏不。他在這個壓抑的家庭裡活得自我而叛逆。大哥在考完大學落榜以後離家出走，騎著偉士牌去流浪，當建築工地的工人，直到兵單來了才回家。他回家之後就和我爸互相把對方當成空氣。當兵時有一天鄰居跑來說「阿弟仔佇電視內底」，我們打開電視才看見他在「五燈獎」上自彈自唱。更沒想到的是，那節目錄的那天他並沒有放假，因此節目播出的時候他已經被關到禁閉室裡。

後來他抽中金門籤，整整一年半的時間只有回家一趟。爸會要大姐幫忙寫信，然後站在門口，等郵差送信的時間到交給他。信的內容我完全不懂，只記得有時候哥的信裡會夾帶照片，他穿著軍裝，在小島的陌生街道上。

退伍才剛回來，哥就表示要娶一個我父母完全沒看過的，在金門冰果室認識的女生。爸連人都沒見到就表示反對。我們早知道他的個性，就是反對一切孩子自己做的決定，他總認爲小孩子都是思慮不周的，不管你幾歲。但爸愈反對，哥就愈堅持，他們彼此的信念恰好打成一個死結。媽則對我們只有愛，這導致她從來都缺乏判斷力，她對我們的意見，也因此愈來愈沒有影響力。

後來哥並沒有娶那個女孩，他再也不提要娶任何人的事，我們也沒有人知道他怎麼處理和那女孩的感情問題。我記得那時候哥給我看過她的照片，當時我還太小缺乏審美觀，不過記得我哥說過他覺得她很像藥師丸博子。我當時想，多麼奇怪的名字啊。

哥從那時開始很少回家，開始他的走唱生涯。他在我家附近的「木船」演唱，有時候則跑到台北橋下跟一群打零工的人混在一起。每天早上有工頭會開車到那裡，大喊「塗水的三个！」大夥就爭先恐後地舉手爭取那三個名額。

有一回他帶我去木船並且請我吃了生平第一客牛排，他在台上用那張「闊喙」（khuah-tshuì）唱〈My Way〉，還有〈木棉道〉。我覺得大哥拿起吉他的時候最快樂。

不過隨著自己長大，我發現活在自己快樂之中的人，常常給周遭的人帶來痛苦，他們似乎從不把家人的意見與痛苦考量在內。大家都羨慕這樣的人，也嫉妒他們。有時候我覺得自己跟他很像，差別只是在於我沒有勇氣承受指責而已。

媽一直無法坦然面對一個孩子能完全不理會他們的想法卻活得好好這回事，但我大哥做到了。以我母親的說法就是，他遇到什麼事都「喙嘻嘻」，但是對厝內的人「無心肝」。我知道這話從她口中講出來並不純然是指責，而比較像是一種索討。

就在我爸失蹤一年之後，大哥也失蹤了。不過他並非眞的失蹤，而是跑到日本去追隨一個日本的演奏家學吉他。這事我的姐姐們都知道，只有我母親不知道。每個月他仍然寄錢回來給媽，每隔幾天會打電話給她然後聽她話家常，就像他人正在台灣一樣。

身爲長子的大哥第一次考高中時落榜了，這是當然的，他花了太多時間在吉他上了。

他學吉他的第一個老師是山奇西服雇的那個小混混阿猴，這讓我爸更不能忍受，他一直認爲阿猴是什麼幫派分子。聯考的結果出來，爸的憤怒發洩在哥的吉他上。他把哥的吉他砸爛，丟到晚上開來商場的垃圾車裡喀啦喀啦碾碎，也把哥在商場三樓養的鴿子全部放走。爸這舉動也傷了我的心，因爲那些鴿子都是我在餵的。在鴿籠被丟掉以後，鴿子晚上還是習慣性地飛回來。牠們站在商場居民曬衣服的竹竿上，拉屎在鄰居曬的衣服上，慢慢地就一隻一隻被誘捕，成爲商場鄰居的晚餐。

哥重考放榜那天，爸一清早起床，獨自騎著腳踏車去載貨，然後就到中山堂等看榜。那時會在清晨時分，在一些公共場所貼出榜單。報紙當然也會登，只是晚了半天，而且缺乏現場看榜那種興奮感。聽說還有些人天天去看榜，直到榜單終於被撕掉的那一天。

爸滿懷忐忑地從建國中學開始看起，當然他並沒有抱那麼高的期望，只是順便看一下而已，果然也沒有找到他的名字。事實上他原本相信會更晚一些看到我哥的名字的，沒想到喜出望外地在第二志願的榜單上就看到了。

我父親是一個所有的情緒都在海平面底下，只偶爾伸出潛望鏡的人。那天他竟然情緒外露地面帶笑容跑著回家，而把他的腳踏車忘在看榜的中山堂前。

回家時我媽問他：「考牢（tiâu）無？」

爸點點頭，媽就趕快跑去市場買雞了。只是爸並沒有馬上發現腳踏車不在的事實，還坐下來把早餐的稀飯醬瓜吃完。五姐到店外頭的騎樓張望了一下，問：「孔明車咧？」爸才恍然大悟，等到他再跑回中山堂時，車子早就不見了。

開學前，爸到商場的樂器行買了一把木吉他給大哥，這使得他得再過兩個月，才有足夠的錢到賊仔市買下另一輛二手腳踏車。

這輛在我八歲時生病以至於爸在台北橋小兒科門口丟掉的腳踏車，並沒有真的丟掉。彼時媽到開漳聖王的乩童那裡詢問腳踏車的下落，聖王公用很古雅的台語說：「不然且回依舊路，雲開月出兩分明。」桌頭解釋，意思是腳踏車會回到原來的地方。

腳踏車會自己回來？這事我爸可不相信，他帶著我先到艋舺龍山寺一個香爐一個香爐上了香（我不懂的是，連魚池他也跪拜了，難道魚池裡也有神明？）然後再到「賊仔市」去找他的鐵馬。那是我第一次到賊仔市，許多看起來骯髒、像生了某些疾病的中年人與老人搭著一個個棚架，在那裡販賣各式各樣的二手貨。有電視機、電風扇、沙發、皮帶、鋼盔（這種東西也有二手的，眞是不可思議）……要什麼有什麼。

爸牽著我的手帶我到一區都是腳踏車的巷子裡，那裡的腳踏車被分成「規台的（kui-tâi--ê）」，以及已被拆解的「零星的（lân-san--ê）」。他先從完整的幸福牌看起，若無其事地伸手去摸座墊管的編號。因爲那編號在座墊底下的座管，如果蹲下去看，也許會被認爲是便衣警察，而陷入什麼麻煩也不一定。一無所獲後，他便把注意力放在吊在帆布棚架邊緣的零件，假裝要愼重挑選什麼似的撫摸它們，特別是車架和輪框，那是整部車最昂貴的部分。如果能找回車架也好吧，爸當時一定是那麼想的。

隨著時間過去，每一個攤位都看遍了，爸的臉色逐漸黯淡、絕望，就好像多年以後我在狄西嘉（Vittorio De Sica）的電影《單車失竊記》裡看到的那個父親一樣。他掏出手帕擦了額頭和手上的汗，問我會不會口渴？我點了點頭。他拿著自己的水壺，去跟店家要了些水。我喝水的時候，他去跟一個看起來有點猥瑣的老頭說話，我遠遠地只看到那老頭搖了搖頭。

回商場的那段路，是我一生中走過最長的一段。滿臉疲憊的爸牽著我的手走上天橋，看著嗚嗚嗚的火車轉進車站，好像猶豫要何去何從。我第一次知道透過手就能感受到一個人的絕望。

不過轉機就在回到家的那一刻出現。

媽神祕地走到爸旁邊，把他拉到商場盡頭的一輛掛滿各式各樣塑膠袋的車子前面，爸仍是反射性地伸手往座墊桿一摸，毫無疑問，那就是他的幸福牌腳踏車，那編號就是他的車。車眞的像聖王公說的一樣自己回來了。

但總是有人騎它回來的吧？

彼時商場的鄰居彼此朝夕相處，隔壁店家的機車或腳踏車就像自己的一樣熟悉。商場的居民知道爸的車子不見了，這段日子多幫忙留心，每當他們看到一輛疑似是我爸的車子時，看車的「老芋仔」老李便私自把那輛車子用另一把鎖鎖上，然後通知我爸去看看是不是他的車。

無意中這次眞的鎖到我父親的腳踏車。綽號「茶鈷」（tê-kóo，茶壺）的西服店老板和「排骨仔」的雜貨店老板聚在腳踏車前和爸討論，說要捉賊的話他們義不容辭。茶鈷仔年輕時混過萬華的幫派，是個菸不離手的老菸槍，據說家裡還藏有一把長武士刀。他有一個令人稱羨的美麗老婆，而且現在把他的憤怒都轉到了爲商場居民抱不平這事上。排骨仔則是頭腦不太靈光的善良的人，每回不論發生什麼事情，他都很想幫忙處理，但事實上每個人都知道他沒有能力處理任何事。

討論的結果是：等下看我爸的臉色，竊賊如果往商場的左邊跑，就由茶鈷仔和老李攔下他，如果往右邊跑，就由我爸和排骨仔攔下。其他看熱鬧的商場人沒有打算馬上「報警察」，我知道他們準備如果那小偷眞的被攔下，就一擁而上揍他一頓再報警。

大夥兒先各自假裝回自己的店裡，等待騎腳踏車的人出現。晚間新聞報完不久，一個穿著發黃汗衫、灰色短褲、塑膠拖鞋的中年男子走到腳踏車前面，他的細瘦的腿好像撐不住身體那樣站著，臉看起來給人溫和卻又無禮的感覺，手上提著一個手提箱，箱子用紅色塑膠繩綁住。

男人顯然剛剛是到商場某一層樓的男廁所去洗澡了，我常在準備去大便時看到這樣的人在廁所洗澡。

兩邊的鄰居看著我父親的臉色，等著把這賊捉住。沒有料到父親卻不動聲色地緩緩搖了搖頭，轉身回到店裡頭。就在氣氛從緊張變成疑惑的那一刻，那個男人似乎也直覺可能被發現了。他解下所有掛在車上的塑膠袋，故作從容地提著穿過平交道隱身到過馬路的人潮之中。

我母親不能理解地牽著我的手看著爸，茶鈷仔跟排骨仔以及老李晃到我家門口，他們互相交換了一下眼色，沒問什麼就各自回到自己的工作裡。不多久，老板們就像平常一樣對著川流的人潮吆喝起來。

我把我們家族失竊的腳踏車們的故事，一一說給阿巴斯聽，有時候話語被風吹到後頭去。大多數時間，他沒有表達什麼意見聽著，專注騎著老野狼。

「你爸沒講為什麼放走那個小偷？」

「沒。我媽也沒敢問。也許他是覺得，反正車總是回來了。」

「你家裡面的人都很怕你爸？」阿巴斯說。

「嗯。我爸超沉默，他甚至連去日本的事，都沒跟我媽講。」前幾夜我已經將爸到日本去當少年工製造戰鬥機的事，以及後來和腳踏車一起失蹤的事跟阿巴斯講了。

「想想我爸比你爸好一點，他至少錄了兩卷錄音帶。」阿巴斯盡可能加足油門，他知道我想早一刻到台北的心情，老野狼的引擎聲幾乎蓋過他講話的聲音，他因此得偏著頭對後座的我說話。「不過，好像有什麼螺絲在他們人生過程中掉了，連他們自己也不知道。」

「講話的開關壞掉了。」

「嗯，壞掉了。」

凌晨三點五十五分我們到了巴士站，正好趕上四點整從交流道北上的巴士。阿巴斯伸出手彷彿想拍拍我的肩膀，最終還是沒有，他還不知道我們的友誼適不適合這樣的表達方式。在那一刻，我又浮現了是否應該要把我跟 Annie 有通信聯絡這件事告訴阿巴斯？但巴士很快關上門，開上高速公路了。

夜間的巴士如搖籃，多數人很快地進入了睡眠，不過仍有一些年輕人滑著手機。車廂內因此亮著一個一個的光點，他們的表情都不像正在看著什麼非得犧牲睡眠看的訊息。我望向窗外，玻璃上開始出現一顆一顆水珠，隨著車速加快被風拉成一條條水痕。我則在腦中一面翻動著這些年來關於媽的記憶，一面斷斷續續回想起前一天晚上，阿巴斯提到的，關於他在馬來半島的那趟旅行。

阿巴斯在第一次聽完了「銀輪部隊」和「緬北之森」這兩卷錄音帶後，就決定騎著老鄒那輛腳踏車到馬來半島進行一趟長程單車旅行，沿途拍攝一系列的作品。

他為這趟旅程準備了幾台相機，分別是Leica M4-P，以及一台非常罕見的CONTAX III（據他說這是二戰時期的相機），另外也帶了一台便利的小型數位相機。

阿巴斯跑了一趟軍人公墓替老鄒上了香，想起老鄒在那趟潛水之後，退伍前最後一次的聊天時說：「老弟啊，有一天我死了，如果有可能的話，拜託幫忙我，看能不能就把我葬在這裡。埋下去的話，樹一定會長得更漂亮，而且，也已經跟那個傢伙成了朋友了，以後還可以作伴也不錯，牠說不定會築巢在上頭哩。」

「不回家鄉啊？」阿巴斯開玩笑地說。

「回去了村子也不認得我，親人又都不知道在哪裡了。何必？」老鄒停頓了一下，喃喃自語地說：「想跟母親在和平的、市民的京都一起生活。」

「什麼？」

「牠說的。」

「牠說的？」

「嗯。他是在全體閉著眼睛的狀態下，聽到同伴舉手時軍服的窸窣聲，才『志願』加入特攻的啊。」白頭翁像心有所感，飛了上去在屋裡繞了一圈、兩圈、三圈……然後再次回到老鄒的肩頭上。

阿巴斯並沒有承諾埋葬老鄒這件事，他不想擔這樣的責任。反正，老鄒會葬在公墓，軍方的公墓離二高不遠，那隻白頭翁……那個日本兵要找他也不是太困難的事。阿巴斯這麼想。

不料老鄒死去幾年後，二高村也被拆得一片磚瓦不剩了。什麼日本兵飛行眼鏡、豆漿店、牛肉麵店、老鄒的饅頭、土芭樂樹、偏著頭啄著老鄒耳垂的白頭翁……都不復存在，也好像不曾存在一樣。

阿巴斯準備好寄送腳踏車的程序後，先搭機到曼谷，然後轉火車到宋卡港（Songkhla）。宋卡是當初日軍登陸的一個重要據點，街上雖然看起來多半是不起眼的樓房，卻是很重要的行政中心。因爲附近就有美麗的 Samila Beach，所以也有不少觀光客慕名而來，在海邊的美人魚銅像前拍照。阿巴斯到的時候是和日軍登陸一樣的季節，一年最後的一個月。

當年日軍決定在馬來半島的雨季進軍，就是判斷英軍必然不慣在艱困的雨季作戰。另一方面，從台灣得到的氣象資料判斷，東北季風就快要強到運兵艦很難登陸的情況，因此參謀們建議如果眞要作戰，務必得在這時間以前登陸。

阿巴斯在宋卡採購所有的必需品，包括蚊帳、開罐器、摺刀、彎刀、糖果、口香糖、香菸、鹽片、打火機、火柴、針線包、水壺，和濾水藥片、碘酒和紅黴素等等。這趟旅行讓他充滿興奮感，就像第一次參與長途遷徙的草食動物。

隔天阿巴斯吃了馬來亞的油條和熱咖啡當早餐後就騎車出發，他沿著四十三號公路騎往北大年（Pattani），這是當年日軍另一個登陸點。阿巴斯試著解釋讓我知道，北大年和宋卡的氣氛如何不同。泰國南方的北大年、陶公（Narathiwat）、也拉（Yala）、沙敦（Satun）這四府，在百年前屬於北大年王國，後來才被暹羅王國征服的，因此馬來人比例較高，穆斯林比例也高。多年來，這四府的穆斯林因爲宗教信仰的不同而備受歧視，經濟上發展也遠遠不如泰國其他地方，一直有傾向脫離泰國政府的分子活動，常常有炸彈攻擊。宋卡到處都是馬來亞和外國觀光客，但在北大年，像阿巴斯這樣的獨行單車客是絕無僅有的。

戰爭就像椰子樹的影子，從來沒有離開這裡。阿巴斯在北大年停留了一晚，隨即進入泰南情勢更爲嚴峻的也拉。沿路都是軍事檢查哨，他不斷被要求把所有的行李一一攤在地上檢查才放行。

「好像我的行李袋裡面可以藏著一頭大象似的。」阿巴斯想。

他謹慎地面對泰國軍人的懷疑目光，因爲他知道麻煩可能來自政府軍，不一定是獨立分子。如此騎騎停停過了三天，阿巴斯才騎到當時英印軍第十一師一開始守備的亞羅士打機場（Sultan Abdul Halim Airport）。

這個速度竟然和當時的日軍的進擊速度相差不遠，讓阿巴斯非常驚訝，當時的日軍登陸後眞是特急行軍才做得到。

當年英國並不是不曉得日軍覬覦馬來亞的橡膠和錫礦，因此軍方本就已規畫了一個「鬥牛士」計畫，一旦日軍發動軍事攻擊，英印軍第十一師就迅速前往可能登陸的北大年、宋卡、哥打峇魯進行反登陸。但這個計畫失敗了，原因就是日軍的進犯速度超乎預期，另一個原因是，英國在遠東最強大的Z艦隊竟然在一開戰就覆滅了。

開戰的前幾天海上濃霧密布，唯有「威爾斯親王號」和「卻敵號」所在的海域命定性地晴朗無雲，因而被日本攻擊機捕捉到。缺乏航空母艦保護空域的兩艘不沉戰艦，在海上被轟炸、進水、傾斜、沉沒，不過是幾個小時之內發生的事。據說邱吉爾在聽到這個消息後徹夜難眠，感傷地對幕僚說在這片瀚邈的太平洋上，日本恐怕已然無敵。

第十一師放棄了「鬥牛士計畫」，移往吉打州北部的日得拉防線，打的算盤是，只要能把日軍擋在這條防線幾個月，南方與新加坡的戰備就能完整。

沒有料到部隊一到日得拉防線，發現戰壕因豪雨積水，也沒有鐵網、地雷等防禦措施，電話線更是連一碼都沒有拉。而雨季已經到了，第一場大雨，就像擊鼓一樣猛烈敲打著地面。

阿巴斯一面在附近的舊戰場拍照，一面想像士兵的心境。他認爲拍照者要能拍出眞正的風景，祕訣就是要知道這片風景曾經發生過什麼樣的事。一旦想像力發動，身體眞的會腎上腺素分泌，甚至起雞皮疙瘩。他認爲那一刻按下快門，風景也會變得不純粹是風景。

第十一師的組成除了英國人以外，更多的是旁遮普（Punjab）和廓爾喀（Gurkha）士兵，所以通常被稱爲英印軍。黃昏到達的日軍第五師團原本預料是一場硬仗，領軍的佐伯靜雄中佐在鞭子一樣的暴雨裡衝上公路時，守軍卻一彈未發，他的耳畔只有雨聲。十門大砲排列成陣，但砲位上竟沒有人。橡膠林中還整齊停著數百輛汽車、數十輛坦克、裝甲車。安安靜靜，彷彿陷阱。

原來因雨勢驚人，守軍因而低估了日軍行軍的決心，竟跑進帳篷裡避雨了。發現敵人已近在咫尺的英印軍匆促應戰，迅速潰敗，不到數小時，數千人傷亡或被俘，而日軍僅僅損失了數十人。被稱為可以堅守三個月的日得拉防線，留下了足足三個月的滿倉糧食，那些牛肉罐頭、鳳梨罐頭、罐裝香菸、威士忌、數百桶汽油，簡直就像是專為資助日軍而留下似的。日本士兵因此玩笑地在用餐時說：這是邱吉爾給的。

英印軍沿著馬來半島縱貫公路大撤退，狼狽的情形就像是一群流浪漢。他們沿路炸燬橋樑，想要靠著馬來亞西半部一條又一條的河川天險，試圖重新在武他河（Muda River）擋住日軍，讓部隊主力能撤離戰場。但日軍沒打算給這個機會。

在海南島、台灣訓練出來的工兵部隊，每每以出乎意料之外的速度迅速修復公路和橋樑，狙擊手則化妝成馬來人，滲透到叢林、村莊裡，讓英印軍草木皆兵。最頭痛的是銀輪部隊，他們從山區涉過河流上游，從側翼穿越叢林發動一次又一次的突襲。

由於喪失了空中優勢，檳榔嶼遭受嚴重空襲，戰備的進度緩慢，發電廠被炸燬了，水源也已經污染。武他防線很快失守，第十一師再南撤三十哩到居林河（Krian River）。據說日軍進入喬治城時一彈未發，商店照常營業，士兵們還吃著冰淇淋高呼萬歲。

一天以十幾哩的速度敗退，即使阿巴斯騎在現代的公路上也覺得不可思議。相對之下單人旅行的阿巴斯只能算是「輕裝」，當時英印軍時時得停下來埋伏地雷，應付銀輪部隊，可以想見士兵的身心一定都瀕臨崩潰的狀態。

阿巴斯想起他看過的一份軍事報導，一個英國軍官說道：「士兵已經累到得先打一巴掌，才能理解最簡單的命令。這些睡眠不足的士兵行軍就像機械人，日本軍機一飛過會反射性地，立刻像縮頭烏龜一樣躲藏起來。」

看到這個情形，英軍指揮官決定一口氣先把殘部退守到霹靂河以南，再進行整編。不過同一時間，山下奉文派遣的一支部隊正穿越瓜拉江沙以東的叢林，準備搶先拿下霹靂州的核心——盛產錫礦的怡保市，切斷英軍退路。

我和阿巴斯在黑夜的久美國小，看著滿天星斗與對面在黑夜中輪廓朦朧的中央山脈，恍然有身處馬來亞險峻山脈的錯覺。

阿巴斯說他當時在馬來亞也有相似的感覺，以為自己身在故鄉。他騎行到霹靂州附近的叢林，遠眺西馬第三高峰勇峇山（Gunung Yong Belar）的山勢時，感應到的那座山的靈魂與故鄉的塔山幾乎一樣——神聖又幽黯，崇高而恐怖。而彼時，一支為了建立大東亞共榮圈而奪取資源的侵略部隊，和一支到東方殖民古老帝國與被殖民者混成的守軍，在那個叢林裡進行著殊死的戰鬥。在那場戰役裡，沒有個人，你手上的槍、身上的衣服、腳上的靴子、綁腿，乃至於你的指甲、頭腦以及血液，都分別屬於皇軍或大英帝國的。

「我騎車的時候心裡想，不知道用那麼快的速度推進作戰，那些年輕的日本士兵怎麼熬過來的，更不知道敗退的英印軍怎麼熬過來的。」

一九四一年的最後一天，日軍已經來到怡保以南的金保。這是一個天險，叢林就像瀑布一樣沿著山勢而下，守軍的狙擊手射擊範圍可以到達一千碼。這是守軍頂住日軍閃擊戰，在中馬最後一個重要的據點。阿巴斯試著騎上當時英軍固守的湯普森山脊（Thompson's Ridge），在叢林裡紮營，想像自己是一個旁遮普士兵，度過等待日軍發動攻擊前的幾個晝夜。

長達七百多哩的馬來半島，中間是布滿叢林的山脈，西岸是紅樹林和沼澤，東岸則是細砂海灘。繞西側攻擊穿著軍靴的士兵會被紅樹林糾纏住，因此日本決定派一支部隊劫掠漁民組成機動船隊載運部隊前進，另一支部隊則奉命穿過叢林發動突擊。

然而叢林裡有許多利齒在等待這群北國的士兵：蚊蚋、毒蛇、螞蝗、毒藤、有刺植物、泥濘的森林底層……因此，他們選擇已經「出現缺口」的叢林做爲進攻的路徑。

當時不少馬來亞的原始叢林在當時已經被英國人砍掉了。英國人爲了打破巴西在橡膠市場的利益，引進了巴西的品種，來到馬來亞試種，很快地當地的橡膠產量就上升到將近世界的三分之一。而英國政府對這些橡膠公司以及私人產業十分忌憚，不敢得罪這些富可敵國、控制經濟命脈的貴族巨賈，軍隊甚至不敢任意砍掉領主的橡膠園構築防禦工事，這就讓叢林防線出現了很多漏洞。

樹對馬來住民來說，既是家園、財產，也是神靈。馬來人用樹的主幹、枝幹和細小分枝蓋房子，把樹葉磨細塗在牆上。他們摘食果樹上的水果，燒樹枝烹煮食物，躲在樹蔭下遮蔽駭人高溫，採集樹脂製作器具、填補小舟的外殼。他們用森林裡的樹與竹子製作搖籃、棺木、蓋廟宇與王宮，以及火葬儀式的燃木。但許多樹都死於農場的開拓，以及這場戰爭所引起的森林大火，有些馬來人因此稱呼二戰是「殺死森林的那場戰爭」。

阿巴斯牽著老鄒的車在這樣的叢林裡面走，清醒的時候覺得自己簡直是找死、瘋了，後悔幹這種傻事。遇到藤蔓遍地的林地，得用山刀先清出一條路才能往前騎，那樣消耗的體力是兩倍，不，五倍、十倍。最可怕的是叢林裡的雨，剛剛才走過的，五步就跨過的野溪，一下子會變成看不到對岸的瀑布。

雨會在頃刻把溪水注滿，打在森林的頂層如擂鼓、砲彈，空氣也會變得凝重起來。比大雨更痛苦的是雨停，路會變得像濃稠的木瓜奶那般泥濘。這讓阿巴斯進退不得，半天都前進不了幾百公尺。

進入叢林的第二天，阿巴斯走到一處像是把整個山藏身在雲裡的地方，那有點像雨，又不是雨的雨霧，把他身上所有的東西都弄濕，然後讓它們糾結、纏繞成一種絕望的情緒。

那天晚上阿巴斯尿尿的時候，連自己的老二都看不到，好像沒有身體一樣，一切都被霧擦拭掉了。一度他和老鄒的車似乎驚動了什麼，四周發出響亮的、翅膀拍擊風的聲音（就好像在國家劇院裡謝幕時鄰座的掌聲一樣巨大），他好像被捲入了什麼暴風的核心，阿巴斯瞥見一群數量不詳，巨大、展翅超過一個人的鳥，從身邊起飛。在大霧中，只依稀看見鳥脖子與長腿都是紅色，長喙幾乎和自己的小臂一樣長。阿巴斯在驚惶中，在沼澤旁跌了一跤，失去了CONTAX Ⅲ以及裡頭的底片。只換到一根那種鳥的羽毛。回來以後詢問朋友才知道那是一種幾乎已然消失，叫做赤頸鶴的大鳥。

深夜的山敵意更深了，好像有什麼在注視著你一樣。阿巴斯是一個在山裡長大的孩子，他想起巴蘇亞說過，最好的獵人是連山都沒注意到你的存在，如果你感覺山在看你，可能就會有事發生。

這使阿巴斯戒慎恐懼，天亮之後，他決定提早下山。不過左繞右繞，阿巴斯都穿不過密林。他在曚矓的綠色中騎騎走走，好像正走在海底穿過柔軟的、波動的海藻林，四周有時沉寂無聲，有時突然出現鳥群的鳴叫和野獸的低吼，更多時間阿巴斯覺得自己彷彿聽到樹與攀在樹身上的藤蔓正在互相交談，密謀些什麼。

當他走到一個大約高度在一千多呎懸崖處的時候，他看到遙遠的山上彷彿有一座

「倒立的山」，細看才發現那是數千隻盤旋在山頭的鷹群，飛行的陣式就像漩渦一樣直入雲端。

阿巴斯覺得自己正在獨自面對「眞正的」叢林。那巨大的鳥翼蝶，不可思議繽紛色彩的鳥群，垂懸在巨樹的藤蔓，讓他想起一個探險攝影家講過的話：「美到極致就是恐怖。」

在那個過程裡，一開始他還會拍照，後來連快門都不按了，因爲沒有力氣，也喪失了任何創作的意識。他此刻只想走出叢林，走出那種絕望。畢竟，如果自己終於死在這個叢林裡面，即使相機後來被撿到了，裡面的照片被沖洗出來，又是對誰有意義？

在那個絕望裡不知道爲什麼阿巴斯想起一個旁遮普兵團營長的日誌，描寫敗退的士兵情緒低落的原因，不是因爲敵軍大隊已經來到，而是等了半天，公路上卻沒有一點動靜。叢林的隔音效果更強化了地面的死寂，那種死寂讓人浮躁，也讓人感到一種盲目感。那盲目感是他一生中見過的眞正的恐怖。阿巴斯事後想，如果不是曾經騎行過那片叢林，他完全無法理解什麼叫做「叢林的隔音效果強化了地面的死寂」，也不會理解什麼叫「讓人浮躁的盲目感」。

阿巴斯瞪大眼睛尋找極不明顯的小路，嗅到森林發出一種惡意的血腥味（可能是果實的味道，因爲地上有許多腐爛的果實），那氣味好像是從毛細孔進來的，而不是從鼻腔進來的，因此即使憋著氣也聞得到。

這時候一群胸前羽毛帶著琉璃光的小鳥飛到他身邊繞了三圈，啁啾啁啾地唱了一首歌後像箭一樣飛離。其中一隻鳥停了下來，他想起馬來人所說的「引路鳥」的說法。阿巴斯跟著引路鳥，那剎那他相信那隻鳥就是巴蘇亞。他跟在牠後面，就好像小時候跟在巴蘇亞屁股後頭上山狩獵一樣，巴蘇亞從來不會牽著他走，只是在前頭保持著一個讓他永遠追不上、卻也不至於看不見的距離。

巴蘇亞會說：「一定要聽森林的氣息，注意山的呼吸，累了不要趕，找一塊大石頭休息，認得那塊大石頭，每一塊石頭都長得不一樣。」而小阿巴斯一心想追上父親的影子，他心底想，只要影子不分開，就不會迷路。

不久天空下起了雨，鳥的叫聲也像被按下停止鍵般消失了。阿巴斯停下車，就地搭起簡易的避雨帳，準備暫時休息，這樣的情況在雨中繼續前進是不智的。在一派寂靜中，光線和雨從樹的縫隙落下來，形成一種若有似無、縹緲游移的白色光霧，不知道爲什麼，這讓他想起和老鄒在二高村外那幢建築，從那個地下室被吸進河底潛流的感覺非常像。白色的霧氣，白色的氣泡。

阿巴斯調整呼吸，集中精神，發現一切的聲音重新清楚起來：葉子上的水珠撞擊到另一顆水珠，不知名的蛙群鳴，啄木鳥用苦惱的長喙敲擊樹幹，並以舌尖伸進樹的身體；

藤蔓的種子則朝著光突破土壤，在見到光的一瞬間，伸出微小的、肉眼不可辨識的葉的尖端，蝸牛正分泌消化液融解它的纖維。各種聲音迷離、不太具體，像煙混合在一起，滲透在雨霧裡。

突然之間，樹冠叢裡傳出窸窣聲，一開始只是某一個點，不久則像海潮一樣一波接著一波從叢林那一頭湧過來，那聲音讓阿巴斯心跳急速起來。他定神一看，似乎是一群正在快速移動的猴子。阿巴斯盯著聲音想要找到樹叢間的猴群，光線卻刺傷了他的眼睛，讓他失去了視覺，等他再看清楚的時候，已經全無猴子的蹤跡，四周再一次陷入寂靜。阿巴斯什麼聲音都聽不到了。

這時阿巴斯「聞到」一種羶騷潮濕的氣味，非常霸道地推開熱帶雨林裡各種紛雜氣味，包裹住他。他甩了甩頭，終於從一片光亮的盲視狀態裡恢復，他將全身的氣力貫注到眼睛上，用他鄒族獵人血統的直覺搜索，赫然發現十公尺外，一頭馬來人稱哈利馬奧（馬來虎）的大貓正穿過樹叢。

牠華麗的虎斑跟叢林的陰影與光完全契合，一爪在前，一爪在後地緩緩步行，悠然地轉過頭，用琥珀般的雙眼，沒有情感、不表好奇地望向阿巴斯藏身的防雨帳。那一刻阿巴斯每一根汗毛都針一樣豎立起來，並且往內刺進去，那顆巨大、正輸送著鮮紅血液的心臟在肋骨間彷彿有隻鶺鴒跳動。

森林如此璀璨，死亡如此璀璨。

阿巴斯那一瞬間竟動起了一個念頭，他想趨上前去，伸手去摸那傲慢的金黃色毛皮。但沒有。

哈利馬奧停留了十秒，也許是一秒就繼續往前走，牠一爪向前、一爪向前地，無聲潛入叢林裡，只留下強烈的氣味。而阿巴斯活躍、火熱、急促的心跳過了一陣子才得以平息。阿巴斯不知不覺中掉了眼淚，在這個叢林裡他甚至沒辦法決定自己的進入或離開。這座叢林簡直就是一個時代。

阿巴斯在疲憊驚恐的狀態下，似乎聽到巴蘇亞的聲音，那聲音要他抬頭。那是一棵巨大的樹，奇異的是，許多葉片不是綠色的，那上頭在陽光的照射下閃耀著藍紫色光。阿巴斯定了定神，發現那亮光是一種蜻蜓的翅膀，奇異的是，每一隻蜻蜓的尾巴都指著同樣的方向。

迷惘的阿巴斯鼓起氣力牽著老鄒的車不斷往著蜻蜓尾巴所指引的方向走，從黃昏一直走到光線完全消失。阿巴斯靠著頭燈和手電筒紮了簡單的營地，他叮嚀自己，電池省著點用，情緒避免波動（不會那麼幸運再遇到一次哈利馬奧的），就那樣半夢半醒地撐過一晚。

隔天清晨的時候，阿巴斯驚訝於眼前的景象，那是一片滿是倒木，留下斷面整齊的樹頭，以及莽草遍布的空曠地，遠方有一條河流蜿蜒流過。旁邊立著一塊牌子，有馬來文和英文，原來是一片新砍伐出來的山區農場。

阿巴斯用 M4-P 按下快門，確定自己重回道路了。

我們坐在久美國小的校園裡，上頭是會讓人不忍閉上眼的星空，而遠方的大地就像一張巨幅的銀幕。望鄉山也就是湯普森山脊，陳有蘭溪也就是霹靂河。我心底想，也許正是這樣的經驗，阿巴斯才能變成一個可以拍照的人吧。

阿巴斯說，在那個過程中，他覺得自己漸漸和老鄒的腳踏車有一種合爲一體的感覺，不只是跟車子本身，而是更抽象的什麼。

「這樣說可能很不準確，而且荒謬。但我就是有那樣的感覺。你這樣騎過一輛車，等於和某個人的人生眞的交會。」

「巴蘇亞，還是老鄒？」

「都有。可能還更多。」阿巴斯說：「可能是這樣的緣故吧，我才開始對老腳踏車產生興趣，也才會要 Annie 把她朋友的那輛幸福牌借到店裡擺放。你記得那輛停在我工作室的MARUISHI嗎？不過那是另一個故事了。」

我點點頭，等著他先回到原本的這個故事上。

金保之役後，英軍失去了關丹機場，撤退到吉隆坡前最後一道防線仕林河（Slim River）。失去關丹機場對英軍的影響非常大，因為這樣「三菱九六陸攻」就可以更輕易頻繁地空襲新加坡了。

而每天以十哩的速度敗退的守軍，有的逃入了叢林之中，甚至藏身到戰後才敢出來，他們在叢林裡各自獨立度過了漫長的時光，像蟒蛇蛻皮後，看起來雖然一樣，實際上卻不一樣的人了。當他們發現戰爭結束而重回城市時，有些人甚至喪失了部分的語言能力。

仕林河守不住以後，奧弗山（Mount Ophir）、麻坡河（Muar River）陸續失守，這期間只有澳洲軍在金馬士市附近給予日軍打擊。不過主力部隊持續潰退中，直到最後一道居鑾（Kluang）到阿依淡（Ayer Hitam）防線。白思華原本寄望「守住半島的尖端」，不過戰場指揮官卻認為，再固守柔佛已無意義，主力部隊可能會被日軍捕捉而覆滅，屆時會連新加坡都無軍可守，撤退勢在必行。

新的一年一月的最後一天，英印軍像一條長龍，背著行囊走進小島，隨即把橫跨島和半島間的長堤炸開一個寬二十公尺的大洞。幾天後，日軍在遠從滿洲調動來的重砲、野砲、山砲掩護下，輕易跨過海峽，登陸新加坡。這過程並沒有如預期受到頑強的抵抗，原因是島上的防務一直認爲敵軍會來自海上，砲台因此盡皆朝向太平洋，無法轉動面對奇襲的日軍。

兩周後英軍就接受了歷史上，最恥辱的一次投降。八萬多名英國人、印度人、馬來人、澳洲人組成的混合部隊，向人員、武器都呈劣勢的日軍投降，從此成爲俘虜，大部分被日軍驅使去建築從泰國穿過緬甸的鐵路，並且死在那條穿越霧氣蒸騰的熱帶叢林與高山激流的鐵路上。而當地華人則被大規模地屠殺、處死，葬身在這個被日本人改稱爲「昭南島」的小島。

包括迷途的時間，總共花了整整一個月的騎乘時間，阿巴斯來到柔佛巴魯。他滿臉鬍鬚，衣服破爛，帶著各種植物、鳥獸、雨水溪水與自己難聞的體味，看到海時，不自禁地把車停在一旁，就衝了下去，他甚至刻意喝了幾口海水來慶祝，讓自己的身體因爲痛苦而減緩激動。

阿巴斯對我說：「這趟旅程完完全全改變了我，或者說，我想要做爲一個攝影者的心態。」

「比方說？」

「比方說，終於知道了，拍照不等於按快門這回事。」阿巴斯說。「這麼簡單的事，很多拿相機的人一輩子都不眞正地知道。眼睛、四肢都是身體的一部分，腦與按快門的鍛鍊，靠的不只是思考，還要行動，這些感官才能啓動眞正攝影師那種動物性的直覺。」

「嗯。也許是喔。」我在咀嚼阿巴斯的這句話。

不過，當阿巴斯全身被海洗乾淨，帶著一種疲憊的滿足感回到岸上時，他發現老鄒的腳踏車不見了。那些像叫化子一樣的背包、塑膠袋、髒臭的衣服都還在，不見的只有腳踏車。他激動地在海灘上大叫起來，就像突然失去親人一樣。因此，同在海灘上的人，包括那時他還不認識的 Annie 都被他傷心的喊叫聲吸引了過來。

我在巴士上半夢半醒地想著阿巴斯昨晚說的故事，恍然之間才發現雨已經變大了。雨大到車子像在一條河中潛行，而旁邊掠過的車燈都像在水中舉著手電筒的潛水夫。我想起阿巴斯說，當他迷失在叢林裡時，覺得那景象很像他和老鄒在溪底的潛行。

「你們看到的究竟是什麼呢？」我當時問阿巴斯。

「不知道。」阿巴斯說。

「那是什麼樣的感覺呢？」

阿巴斯想了很久，說：「好像走在這個世界跟另外一個世界之間的鋼索上一樣，覺得自己不屬於這個經驗的世界，但也沒有眞正到另一個世界，但是可以看到這一頭，轉過去也可以矇矇矓矓地看到另一頭。」

這個世界跟另外一個世界之間的鋼索？我想像著那樣的情境，許多人張開手臂保持平衡，想要從這一頭走到對面去。

這時候巴士下了交流道，突然間掉到一個路坑震動了一下，把全車的人都驚醒了。我想起小時候，雖然火車每天都經過家門口，自己還是非常期待每年過年和媽搭火車回鄉下。火車的車廂和車廂之間，會有一小節沒有辦法完全密合連結的地方，普通車的連結處空隙特別地大，震動得非常厲害。我特別喜歡停留在那個通道，那裡的聲音最大，除了兩片鐵片撞擊的聲音，和車輪在鐵軌上滾動的金屬聲音外，什麼都被掩蓋住了。

我拿出手機，叫出「家人」的群組，傳了一封訊息問所有人媽的狀況怎麼樣了。就在那時候，我收到了Annie的第四封信。她寄來的每一封信，主旨都打著「psyche」這個字，只有這封寫的是「單車竊賊」。

這封信跟前三封都不同，不再是像小說一樣的敘事了，只簡單地寫了幾行字：

我是 *Annie* 的朋友 *Sabina*（你可以叫我薩賓娜）。很冒昧之前寄了幾封沒頭沒尾的信，那其實是我寫的一篇小說的一部分，也許不能算是小說也不一定。*Annie* 告訴我，你想詢問關於那一輛幸福牌腳踏車的來歷，也想買那輛車，但因為我們素不相識，那輛腳踏車又跟我的私事有關，我因此一時不能決定是否告訴你。我聽 *Annie* 說你似乎也寫小說，還出版過小說，因此先去讀了你的作品。

我得誠實地說，因為讀了你的小說，才讓我決定先寄從那件事發展出來的一篇小說裡的一段給你。陸陸續續收過你幾封回信以後，雖然沒有見過你，但我覺得自己應該已經可以告訴你關於那輛車的事了。

你願意聽我說那輛車的故事嗎？如果你願意，那你希望先讀我的小說的結尾，還是直接碰面？祝 好

薩賓娜

原來之前寫信的不是Annie。我立刻回了信，寫「我既希望讀小說的結尾，也希望盡快碰面，時間與地點由您決定」。信傳出去的那一刻，我也同時叮一聲接到大姐的訊息，

說媽已經移到普通病房，醫生準備替她安排各項檢查。她告訴了我房號，並說其他的四個姐姐也都去看過她，都排好了照顧媽的時間，在訊息的最後，姐刻意玩笑似的說「這也許是她生了那麼多小孩唯一的好處」。

最後是來自大哥的訊息。從日本傳來的簡訊，看不出情緒地叮嚀我要幫忙照顧母親，他會立刻回台北。

我想起幾年前我到東京做一個專題採訪的時候，曾經順道去找大哥。大哥給了我一個一定可以找到他的地址，要我一定要去找他。

我到了地址一看，原來是一間位於商業區地下室的爵士酒吧。騎樓擺著一張當晚演出的海報，有兩個set，上半場是日籍樂手的三重奏，下半場是Kula & His Friends的表演。Kula就是大哥。

我坐進酒吧，點了一杯琴酒。三重奏的鋼琴手頭髮有點厚，像中年版的田村正和。低音提琴手則是穿著拘謹白襯衫，一副上班族模樣的白臉男子。鼓手則是一個好像上了年紀的Charlie Watts，看起來只是一個熱愛園藝的鄰家白髮老先生。

我並不是真的爵士樂迷，但第一首《The Sandpiper》裡的主題曲〈The Shadow of Your Smile〉我倒知道，這是一部比我年紀還大的電影，台灣翻譯成《春風無限恨》，我有收藏DVD。出乎我意料的，白臉男子和田村正和的搭配驚人地契合，就像海浪與沙灘一樣，把原曲的悲傷情緒，人間那種莫可奈何的愛情，藉由輕快的彈奏，變得比較能讓人接受而傳達出來。

當大哥上場的時候，不知道爲什麼讓我有強烈的陌生感，好像台上的人不是大哥。隨著演奏開始，我漸漸進入大哥的吉他樂音裡，那種陌生感變得能夠理解了。他已經不再是那個偷偷參加「五燈獎」然後在第一關就被淘汰的青澀青年，那把吉他也不再是用父親失去一輛腳踏車爲代價買來的上榜禮物，大哥手上的吉他是爲了他的手而製造似的，那聲音裡有一個活的什麼扎實地存在著。此刻他就是和我沒有血緣關係的一個吉他手。

幾首曲子後，我覺得台上和白臉上班族大提琴手合奏的大哥，在姿態與動作上，都很像吉他巨匠Joe Pass，那試圖在演奏中同時出現低音的旋律線及中間聲部和弦的手法，清楚分明的彈奏技巧，以及在演奏時低趴著像在傾聽吉他說些什麼的姿勢，很可能就是模仿他的。

他的指頭在冷靜間有一種低調而隱祕的哀傷，確實地激起了貫穿我胸腑的弦音。聽完以後，雖然店裡還是鬧烘烘的，但我心底有一種澄澈的感覺，就好像有人拿了掃帚跑到你心裡面，把所有雜物都清除乾淨似的。

突然之間，我有一種無論大哥做了什麼背德之事都可以原諒的感覺，彷彿他來到人間的任務不是爲了傳宗接代，而是爲了彈奏吉他，像這樣坐在一張椅子上，彈奏一首曲子給其他人聽，他就完成了自己活著的任務了。

晚上我和大哥在一間瀰漫著菸霧的居酒屋聊天，他問我過得如何，我講了一些乏善可陳的生活瑣事。我本想問他幾時要回台灣，但腦中〈The Shadow of Your Smile〉的樂音不斷出現，干擾著我跟他的對話。何況我跟他不眞的有話說，我萬分後悔聽完了演奏以後還留下來跟他碰面。我應該把對他的印象留在舞台上的，下了舞台，我就不免想起他是如何把家裡的擔子拋給姐姐們。

於是我提了那個，不那麼尖銳的，更像是拿來當閒聊話題的往事：「你記不記得當年爸爲了看你的榜單而弄丟腳踏車的事？」

他疑惑地說：「有這回事嗎？我只記得他送了一把吉他給我。」

「也有，但是這兩件事連在一起的啊。」至少對我來說是連在一起的。

大哥雖然上了明星高中，但是他最後並沒有讀大學，那時候即使落榜大家都會重考的，重考四、五次的大有人在，只是他說他人生重考的額度已經在高中用完了，他只允許自己幹重複的事一次。有一天早上醒來，他留下一封信拿走爸鎖在抽屜裡的一筆錢就不見了，媽急得不得了，爸卻冷靜無比，拒絕聽從媽的意見去尋哥。

「猶毋是去做彼寡不答不七（put-tap-put-tshit，不像樣）的工課（khang-khuè）！」他說。哥離家出走以後，家裡的人彼此間變得陌生而有敵意，每個人講話都小心翼翼。哥可能算準了兵單來的時間，回來拿了兵單。爸沒有處罰他，也沒有說什麼，哥已經長得比他還高大了，他知道他完全沒辦法撼動他什麼了。

退伍後大哥不是沒有想過爸說的「腳踏實地」過日子，他向媽借了一筆錢，跟朋友到中國投資進口成衣的生意。一開始還滿順利的，不過很快地就風雲變色，他們大量進了一批貨，但從海關領到的都是劣質品，中國那邊的對口商人迅速消失，簡直就像是被沙漠吞沒了足跡一樣，一點存在的痕跡都找不到了。

從那天開始大哥就消沉了，他到民歌餐廳去演唱賺零用錢，有時候甚至幾天都沒有回來，常跟家裡開鞋店的，我的死黨阿咪他哥哥阿狗仔混在一起。由於年紀的差異，阿狗仔跟我哥對我們來說，就像是神一樣的存在。他們會做我們不敢做的事：到二樓舊書攤去買色情雜誌、躲在商場的天台上抽菸、坐在天橋的欄杆上。

我永遠都記得那一天，大哥被爸從外面拉回家，發生了像是空地上的龍捲風那樣的爭執，爸拿起量布的木尺就往哥身上招呼，但哥實在太高大了，他一下子就把木尺搶了過來。我第一次看見大哥這麼意志堅強地挑戰父親，他對著他的臉說：「你愛我一世人像你仝款逐日勼（kiu）佇遮（tsia）？」（也許容有記憶上的誤差，但那語言的強度必然諸如此類）然後掉頭離開。

多年後我才從姐那裡知道，哥和阿狗仔躲在廁所裡「煉丹」被我爸遇到。他進廁所時聞到一股異味，對著廁所大喊：「內底的人死出來。」沒想到死出來的是哥和阿狗仔。

強力膠是阿狗仔的父親用來黏鞋底的。阿咪的父親通常會把強力膠的鐵罐蓋子打一個洞，直接把牙刷插在那上面。由於每天都使用，罐子的邊緣都是凝固的膠，看起來好像一根粗粗的、流滿燭淚的蠟燭。我們小時候常蹲著看阿咪他父親做活兒，聞著那樣的氣味，從來沒有想到那東西可以拿來「煉丹」。難怪那時候我常常看到哥的臉上有著一種做夢的神色，他好像對自己事業的失敗有著空前的滿足似的。

多年以後，我心底十分肯定，他轉過頭的那一個瞬間或之後的無數日子必然爲著那個沒有修飾的句子感到後悔。不過即使我知道必然會如此，再十年後，我也重蹈了他的覆轍。從此我再也沒有看到父親和哥眼神相對，也沒有聽過他們兩人講過任何一句話，他們無視於對方，無視於過去，決心日後只帶給彼此痛苦。然後爸就失蹤了。

而在爸失蹤前，我們都已經發現，他正在迅速地忘記一切，他會把準備要做的事寫在日曆上，然後預先丟在門口。這麼一來只要開鐵門，就會先注意到日曆上寫了什麼。他也會騎著腳踏車出去，一整天都不見蹤影，最長的一次是三天才回來。回來以後總是說不清楚發生了什麼事，媽因此三番兩次到開漳聖王那裡，替爸收魂。

而我們始終不曉得，他究竟是找不到回家的路，還是這是他處理和兒女感情衝突時的逃避方式。我們都太怕父親了，而那個對他的尊嚴的畏懼讓我們之間所有可能的談話內容都清理得乾乾淨淨了。沒有人想過，爸也許也有什麼話要說。

「我以前常騎爸的腳踏車去幫他到工廠裡批牛仔褲，你說後來這車丟了？」

「是啊。」

「聽你這樣一講好像真的有這樣的事。」原來同一件事，有人會一直記得，有人卻忘了。

我喝了一口溫熱的清酒，問：「爸聽過你彈吉他嗎？」

「我年輕的時候在家裡亂彈他聽過吧。」

「不是。我是說像今天晚上這樣。」

哥搖搖頭。「哪可能。」如果他今天晚上跟我一樣坐在台下聽大哥演奏，不知道會怎麼想？「他不會想聽的。」大哥好像聽到我心底的問話一樣，自言自語地說。我覺得雖然不少人會說自己不在乎別人怎麼看待自己，但他們多數只是在自我欺騙。說自己不在乎的人，也許只是虛張聲勢而已。

我看著他的側影，隨著年紀愈大，他的老態愈來愈像我出生時爸照片裡的樣子，講話的速度也像。我突然覺得，爸跟媽生下了我們，想盡辦法努力工作供應我們念書，終於把我們改變成一種他完全不能理解的生物，然後我們就永遠離開他們了。

巴士就快要靠站了，我試著回大哥訊息，打上：「趕快回來吧。」想了一想，但終究沒有傳送出去。

Bike Notes V

鐵馬誌

每一輛腳踏車的價值在於
打造它的人，以及騎乘它的人
如何看待這輛車。

德國百年腳踏車老師傅 Klaus Wagner

對於人身上的技藝，我爸統稱為「工夫」（kang-hu）。我小時候始終以為他講的是「功夫」。他總說，有工夫的人必定經過鍛鍊、苦工與咬牙的磨練，才「出師」（tshut-sai）的。我媽說爸透過媒人娶她的時候，還是唐先生的學徒。唐先生是商場三樓的一個西裝師傅，他並沒有店面，而且門還通常緊緊關著。但常常會看到穿著商場人難以想像的昂貴衣服的人，敲他家的門。

爸曾說，他跟唐先生學的是「工夫」，選布料是工夫、量身是工夫、「扎駁頭」（手工縫西裝領）是工夫、「拍（phah）線釘」（用白棉線縫出剪裁印跡）是工夫、「捒（sak）門」（推門，用熨斗塑造線條）也是工夫，甚至連車邊上鈕都是工夫，而不是技術。至於工夫跟技術的差別在哪裡？我爸的說法是，做出來的東西要有「精神」（tsing-sîn）。他說，就拿「捒門」來說，為了讓西裝貼客人的身，在縫衣的過程裡要用熨斗來「掠（liàh）」線條，那個熨斗的熱度以及濕度都很難拿捏，「傷澹（tâm，濕）、傷焦（ta，乾）攏袂使」。但更難的是操作熨斗的力度，在推動的時候，心底要想著當初替客人量身時的手的觸感，要把那個感受重現在布料上。這點，我父親說唐師傅才是「有工夫的正師傅」。

剛接觸老鐵馬的時候，我曾試著為一台勝輪牌老武車換外胎，那個電鍍輪圈，搭的是二十六吋一又八分之三胎寬的加重布邊胎。所謂的布邊胎是胎皮旁使用較薄的橡膠，以及纖維製成，軟軟的稱為「布邊」。這和後來一般車子使用的鋼絲胎有很大的不同。布邊胎的輪圈呈現「O」字形，後來的鋼絲車胎輪圈則呈「Ω」字形。因此，布邊胎得用布邊把內胎完整包覆起來。把整個胎邊塞進輪圈內相當費勁，而且得有經驗和技巧。

我第一次裝布邊胎時本來充滿自信，因為騎單車已經多年，向來自己換胎，自豪於動作迅速不亞於店家師傅。但沒想到光是前輪就花了四小時，還因為硬用挖胎棒弄破兩條內胎。最慘的是雖然穿戴著橡膠手套，但中指和食指的尖端仍被夾得脫皮流血。我沮喪地將輪圈與輪胎拿到一家老自行車材料行老店，找人稱「黃師傅」的老師傅幫忙。

黃師傅身高大概只有一百五十出頭而已，也許更高一些，但因為年紀大，加上駝背，所以「老倒勼」（lāu-tò-kiu）。他非常驕傲自己稀疏的頭髮多半都還是黑色，逢人就說：「真濟人少年就白頭毛你知無？但是你看，我規頭攏烏的。」

黃師傅一看到我手上的輪圈就搖搖頭，說憑我是絕對不可能裝進去的。雖然聽到這樣的話很受傷，我還是自我責備沒技術也沒經驗，竟然妄想自己裝布邊胎。與老師傅應對多了你就會知道，他們最厭惡「無工夫閣嫌家私穲（ke-si bái）」的人，他們厭惡自大者和藐視工夫的人，因此愈謙卑愈有可能獲得幫助。

師傅在替一位老婆婆修好一輛破舊腳踏車的煞車後，默默地拿起我放在一旁的外胎皮。他拉了拉胎皮，像是在掂掂對手的分量似的，說：「這是新的，特別歹搙（giú），唉唉，老囉，無法度囉，你看佗一个（tó tsit ê）少年師傅欲共你鬥用。」

我一再拜託，他才說：「好，今日予你看阮的工夫。」

於是我便坐在板凳上「看工夫」。

黃師傅首先拿出一個罕見的剪胎工具，先把胎皮剪出一個小小的U字口，這是待會兒要穿氣嘴用的。他隨即把胎皮的一邊襯在輪圈底下，一端抵著地上，另一端抵住肚皮，那瘦骨卻有浮凸青筋的前臂運動將拇指一扳，低喝一聲，胎皮的半邊應聲套入輪圈外環。

接著他插入內胎氣嘴，仔細地將其繞輪圈一圈，避免有拗折之處。他將外胎剪出的那個缺口對齊氣嘴，脱掉鞋子，用腳踩住鋼圈抵地，將胎皮尚未裝入框內的另一側，包住內胎，用兩手四指的力量硬是將它折進輪圈裡。這時師傅骨節青白，指頭最外那一節被胎皮夾進鋼圈之間。他先吸一口氣將右手抽出，再重複用四指的力道，把一掌寬的胎皮內折。接著，那仍插在胎皮與鋼圈間的左手四指，則在幾無空隙的空間裡，硬是橫向挪移一掌寬，將內胎一段一段均勻塞入外胎之中。

我看得不禁手冒冷汗，因為我經驗過那種痛，光看就指頭發麻。我以為光是用手分段將胎塞入即可，原來關鍵在於得讓手一直保持在外胎與鋼圈之間，才能摸到是不是胎皮都均勻包覆了內胎。

黃師傅的裸指重複這個動作，每滑動一掌寬，胎就成形一掌寬。每滑動兩掌，師傅就用抽出的那一隻手捶捶已包裹完成的胎皮，以便讓柔軟的內胎不致在裡頭糾結成團。他削瘦黧黑的臉頰、額頭、鼻尖俱皆滲出汗水，很快地汗衫也被汗浸透成半透明，蒸騰熱氣從身體發散出來，遠遠地我都感覺得到。

不到一刻鐘，胎皮已經進入十分之九。但最後這一段最為艱難。因為內胎會比鋼圈多出約莫一吋，這是為了讓內胎打氣後，能完整撐開整條胎皮的緣故。但這一吋內胎，卻要花費數倍於前半段塞胎的氣力才能做到。黃師傅到裡頭拿出一盆水，將手浸入——個子如此之小的他，十指的每一個關節都比我粗大，當他把手掌翻上時，我看到他的指腹就像被火烤似的，通紅通紅。

黃師傅用那雙手將最後一段胎皮抹上水，雙掌平攤胎皮之上，提一口氣後將指頭再次插入胎皮與鋼圈之間，發出低沉「嘿」的一聲，胎皮應聲入內。

他擦了擦額頭上的汗，笑著看我，說：「你有聽著我姦撟（kàn-kiāu，罵髒話）無？」

我搖搖頭。

他說：「有的師傅做工課就愛姦撟才鬥會入去。我免。我用工夫。」

有工夫的師傅都有精神，我想起爸說的話。當裝胎的最後一刻，我看到那個瘦小的黃師傅眼睛如釘如刀如斧，有寒星之光。

黃師傅說從自己十二歲開始當學徒，修車已經五十多年。四、五十年前正是台灣腳踏車最興盛的時代，他一天要換十次胎。晚上住在師傅的家裡，躲在被單裡頭哭。有時候手痛得不得了，像剛剛握過燒紅的炭火，因此不能蓋被，也不敢翻身，一壓到就醒過來。

就這樣日復一日，年復一年，於是黃師傅練成了工夫，而不是練成技術。

我父親做西裝也做出了工夫。他用粉餅在布料上打樣，然後拿起大剪刀，像溜冰鞋一樣轉悠其間。版型畫得愈精準，布料的浪費就愈少，修改的工夫就愈簡單。那剪下來的樣，從平面轉為立體，再用車工準確結合。老針車沒辦法設定程式，靠的就是師傅一分一分將布料推進的直覺感，落針之處得像總統府前面的國慶閱兵一樣等距整齊。

我母親年老之後，抱怨年輕時爸總是待她「傷嚴」，即使做的是便宜的大學生外套，縫好以後遞給爸檢查，他會就著燈光看一遍，就好像檢查寶石一樣。有的時候他會默默地拿出小刀，繃繃繃繃地把所有線全部割斷。

重鉄（tîng thinn）。

母親就只好，將剛剛已經做過一遍的活，重新再做一次。袂使清彩（tshìn-tshái）。唐師傅用不太熟練的台語，跟還是學徒的爸這麼說。

有一回媽提到爸腳踏車被偷的往事，突然補上一句：「彼个賊仔工夫真好，目一𥍉（nih）就予伊偷牽去。」這讓我不禁懷疑，小偷也能說是「工夫好」嗎？媽說當然可以，「賊仔嘛是有狀元才」。

因此我猜，工夫是一種非關道德的技術與意志。

有一回小夏問我：「你覺得好的車和壞的車的差別在哪裡？」

我正打算長篇大論地從零件、保養狀況、完整度、漆面……講起的時候，他舉起手打斷我：「我知道你會這樣說。不過，這些年來我拆過幾十部車，我發現，好的車在拆的時候都感覺得到。」

「感覺到什麼？」

「那是一台好車。」

我說這不是廢話嗎。

不過小夏眼裡的鎢絲燈泡又逕自地亮了起來：「不，好的車有精神。」

「有精神？」我想起父親講的話。

「嗯。好的師傅在轉每一顆螺絲，調校每一處細節的時候，都會非常專注，因為螺絲一定要上到某一個恰如其分的緊度，車子才會流暢又不會發出怪聲。在那個過程裡頭，會有什麼東西從他們的手勁跑到車子裡頭，可能幾十年都在那裡。在我拆車的時候，有時會感受到那個。」

小夏有一回借我看他收藏的一輛早期的幸福牌，彼時在車身的黑漆上，會由師傅用金漆手繪花紋。圓滾滾的管柱，怎麼可能畫上粗細均勻、一點都不偏斜的金漆？那提筆的手勁一定相當穩健。小夏要我用手指頭去感受那條金漆的凸出感，以及轉折的性感角度。突然在某一刻，我感到有什麼從指尖傳過來，因此縮了一下手。

「怎麼了？」

「好像被電到。」

小夏給了我一個神祕的微笑。

緬北森林
Forests of Northern Burma

母親的病房是透過姐夫的好朋友才安排到的，是間明亮安靜的雙人房。她的床靠窗戶，可以看到醫院的中庭，那裡種了一整排的椰子，和頗爲茂盛的樟樹。雨不大不小地下著，玻璃濛濛渺渺，看出去有幾分像是從山頭眺望一片森林的樣子。

「醫生說年紀大了以後，體力恢復會愈來愈慢，因爲半夜起床上廁所的時候溫度低，有輕微中風的現象。你可以想到嗎，媽就跌倒在那個浴室裡！再加上本來的脊椎滑脫、糖尿病，醫生建議對全身做一次徹底的檢查。我想，以後還是把家裡的兩間房間打通，我跟她一起睡比較安全。那個浴室太滑了，一定要想想辦法，花點錢把它改裝一下你覺得怎麼樣？」大姐離婚以後，一開始仍維持在外貿公司上班，後來乾脆辭了工作經營成衣的網拍，成了我們家的一支枴杖。如果沒有她照顧母親，我想我們都不知道該怎麼辦吧。

「嗯。」我的附和裡帶著感謝。我和大哥都是沒辦法長期在母親身邊的人，有一回家庭聚餐的時候，差一點被送走當養女的五姐直接地說：「那是因爲你們兩個都是風象星座的人，缺乏責任感的緣故。」

缺乏責任感？也許是吧。我探了頭看另一個病床的病人，是個清瘦到骨頭都浮凸的老婦人，她斜坐在床上，一旁的外傭正在滑手機，她則是兩眼直直地看著前方。

媽因爲吃了藥，正在睡眠。我想著那個灰敗凋落的身體裡的子宮，曾經孕生了七個孩子，現在的病痛應該是過去從那個身體裡掏出太多東西留下的後遺症吧。我要大姐先回家休息，我坐在母親的病床旁，拉起隔離布簾，在那僅有六十公分寬的書桌上，繼續整理小甯寄給我的，和我在山上整理的第二卷錄音帶「緬北之森」的筆記。

昭和十七年我去參加陸軍特別志願兵考試，身體檢查、口試都通過了，但筆試沒有通過。不過，我仍被徵召為軍夫，隨即出海，搭船前往海南島。

小鎌老師在課堂上，時常興奮地跟我們提到「米英擊滅」的願望，晚上有時候還帶著我們幾個跟他比較親近的學生，坐在部落附近的國民學校喝酒。他因為參與銀輪部隊的訓練時，摔斷了一條腿，因此暫時沒有被徵召，這使得他常心生鬱悶。

「太平洋戰爭揭開序幕，敬畏的大詔一下，海軍就屠滅米英艦隊主力，二旬攻占香港，三旬陷落馬尼拉，不出七旬就攻略了新加坡。英米帝國多年來侵略東亞的據點都為皇軍占領，這是偉大的共榮圈形成的前兆。」小鎌這麼說的時候，也讓我對成為皇軍的一員充滿了嚮往。我有時會刻意經過學校暫時駐紮的軍營，看到穿著軍裝的同年紀的人，讓我更想成為那「一億火球」之中的一員。而被稱為高砂族的我們，能不被歧視的辦法，只有從軍一途。

只是那時候，我並不知道火球的悲哀。

我直接被配屬到南方派遣軍，在馬來半島、法屬印度支那都待過一段時間，擔任運補工作，然後被編入緬甸方面軍的彈藥補給隊，隨著運兵艦到了毛淡棉。

緬甸是個美麗的國家，許多城市都有河川圍繞，部隊進入城市時，許多緬甸人民夾道歡迎，高喊著：「獨巴馬！獨巴馬！」獨巴馬的意思是「緬甸人的緬甸」，我們也會高聲用「獨巴馬！獨巴馬！」喊回去，那種情境讓人不明所以地激動。許多緬甸人相信我們是來援助他們，脫離大英帝國而獨立，為大東亞共榮圈努力。

當我們用餐的時候，當地的小孩會希望用東西跟我們換取鹽巴，那是因為內陸的緬甸缺少鹽的緣故。我記得在故鄉山上，獵人會刮一種樹的樹皮取代鹽，它帶著一種酸味，說不定緬甸山上也有這種樹。

緬甸自己也有反抗英國人的部隊，稱為「緬甸義勇軍」。緬甸義勇軍因為缺乏物資，所以行軍時驅使的是牛車。有時候數百輛牛車一起上路，泥土路上煙塵瀰漫，遠遠看去很像是裝甲部隊在行軍。後來機械車輛愈來愈吃緊，緬甸道路狀況也很糟糕，因此運補隊也常徵召民間的牛車。

部隊後來在毛淡棉與古城勃固停留整編，那裡有一尊釋迦牟尼佛的臥像，許多難民都在這尊臥像下搭棚屋避難，多數是女性、老人和小孩。每個人的眼神都非常憂愁，身體瘦弱，他們聚集在佛像底下的原因，是盟軍轟炸時會避開這尊佛像。

他們相信佛像有能力保護他們。

城裡有一座湖，湖畔旁有一座動物園，英軍在撤退的時候把猛獸都槍殺了，草食動物則是被吃掉。我們奉命前去清理那些已經腐爛的屍體。那是我第一次看見老虎和豹，蟲蛆從牠們的眼珠子開始吃，然後吃掉肌肉，有的死得較早的，只留下一身充滿彈孔的美麗皮毛。

昭和十九年，牟田口廉也中將所指揮的部隊，翻過阿拉干山脈，準備進行「ウ號作戰」，不久，英印軍和中國軍也從緬北開始反攻。一開始我被分配到曼德勒渡河口的運輸隊，隨後又被配屬到南姆茲野戰糧秣補給所，最後則是進到被稱為菊軍團的第十八兵團所屬的運輸隊。

那已是戰事的最前線。

緬甸除了少數的城市以外，就是一大片的山脈、河流和像海洋一樣的森林，那是和我的家鄉一樣充滿野性的地方。不，那是更廣大，幾乎沒有邊際的，亞細亞野性的中心點。緬甸人說，緬甸的早上是黑暗的，中午是黑暗的，晚上也是黑暗的，指的就是這片森林。

除了森林以外，我們最大的對手是雨季。緬甸的雨從早上就非常有耐心，沒有盡頭地下著；中午雨會稍停，但悶熱會讓身上乾不了的衣服更顯黏膩。夜晚溫度一下降，身上就好像穿了鐵衣。

雨季還會把道路變成河流，許多「林空」（註：不太理解林空的意思）都被砲彈一遍又一遍犁過，一旦泡了水就形成沼澤。那樣的沼澤像是地面的手，被抓住就很難脫離。大雨還會默默地鬆動山，造成土石流，有時甚至會轟然一聲整個崩落，讓整支部隊失去音訊，連一雙鞋都找不到。

許多運輸的路都築在絕壁上，部隊只能攀岩而過，有時候一天竟只能前進一、兩百米，那比我走過的任何獵徑都要艱難。另一方面，因為機動器具在暗無天日的森林裡幾乎無用，加上汽油漸漸減少，包括馬、騾子、牛、大象便成為師團運送輜重、武器的重要工具。牠們在叢林中行動時更隱蔽，飼料也能就地取材，飢餓的時候可以充當我們的食物，真要逃命時，也可以無所顧忌地拋棄。

我第一次看見象的時候簡直嚇呆了，這世界上居然有像岩石一樣結實，山洪一樣有力量的生物，那鼻子竟可以靈巧地拾起果實，也可以啪噠一聲推倒巨樹，我不禁對這種巨大的生物充滿尊敬。

大象不怕森林、雨和閃電，牠們已經不知道和它們相處多久遠的時間了。象能走在沒有人工開闢出道路的森林裡，也能背負重物涉過河流。但為了讓牠們拖行山砲，工兵有時候要在叢林底層清除帶刺的灌木，開鑿出「象道」。那是用山刀和輕機具所開出來的，僅容一象的道路，而且會刻意保留樹冠層，以免讓米國的飛機發現部隊移動的蹤跡。開在山壁間的象路，馴象人坐在象背上，就像是被巨人捏住衣領，在空中晃來晃去似的。

象群唯一害怕的就是轟炸，有時低沉的爆炸聲會讓象群情緒失控。一旦象群瘋狂，不但可能掉落山谷，牠們也會把人踩得像森林底層的落葉。

在菊軍團的兵站補給部隊裡，我照顧並且認識過大約五十頭的大象，並且與克倫族的馴象人瑪恩．比奈成為朋友。

比奈是個健壯、聰明的青年，他的右眼曾因為手榴彈碎片扎進去而失明，因此整個眼球都被取下。比奈恨日本人也恨緬甸人，但為了求生，他協助日本人管理馴象隊。比奈的日文很好，有一次他告訴我說：「我活著是為了有一天看到日本軍隊被魔鬼山吃掉。」我不知道比奈講這話的時候包不包括我，但我們很快變成可以信任的朋友，因為他說我身上有樹的靈魂的氣味，而且我既不是日本人、漢人，也不是傣。一開始對戰爭產生光榮錯覺的我，因為飢餓的痛苦和對死亡的恐懼，早已經完全不留戀這場戰爭了。這點我跟比奈的心情一致。

克倫族和我們族人一樣相信萬物有靈，比奈說在這個森林裡，某些樹是人的靈魂，但你不知道是哪一棵，因為樹比人還要多。現在燃燒彈卻毫無差別地燒掉每一棵樹，就免不了會燒到村民的靈魂。村民的靈魂被燒了以後，看起來彷彿沒事，但其實已經從裡面開始受傷，會慢慢死去。

「即使沒有參加戰爭、閃避戰爭，我們部落的人也可能因此滅族。等到森林都被燒掉的時候，就是那一天的到來了。」比奈這麼說。

比奈的家族是好幾代傳承下來的馴象師，懂得在森林裡製作陷阱捕象與馴象的技術。他們在大象必經的林地上挖出四方形、四周垂直的洞，上面用草木掩飾得讓象在黑暗中分不出來。象因為腿部的構造，沒有辦法從陷阱裡靠一己之力爬上來。一旦發現某一頭象跌入了陷阱，馴象人就把其他象群驅趕走，並且先餓那頭掉到陷阱裡的象一段時間。

馴象師認為大象聽得懂人話，只是平常故意忽略而已，但一旦陷入生死關頭，牠們就不會再掩飾自己聽得懂人話的事實。這時候馴象師要對牠們說：你如果願意聽我的話，我能把這個大坑再挖出斜坡，救你出來。大象如果應聲，馴象師就會爬到大象的背上，摩挲牠的頭頸處，仔細觀察牠們像蒲扇的耳朵的動作。象的情緒，常常先反應在耳朵的動作上。

之後每天馴象人都提供少量食物，並且跟大象說話，再把坑洞挖開一點點。如此經過一到兩個月，大象也就可以脫身，同時終生不會傷害這個馴象人。這時候，就可以運用食物和棍子，讓大象接受命令。

不過大象終究是具有巨大力量的動物，馴象人一不注意激起象的野性，會被那像巨大石柱的腳，踩得骨頭粉碎，也可能被那可以扳倒老樹的象鼻捲起，摔死在地上，甚至被象用頭頂在樹幹之間，壓碎內臟。殺過人的大象會記得那種血腥的氣味，並且對自己的力量產生自信，成為恐怖的叢林惡靈。

大象耐飢耐寒耐熱，也耐槍彈。根據我們的役頭山澤少佐說，他曾對一頭野象開了三十槍，那象依然搧動著巨大的耳朵，啪噠啪噠地消失在叢林裡。

馴象人比奈是真心愛象，我也愛象。我對象這種生物近乎著迷。為了跟比奈學習馴象的技巧，我積極地找機會學克倫語。象看起來皮厚肉硬，事實上肌膚上面的毛髮反應非常靈敏，比奈透過指頭彈象的膝頭，象馬上就明白了他的指令。比奈告訴我，一定要常對象講話，講心底的話，你如果對象不真誠，象可以看穿你的眼神，牠們可以用耳朵揗掉謊言。象不喜歡說謊的人。

在象群中，有幾頭象特別聰明，分別是象群的女長老 *Ah mong*，成熟的母象 *Ah pei*，以及一頭最年輕的小公象 *Ah mei*。比奈說，這三頭象甚至可以在你發出命令之前，就猜中你的心意。我最喜歡的是 *mei*，牠也跟我相處得很好，有時候會用鼻子偷走我的帽子，藏在樹上。

我跟比奈學習了命令象的口令，口令有兩種，一種是大聲喊出來的口令、或用樹葉做成的哨子所吹奏出來的響聲。另一種是馴象人的手勢、眼神，還有用喉嚨與腹部發出的，一般人聽不到的聲音。

象能聽得到人聽不到的聲音，也能發出人聽不到的聲音。

比奈說，後者他不能教我。因為象的長老曾進入克倫族馴象師祖先的夢境裡，告訴他們說：我們把象的語言洩漏給你，可不是要你告訴別人。象雖然願意暫時聽人的命令，但如果克倫人背叛森林與象群，象就將與克倫人對立。因此，所有克倫族馴象人都被教導，務必守住祕密。很多馴象人只懂得部分的口令，他們無法用身體的共鳴發出讓象感受得到、人類卻聽不到的聲音。比奈說，那只是二流的馴象人而已，和象沒有感情交流，只能在城市裡雜耍表演。

每天天亮的時候，比奈發出那個只有象才聽得到的口令，象群聽到以後，也發出一般人聽不見的低沉、帶著隆隆微顫的聲音呼應。那聲音雖然不被耳朵聽到，卻能夠透過空氣，讓皮膚接收到。群象低鳴的時候，叢林的樹葉都微微顫動，露珠從最頂端的葉子掉落，沙沙沙沙地像下起了大雨，螞蟻都會舉起上半身等那個聲音停止，小一點的石頭也會輕輕晃動。而整支部隊都像濕毛巾擦過一樣悠悠地被喚醒，空氣中雷聲隱隱。

昭和十九年，雨季開始的時候，中國軍、英印軍和米國空軍，開始聯手從胡康谷地進擊。那年河流被雨激怒，我們在廣大如海洋的緬北森林展開了前所未有的叢林戰。跟上一次中國人被逼進野人山幾乎全軍覆滅的戰況不同，這支從印度來的中國軍是戴著英式頭盔，手上拿著米國步槍、機槍以及裝甲車，是再生過一次的強硬部隊。戰事非常激烈，前線的士兵不斷受傷後送，我從來沒有看過那麼多的破碎的人。有一個每回我運輸到前線，都會偷偷拿菸草給我的名叫大野的士兵，半邊腦袋都被轟掉，一邊的眼珠不見了，但還是能轉動另一顆眼珠。他握住我的手不放，就好像抓著斧頭一樣，眼淚從那顆還能轉動的眼珠流下來。

運送物資到前線指揮部的時候，開始感覺到軍隊瀰漫著一種恐懼又不甘心的氣息。那是我熟悉的，野獸掉進陷阱時所呼吸出的氣息。

後方的物資簡直就像被石頭擋住的溪流，逐漸縮小，「軍糧精」、「壓縮乾糧」都很難再獲得，汽油跟彈藥都嚴重不足，每個人都感受到這是一場絕望的戰役。我們幾乎就快要沒有物資可運了，一旦被困在這個谷地裡，緬甸叢林有一種魔力，幾天內就能把一具屍體化為白骨。

雨季進入最高潮的時候，盟軍的轟炸機仍然每天在天空中丟下炸彈，人的身體與樹枝、泥土與石頭高高飛起，然後四散落下。指揮部與輜重部隊特別受到密集的轟炸，幾乎把周遭土地掀起五、六層那樣徹底的轟炸。每回轟炸過後，落下的雨都是黑色的。

由於戰況不利，彈藥不足，菊軍團於是發動了狙擊手戰法。被選為狙擊手的士兵都受過嚴格的訓練，他們被要求能射中四百米以外的靜止目標，或者一百米以外移動中的麻雀。為了增加穩定性，狙擊手會用繩子把自己固定在大樹上。但這等於是自殺，因為一旦被對方發現，就會像被綁在樹上的活靶，完全無法逃命。不到數周，菊軍團的狙擊手就全員玉碎。

菊軍團開始動搖，像角力落敗的熊一步一步後退。日本軍人很不願意拋下屍體後撤，一開始都把屍體交給我們搬運走，但這樣的努力很快就做不到了，與其運走屍體，不如運走僅剩的糧食和彈藥。我們切下死去士兵的手掌或者指頭，綁上名條，然後將那個裝在麻袋之中，放到大象跟騾子的背上，盡快地撤往下一個可以抵抗的防線。

一天晚上我去尿尿的時候，覺得前方林地嘈雜異常，潛過去一看，原來那是一群被困在深林裡的骷髏在談話，他們討論著哪一條路才是正確地讓 *Piepiya*（魂魄）回到故鄉的路。

我為那些魂魄感到絕望，因為緬北森林是一片充滿惡意的山，所有活著的跟死去的魂靈都被推到一個很深很深的洞穴裡，我不相信有任何魂靈可以從那裡安然離開。躲回「天幕」（應該是用一塊布搭出的帳篷）的時候，我的眼前出現了 *yuafeofeo ta apihana*（望鄉山）、*yoyohu*（長滿蘆葦的沼澤地）和父親的獵場。我覺得眼前一片迷霧，完全不明白，自己面對的究竟是什麼？

昭和二十年的新年，我和比奈以及其他馴象師帶著大象運輸隊到南坎整補物資，在竹林裡休息的時候，遇見一群偽裝成日本士兵的中國軍隊。但一開始的時候，我們並不知道那是中國人。

其中一個偽裝的日軍對我們說：「大佐要你們把象趕過河，那邊有一批物資要運送。」我們因此驅使象群跟著他們走。但走著走著，比奈指給我看其中一個士兵，拿的並不是「九九式步槍」。我和比奈在一個轉彎處機警地逃走，不過我們並不知道，那個「逃走」有什麼意義。

因為緬甸的叢林是絕望的死所，許多部隊在被敵人打散以後，消失在叢林裡，再也沒有走出來。我們沒有被中國軍隊俘虜，卻被叢林俘虜了。

比奈拍拍自己的胸脯說，沒問題的，這片叢林認識他。克倫人被泰人、緬甸人欺壓已久，因此學會了長久生活在山中的祕密技能，他說：「我們族人被稱為是高原的幽靈，你如果看過我父親在叢林裡走路，會以為他的腳不必沾地。有些族人為了開墾林空成為田地，會捕一種嘴巴鈍鈍的鳥。這種鳥吃了穀類以後，會先存在一個袋子裡，如果用竹刀把那個袋子打開，就可以找到能夠種植的種子。我們也知道什麼樣的木材點火時完全不會冒煙，哪一種藤蔓可以滴出一整壺水。」

比奈也佩服我身上關於另一座山的知識。我跟他說，我們族人有句話說：「*na'no mani'e isi pa'mam'za no yosku*（水中被吃的青苔可看出溪魚的多寡），*mamtanu'e pa'mam'za no yoska'ulu*（從青苔上的痕跡可看出魚的大小）。」我們都是那種懂得觀察青苔的人。

我們因為怕被中國軍隊發現不敢再走象徑，白天的時候迫擊砲聲和機槍聲震動整座古老的森林，晚上夜光彈和閃電讓黑夜亮如白晝。叢林裡的螞蟻就像蝗蟲一樣巨大，牠們的大顎會嵌入你的皮膚，讓你的傷口猶如火燒、針刺。老鼠什麼都吃，軍服、襯衫、襪子、鞋帶、皮帶，和你的耳朵，我想即使是毒藥，牠們也會毫不猶豫地整個都吞下去。蟑螂則在你熟睡以後爬到嘴角吸食唾液，躲在軍靴裡啃食腳趾甲以及傷口和潰瘍。由於身體的勞累已經到了極限，為了怕睡得太熟被螞蟻、老鼠包圍咬死，或陷入太深的夢再也醒不過來，我們都輪流學大象站著睡覺。在緬甸的月亮照耀下，我們沒有影子，也沒有夢。

我和比奈持續想找出脫離戰場的方向，所經過的每一條河流都漂著死屍，可以找到的每一條道路都冒著大火，被焚燬的焦木被大雨沖刷後變成人骨一樣的灰白色，指著天空。為了渡河，我們用雨衣、雨布、鋼盔、水壺、乾糧袋和樹枝製成浮筏，等黃昏天色較暗的時候我們才敢走動到林緣挖芭蕉根來吃。這是一片富饒卻飢餓的森林。

有一次我們意外地捕到一隻受傷的猴子，牠被炸彈的碎片所傷，沒辦法攀爬。比奈在叢林裡找到那種不會冒煙的木材，我們用那個將那隻猴子烹煮來吃。猴子在我們用石頭敲破牠的頭的時候閉上了眼睛，握緊了拳頭，好像在下決心讓我們殺死似的。

殺猴子之前，比奈和我各自用族語為牠和死去的魂靈祈禱，他說他們族人相信人和許多動物身上都有三十幾個魂魄，魂魄全部離開的時候才會真正死去。猴子為我們而死，有一天我們也會為猴子而死。

就在那一天，我們透過樹冠層的縫隙，看到無數米軍的飛機，飛過森林的上空，那聲音把人毫無保留地震碎，而天空中一架日本的飛機都沒有了。我們心底都明白，菊軍團已經不可能在這場戰役獲勝。

我和比奈在那樣的叢林裡，也許三天五天，也許七天九天，時間感在那樣的狀況下漸漸模糊。

就在比奈認為森林的邊緣就快要到了的時候，一排槍彈突然從右前方的叢林裡打過來，他像是被一條繩子拴住脖子往後拉似的，噗一聲朝後倒了下去。

我反射性地奔逃，直到我累到撲倒在地。觀察沒有動靜後，我回頭去尋找比奈，他仍然躺在原來的地方，血把草都染紅了。一顆子彈把比奈的膝蓋打碎，一顆把空空的胃打穿。也就是說，比奈不可能繼續跟我在叢林裡移動了。

「殺了我吧，幫我埋起來，如果我發出太大的呻吟而死掉的話，會吸引烏鴉來吃掉我的腦漿，那樣靈魂就會在陽界跟陰間的邊緣徘徊，不知道到哪裡去。」比奈這樣要求我。

由於突然之間的熱帶驟雨出現，我趕緊替比奈傷口止血，找到了一個樹洞抬他進去休息，並且用天幕阻擋雨勢。我沒有勇氣如他所要求的，用刀子刺進他的心臟，只能雙腿發抖地窩在天幕下，終於體力不支睡著了。

醒來的時候比奈身上已經爬滿了像花生大小的螞蟻、鼻涕似的螞蟥，以及一個男人巴掌大的甲蟲。樹洞外雨聲如雷，我卻幾乎可以聽得到那些甲蟲啃食比奈肌肉的聲音。我大哭著替他撥掉這些惡靈，深信他一定還有一些魂魄留在身上。螞蟻爬到我的身上，牠們開始叮咬我啃食我，要我讓比奈的魂魄離開，每一隻螞蟻都一起講話的時候就像有人拿針刺你的耳朵，牠們說：「刺吧刺吧，讓他可以安睡。」我聽從牠們的話拿起小刀，往比奈的左胸刺了下去。

比奈的魂魄已經完全走了，它們一個一個，煙霧一樣從那個洞裡飄出來。我覺得自己好像站在世界最深的凹槽，雨水都集中到這裡來了。

我整天都模仿著比奈召喚象群時的聲音為他送行。

入夜的時候感覺到全身寒毛豎起，有一種力量撫摸著我和比奈的屍體，我抬起頭來看到樹葉在微微震動，我知道那是遠方被中國軍俘虜的象群，聽到比奈已經死去訊息的回應。

兩天後我終於遇上一支被打散的日軍小部隊，他們確認我的身分後，把我納入編組，給我一柄狀況很差的步槍，隨即視同戰鬥部隊。我拿著槍看進槍管裡頭，想從那個裡頭找出意義。但什麼都沒有，它就是一根通往黑暗的窄小又細長的隧道而已。

從那場戰役以後，日軍已經沒辦法找到立足點，只是撤退再撤退，被擊潰後再重複經歷一次飢餓、逃亡、潰散，再重整，就像處在緬甸人所說的輪迴的地獄。

在那個日軍在緬北森林全面潰散的時候，我們甚至聽說那個像狼一樣的參謀，甚至把肩章拆下來埋在土裡，怕夜裡反射了月光而成為被狙擊的目標，也怕落入敵軍手中被認出身分。敗戰的時候，軍官跟士兵不再有分別了，我們都只是逃命的獸而已。

我們削尖竹子，斜插地上，阻止敵人行軍的速度；隊長派出頭上綁著「七生報國」的布條、帶著手榴彈去掀開敵軍裝甲車蓋子的敢死隊。繼續這樣打下去，最後一定會輪到自己吧？在這樣的絕望裡，我們收到要全軍化為小股部隊穿越瑪標山脈後再集結的命令。正當大家處於一種悲壯的、不可能再走出叢林的心情準備時，一天清晨卻被通知原地守備。

一個消息流傳在士兵之間，據說天皇頒發了戰爭終結詔書，投降了。

（大約十秒的空白）

雖然當下沒有人相信那個，但終究是事實。戰爭像雨季一樣來到，正當所有人都認為晴朗絕不可能的時候，突然離開。我們就像白蟻一樣，沒有人告訴我們究竟發生了什麼事。

但確實戰爭結束了。

我們接到原地卸除軍備的命令，等待盟軍來接收裝備。在那個臨時駐紮的小村落裡，我意外地再次看到幾輛銀輪部隊的車，停在一戶像是臨時指揮所的民宅前面。事實上，戰爭後期，自轉車很難在緬甸戰場起作用了。由於輪胎沒辦法補給，因此很多人都騎著沒有輪胎的車，這些車後來又會因為輪框嚴重變形而無法騎乘，就那麼被拋棄在戰場上。

那段時間我們把槍跟軍刀，一捆一捆地綁好，集中到一個巨大的穀倉裡，聽說英軍會把這些武器運載到印度洋去丟棄。一天我趁著夜色，偷偷去牽走一輛車，把龍頭拆鬆，讓它可以平整躺下，然後抬到村外挖了一個大坑，像埋葬老戰友一樣，將它埋起來。我不願它被丟棄到印度洋，期待有一天戰爭結束，可以重回舊地把它挖出來。

後來盟軍成立了正式的收容所，讓我們自行以原來的高階軍官進行管理，並且編組協助盟軍處理戰後的街道重整以及物資運送的勞動工作。軍階被取下來以後，軍官已經不能對我們大呼小叫。昭和二十一年七月左右，外地的勞動工作告一段落，我們回到了收容所，等待遣返。

在那段時間我們已無事可做，被選出來的管理人，建議以各地區為單位，組織野球隊。我們用緬甸森林裡一種堅硬如石的木頭做成球棒，用破掉的米袋和衣服的破布包成圓球狀，然後用竹針縫上很粗的線做成球。這個由等待遣送的士兵們組成的聯盟，賽程一直進行到搭船的前一天為止。我也在其中一支稱為運輸隊的隊伍裡，擔任右外野手，在八場比賽裡，我打出了九支安打。

在那段時間，一些士兵也用手邊拿得到的材料製成的樂器，組成了樂團。晚餐過後他們聚在營火前面，唱〈露營之歌〉、〈愛馬進行曲〉，或者是像〈中國之夜〉、〈上海賣花姑娘〉這些流行歌曲。每當他們唱歌的時候，整個營區的人都會像夜間的飛蟲一樣被那聲音吸引過去。一回台上歌唱的原士官問大家：「哀哭有時，歡笑有時，該飲酒否？」大家空手舉起不存在的酒杯喊：「該！乾杯！」

不知道是誰起鬨說我歌聲很好，又是台灣的高砂族，要我唱一首我故鄉的歌。我想迎神曲跟送神曲是不能唱的，那是只有在祭典上能唱的神聖的歌，於是我唱了一首叫做〈*Zotaio*〉（夜間狩獵）的歌曲。

夜鳥啼鳴，黃昏來到

我上山進行夜間狩獵
當經過別人的工寮時聽見有人交談說笑
裡面的人很恩愛
想起被自己冷落的妻子立即回頭
不想再去夜間狩獵了。

我用族人的喉嚨、族人的語言唱這首歌。最後所有士兵合唱了幾乎是駐守緬北森林的部隊都會唱的〈擺部高原藍調〉，當所有人唱到「經過月色朦朧的城鎮，相遇的女孩，露出一邊酒渦。妳穿著紅色龍芨，捧著的花束，到底是要給誰的呢？」時，便忍不住齊聲重複唱那一句：

到底是要給誰的呢？

捧著的花束，到底是要給誰的呢？

幾個月後，我上了運輸船，同為戰俘的日本士兵，還有尚在等待遣返的人都到門口來送別，用「これからも生きていくよ」（希望你活得長久哪！）做為告別語。在戰爭時期活得長久是一種祝福，恐怕也是一種詛咒。此刻我們終於能夠坦然地說出這一句話。

當我回到故鄉的時候，正好是族人們應該要開始卜夢，並且選擇小米的耕地的季節，那是*Pcuu*（台灣欒樹）花開的季節。我的父母都已經因病過世了。他們死去了，而我從戰場活著回來，這就是山的道理。

就這樣，我獨自到城市裡打工維持生活。昭和二十二年，台北發生了嚴重的衝突事件，事件很快蔓延到全島。因為聽說中國軍人刻意會找曾當過日本兵與日本軍屬的人麻煩，我於是把在戰場上帶回來的照片跟一些做為紀念的東西都燒掉。我不想為任何人再舉起槍，也不想被任何人再拿槍指著。

雖然左耳在戰時因爆擊幾乎快聽不見了，至今我仍常在晚上聽見象群的聲音，那聲音穿過叢林、大洋，直到部落裡睡不著的我的身體的內裡。無論過了多久，那些年對我而言就像眼前剛飛走的鳥一樣，我還可以清楚地看到牠身上每一根羽毛的顏色，甚至可以抓起那個潮濕森林裡的草和泥土，記得無數米國飛機同時飛過叢林上空的樣子，當時黑夜裡閃動的星芒，以及銀輪之月的顏色。

在我的心裡頭從來沒有離開過那個緬甸的雨季。也許因此，後來的人生，對我而言更像是不真實的、關於一場夢的夢兆而已。

而真正屬於本然的我的那一部分，已經像豪雨後山上突然出現的河流，重新被泥土吸納，消失在那個緬北之森。

我一口氣把零零碎碎的錄音帶紀錄修補連綴起來，已經是中午時分。醫院中庭正在打草，幾隻白鷺飛來，捕食從草叢裡飛跳出來的蟲隻。

我到洗手間洗了把臉，往臉上搽了厚厚的刮鬍膏，然後小心翼翼地刮著鬍子。從上唇，再刮下唇，然後是下巴。我看著鏡子裡面的自己，眼袋顯得有點浮腫，髮線比三十歲的時候要退後了大約兩公分，鬢角開始出現白髮，臉頰也無法抗拒地鬆垮下來了。我把刮鬍膏洗掉，用毛巾再把臉擦一遍。抬起頭來的那一瞬間，有小時候仰頭望著父親的錯覺。「八歲的時候，四十五歲是像火星一樣遙遠的地方，而現在我已經如此靠近如此靠近了。」腦中傳出的聲音說。

母親約莫這個時候醒來，看見我愣了一下說：「你底時（tī-sî）轉來？店有關予好無？」

店二十年前早就關了，商場也早就拆了，我敷衍地回應她：「有啦有啦。」

「孔明車有牽入去店內底無？半暝會去予人偷牽去咧。」

「有啦有啦。」

「唉，你就是按呢，大主大意（tuā-tsú-tuā-ì，散漫、自作主張）。」

我想起有一次父親問我模擬考考得怎麼樣？

我說：「沒有模擬考了啦，爸，我上大學了。」

「沒有模擬考了嗎？」他的表情不像是質疑我講的話，更像是突然之間不知道要跟我講什麼話了。這麼多年來，他跟我的話題，只剩下這個而已。

過了一會兒，護士來巡班，替母親量了血壓跟體溫，並且告訴我接下來安排的檢查行程。我把護士留下來的醫院餐，一湯匙一湯匙地餵母親吃。我衷心佩服起替代所有兄弟姐妹照顧母親的大姐，人一旦喪失生活能力，似乎就會變成一個鉛墜子。那不僅需要情感才拉得住，有時候還需要更強悍一些的、咬著牙的什麼才能支持下去。

「你食啥（siánn）？」

「我食飽囉。」

「冰箱有綠豆湯。」

餵完了媽，等她睡著了，我獨自到樓下的便利商店買了飯糰果腹。藉著超商的網路把整理好的「緬北之森」以文字檔傳給阿巴斯，並在那同時收到了薩賓娜的回信。信寫得很簡單，問我今天晚餐時間有沒有空，因爲她正好有事而人在台北。

六點和下班後趕過來的四姐交了照顧母親的班，我趕赴薩賓娜的約。她約的地點是中山北路上，蔡瑞月舞蹈社所改裝的「跳舞咖啡廳」。

我進去之後在不算大的店裡搜尋可能的對象，很快就找到角落的座位上，帶著一個小孩子的女人──另一桌是四男四女的龐大組合，不會是約我的人。

女人當然就是薩賓娜了。她的臉色就像是長期住在地下室似的，梳著一個馬尾，左耳戴著一個大墜子的耳環，有一種冷淡的優雅，看起來年紀大概是三十出頭，又或者再大一些，只是看起來比較年輕而已。我們寒暄了一會兒各自坐下。小男生有著一雙大眼睛，大概六、七歲左右，我跟他打了招呼，不過他似乎不太關心我，專心地看著手上的平板電腦。我問了小男生名字，他也不應。

薩賓娜有點不好意思地說：「他叫城城，我兒子。這部片他看好多次了喔，小孩子在某個年紀不怕重複，他們可以讀一樣的東西，看同一齣卡通五遍、十遍、五十遍，直到自己能跟裡頭的主角說出一樣的話爲止。我們聊我們的，他不會吵的。跟叔叔打招呼。」

小男孩裝作沒有聽到，完全沉浸在他的平板世界裡。我搖了搖手說沒關係。

「你知道這間房子發生過大火嗎？」

「嗯，我知道。」

「現在都變了，變好多喔。我以前在這裡上課過，跳舞課，才約你在這裡。好多東西都被燒掉了呢。我現在是舞台劇演員，有時候接一些案子寫寫稿，然後，希望有一天也能寫小說。」

「那我們是同行。對了，那篇〈Psyche〉是妳第幾篇作品？」

「第二篇。很抱歉用這樣的方式試探你，我想知道，你是什麼樣的人。因爲Annie知道我不可能輕易把腳踏車賣給別人，她也知道腳踏車另有其主。」

「嗯，沒關係，我可以理解。妳願意把小說的後半段寄給我嗎？」

薩賓娜沒有直接回答：「你讀完覺得怎麼樣？能給我一些意見嗎？」

「嗯，我不太知道該怎麼說，我不是文學評論家。」

「可你說你是個小說家？」

「業餘的，而且寫得很爛。」我不斷思考安全的措詞，以免無意間造成尷尬。我知道所有寫作的人問你對他作品的意見時，要的都是讚美而不是批評，那個問句百分之百是假的。但我很想知道那小說裡的一切與現實之間的關聯，小說裡的那輛腳踏車是一個叫「阿雲」的女子從中部往北騎，假如那女子是她的母親，那就不會是我父親的腳踏車。不過薩賓娜會約我出來，又似乎是想回答關於我父親那輛腳踏車的問題。

那麼，這兩輛腳踏車之間的關聯是什麼呢？

不過我知道，有些寫小說的人很忌諱別人問小說是不是「眞實的」，我不知道薩賓娜是否在意這點，於是，我決定從側面提問。

「所以，寫這篇小說的時候，妳已經很了解台灣的蝴蝶手工業？像蝶畫那些製作過程？我給妳的資訊對妳來說沒什麼吧？」

「不，很有用。」薩賓娜也客套地回應我：「我確實對蝴蝶手工業有一些了解，因爲我母親就是小說裡阿雲的原型，裡頭前半段的故事，都是她告訴我的，我修改了一些……也想像了一些。」

我母親隻身騎到了台北以後，就找到了常常大量跟工廠批貨的商場。這個商場因爲非常接近台北車站，因此有許多觀光客會來光顧，也就衍生出了一種特別的商店叫「特產行」。

特產行裡除了賣中國式宮燈、書畫、寶劍、象牙雕刻以外，還會賣蝴蝶標本跟蝶畫。那時候蝶畫的行情很好，精緻的作品往往可以賣到三、四千塊。她的蝶畫能夠賣到比一般女工做出的蝶畫更高的價錢。

她把手邊的好幾幅蝶畫賣掉以後，就到北投找一位當時北部最重要的蝴蝶手工藝品出口商。這個出口商姓王，他統包了不少中、南部的蝴蝶，然後集中到那裡製造加工品。她給老板看過她所做的蝶畫，就順利地找到了新的落腳處，等待把我生下來。

爲了撫養我，她常常晚上繼續做蝶畫，然後天一亮用揹巾揹著我，騎著外公的腳踏車到商場，直接把畫賣給商家。這在加工廠老板眼中當然是不允許的行爲，但老板因爲知道我母親一個人照顧小孩的辛苦，也就睜隻眼閉隻眼。商場的幾間特產行特別喜歡我母親的蝶畫，因爲那並不同於流俗的作品。

從我有記憶以來，晚餐後母親都趴在我們租來房間的桌子上製作蝶畫，我們的屋子裡因此充滿了蝶屍的味道。我從小就習慣了那樣的氣味。

那時候她有一本裡面都是世界名畫照片的書，她會模仿那些作品打草稿，然後把批發來的蝴蝶翅膀剪成適當的形狀貼上去。不是我誇張，那些畫如果放遠一點看，完全看不出是出自一個鄉下女孩之手，也幾乎看不出是用蝴蝶的翅膀拼出來的，那簡直就像是眞的莫內的複製畫。

等到我比較大一點的時候，她買了一個藤做的椅子，插在腳踏車的管子上，載我一起去商場。商場的阿姨叔叔伯伯都很疼我，會給我糖果吃。我外公的車是很重很大的那種車，母親每次要開始踩的時候都很吃力，等紅燈的時候，她因爲不夠高，車子會斜一邊，一定要找到一個高起來可以踩的地方。這時候我坐在上面也斜一邊。看出去的房子都斜斜的。

到了我開始上學的年紀，我媽就會騎那輛腳踏車來替我送便當，直到我三年級的時候，因爲肺癌過世爲止。她身體敗壞的速度很快，就好像你昨天還看得到飛得好好的氣球，隔天就沉到地上。我後來常想，會不會是她常常在半夜還在做她的蝶畫的緣故。

母親過世的時候我才十歲，所以被外婆帶了回去，在南投長大。那輛腳踏車就被停在我們租的房子的騎樓下，再也沒人聞問。我到台北上大學的時候，一直想找回那輛腳踏車，但它一定很早以前就不知道被偷走或者是被清運走了。我想到商場去找那些開特產行的叔叔阿姨，但商場也拆了。事情總是這樣，當東西還在你旁邊的時候，你不會覺得它意義重大。但一旦它們離開，你就會覺得自己的身體少了什麼，變得輕輕空空。

接著我的人生就像其他人一樣，談過幾次戀愛，換過幾次工作，然後遇到了自己以爲一輩子都不會離開的人，但他還是離開了。後來我找到一個性格平穩、外貌平常的男人，讓自己懷了孕，然後再離開他。我的生命裡想要至少有一個孩子，但我已經不再需要有一個男人在旁邊了。

城城長大一些以後，我最常帶他去的地方就是動物園，因爲累了有餐廳，也有遊園車，而且城城喜歡動物，他看每一種動物都可以看好久。我每次帶他去動物園，都會找一本跟某種動物相關的繪本，然後在那個獸欄前面唸給他聽。我印象非常深刻，遇見穆先生的那一次，我正在亞洲象的獸欄前面，唸土家由岐雄的《可憐的象》（かわいそうなぞう）給他聽。

城城聽完以後好像變得低落，我始終不敢確定，我們是不是要在孩子還小的時候就給他們沉重的故事。有時候我覺得不應該，有時候卻覺得很自然。我印象裡，小時候讀的安徒生童話，幾乎沒有一篇不沉重的。而我們就在那其中感受到比方說，獨腳的小錫兵永遠追不到芭蕾舞女孩的道理，接受了那個，就比較容易寬宥自己的人生。

離開動物園的時候，我在門口買了棉花糖給城城，就在那個小販後面的一棵樹下，我看到了一輛腳踏車。那車和我印象中，母親擁有的那輛很像很像。我看了一下車子的標誌，是幸福牌腳踏車。不過我母親，或者說我外公的車是不是幸福牌的，我已經不記得了，那時候我還太小，根本不會去記那個。

不過那時候在台北街上，已經幾乎看不到這類老車了，我因此對車的主人有點好奇，就帶著城城坐在腳踏車旁邊的椅子上吃棉花糖，一邊等著看來牽車的車主。我想看看車子的主人長得什麼樣子，也許就只是看看，然後默默離開。

城城把棉花糖吃完的時候，有人來牽車了。那是一個頭跟溪流石頭一樣光禿禿、滑溜溜的老先生，他穿著卡其色的大衣，卡其色的長褲，身材很是高大。不知道爲什麼，我毫無尷尬地跟他攀談起來，這跟我平時的個性不一樣。

「請問這車是您的嗎？」

他說是。我說：「這輛車和我母親的車很像啊。」「眞的嗎？」老先生說，他的聲音很低沉，有著特殊的口音。「這種老車現在很少人騎了。」

「是啊，好特別呀，可惜我母親的車不見了。我母親過世以後，車子停在台北，我卻搬回鄉下住了，回台北以後，卻再也找不到了。」

「找不到了啊，哎呀眞可惜。」雖然是爲一個陌生人的腳踏車而惋惜，但他的聲音聽起來非常眞誠，不是敷衍的。

就這樣，我很自然地跟他聊起了我對腳踏車的記憶。他邀我到附近的餐廳繼續聊。我想人的一生，都一定會遇到這樣的一個人，你不知不覺就把所有的事都說給他聽，簡直就像收到稅單只好把戶頭裡的錢都提出來繳稅一樣。在那間賣難吃提拉米蘇的咖啡店裡，我把我母親跟著外公捕蝶、製作蝶畫，來到台北、生下我、死去，而腳踏車終於因爲我的搬家而不見，以及中間發生的一些瑣事，一件一件地說給他聽。

他聽得非常入迷而專注，就好像我這個平凡人的人生非常重要一樣。

老先生姓穆，來自中國雲南，名字我不知道，他從來沒跟我講，我也就沒刻意問。他是四九年以後跟著國民黨的部隊來台灣的，來台灣以後也當過小學老師。

談話到最後，穆老先生突然愼重其事地說：「有件事我想請妳答應。那就是如果妳願意的話，不對，應該說，我希望把車送給妳。」

我非常驚訝，難道那輛車對他全無意義，可以這樣就隨意送人的嗎？

他搖搖頭說，並不是這樣，正好相反。那輛腳踏車對他而言意義重大。但車不是他的，而是他有一次在海邊，偶遇了一個男人，是那個男人留下來的。他再也找不到那個男人，也不知道他的名字，所以車還不回去。

他說：「我擁有這輛車十幾年，車帶給我非常特別的、不可能被取代的回憶。但是我年紀大了，騎車變得不太方便了，眼睛也看不清楚了。如果有一天死掉，這輛車也就會被當成廢鐵處理也不一定。我不避諱談死，我年輕時候，已經接近死亡很多次了。既然是別人的車，我本來沒有權利送人，但今天我聽了妳和妳母親關於腳踏車的故事，我認爲妳很適合擁有它，因爲妳像是會好好留存東西的人。這樣說吧，像我這年紀的人，又無兒無女，沒有什麼有價值的東西一定要留下來給誰。我一旦死了，車子一定就被當廢鐵處理，或留在街上，再也沒有人知道那是誰的車。這些年來我一直在想，說不定有一天，也許我會再碰上腳踏車的主人，或跟這輛腳踏車有關係的人會想要回它，不過一直都沒遇上。妳看，這車上有號碼。說起來，這更像是個付託。如果有一天那個人出現的話，妳幫我還給他。」

一般來說，我是不可能就這樣接受一個陌生人的付託的。但穆先生的眼神讓我遲疑了，我並沒有馬上拒絕他。

那天分開後，雖然我們互留了手機，我以爲自己很快就會不在意這件事。但是接下來幾天，只要我一靜下來，那輛腳踏車就浮現在我的眼前。不，是我母親載著我，等紅燈時，那個斜斜的視野，斜斜的街道、斜斜的火車、斜斜的大樓……那樣的感官經驗就任性地占據我的腦海。我也因此有點任性地想，也許我也可以用那輛腳踏車來載城城。

所以我撥了電話給穆老先生。

「算是我暫時保管這輛車。」我說：「不過，你一定要收下我一個禮物，做爲交換。」

「好，暫時保管、交換禮物。」穆先生在電話那頭爽朗地笑著。

「那天我有一個大象的氣球。」正在看著動畫片的城城突然插嘴，也許他的耳機根本沒有開聲音，一直在專注聽著我們講話也不一定，從眼神看起來，就是一個古靈精怪的男孩。

此時咖啡店裡正在放著 Cyndi Lauper 的〈Who Let in the Rain〉，好久以前的歌了。

「是啊。城城好聰明，那天媽媽眞的有買了一個大象的氣球給你。」薩賓娜摸他的頭回應。

「妳拿給穆先生交換腳踏車的禮物是什麼呢？」

「一張蝶畫，一張我母親生前最喜歡……也許是她認為做得最好的蝶畫。」

When love gets strong
People get weak
Sometimes they lose control
And wind up in too deep
They fall like rain
Who let in the rain

由於旋律太熟悉了，我幾乎要跟著哼起來。

就在那一刻，我已經肯定把車留給穆先生的人就是我的父親。那時候穆先生還沒有那麼老，我父親也是。但我父親為什麼要把腳踏車留給他呢？

薩賓娜說他有跟她描述過當時的情形，不過卻也說不出確切的理由。我問她：「要怎麼樣才能聯絡到那位穆老先生呢？」

「聯絡不上了。」薩賓娜說：「他在前年已經過世了。」

過世了啊。我好像坐進一部一直下墜的電梯那樣地失落。

「我不知道細節。」薩賓娜看出我的失望，說：「不過，也許另一個人知道。」

「誰呢？」

「靜子。」

「那是誰呢？」

「一個老太太。至於她是穆先生的誰，我並不太清楚。我直覺他們是情人的關係，但從來沒有問過。我到老先生家牽車的時候，靜子就在他家裡。」

「可以找到靜子嗎？」

「也許我可以幫你試著聯絡看看。」

「謝謝，太感謝了。」

薩賓娜吃著蜂蜜鬆餅，我到現在才敢比較正眼看她。以這個年紀來說，她的臉孔仍不失美麗，那線條好像特別適合戴上耳墜子。我稍稍注意，才發現那耳墜子是一個水滴狀的透明玻璃，裡頭鑲嵌了一隻小小的藍紫色蝴蝶。她抬起頭說：「我在想，爲什麼有人那麼恨老房子，爲了蓋新房子賺錢不惜把它們放火燒掉。」她指的是這間咖啡廳，據說很可能是因爲阻礙了改建大樓的建商，而被一把無名火燒過。

「恨老房子嗎？」我思考了一下。「我倒覺得他們是恨時間這個東西。」

「恨時間？」

「我覺得很多人都只是時間的感傷主義者而已，他們不懂得尊崇時間。」

「尊崇時間？這說法很有趣。」

「是我一個收藏老鐵馬的朋友轉述一個英國的古董腳踏車的行家的說法，他說，對老的事物的愛好是對時間的尊崇。」

「嗯，對時間的尊崇。」薩賓娜的耳墜子像秋千一樣晃動了一下：「我想，無論那是不是你父親的車，如果那輛車能到你的手上好像是一件好事。」

薩賓娜的意思似乎是，她願意在某種形式上把那輛車轉讓給我了，我說：「我很肯定那是我父親的車。」

「只要靜子也答應，車子便可以回到你手上。」她沒有反對我的魯莽判斷。

「嗯，我知道了。」

和薩賓娜跟城城在捷運站分開的時候，我突然想到了一件事：「也許我們以前見過面。」

「見過面？」

「是啊，我家就住在商場。我們那一棟靠中華路那邊也有一家特產行。我看過那些象牙雕刻、中國式宮燈和維納斯裸體石膏像，當然，也許也看過妳母親的蝶畫。」

那天晚上，我懷抱著母親的病情和不知道什麼時候可以見到靜子的心事，漫無目的地散步回醫院。牽著城城的手，講述著自己人生遭遇的薩賓娜的眼神，總是在我眼前揮之不去。她講話的時候很少正面看著我，而是看著我身後的某個定點，就好像自己身在別處，對著另外一個人講述似的。特別的是，我又不覺得被那樣一個毫無形狀難以辨識的地方，的輕忽所冒犯。想了很久我才抓住那個縹緲的感受，她的眼神和特莉莎是如此相似。

我是在寫一本小說時才認識特莉莎的，她不是我的讀者，也不知道我是個小說作者，說起來像是通俗劇的劇情。特莉莎的腳踏車在路邊「落鏈」，而我是唯一停下來幫忙她的人。

那時候她才剛從大學的西班牙語系畢業，正在找工作，因此有很多的閒暇跟著我四處走，而我則被她的青春氣息吸引。也許是我們年紀相差十多歲的關係，我做的一切事情在她眼裡看起來都是無限新鮮。我常爲了接雜誌的稿件到外地去旅行，她就跟在旁邊。特莉莎的語言能力很好，英語、日語都很流利，還會一點俄語。當然她本科的西班牙語是絕對沒問題的，這給了我的工作很大的幫助。

我們常玩一種遊戲，就是在講話時使用彼此聽不懂的語言（她不會台語），然後依自己的直覺回應。不管說什麼，最後都是彼此大笑然後用吻堵住對方的嘴。

我們有兩年左右的美麗時光。那時候我們在我收藏老鐵馬的房間裡熱烈做愛，騎著它們逛街，她則充滿愛意地看著我清潔零件。後來她順利找到了一份翻譯的工作，似乎時間就可以那樣繼續下去。但我們都知道，路上是不可能沒有石頭的。這麼說似乎不對，有時候即使沒有石頭，路也總是有盡頭的。

有一回和特莉莎做愛的時候，她用西班牙語講笑話給我聽，我雖然聽不懂但是還是配合她笑了。結束以後，她進了廁所，我跟著進去。她在我面前摘下假髮，放在浴室架上，露出原本的短髮，就像個小男生。我看著她進去白色透光的拉簾，把手伸出去，從房間靠浴室旁的小桌子上拿了一支菸。我問她我們結婚好嗎？她正在淋浴，被水聲阻隔因此沒聽明白的樣子。我不再問，斜倚在有許多破損的白瓷牆上，望著從塑膠拉簾一側冒出來的熱氣，感覺一種奇妙的放鬆。熱氣慢慢讓洗手檯上的鏡子失去影像，接著是洗手檯，最後連假髮套、馬桶蓋，和我拿香菸的手都看不清楚了。

她從浴室出來以後，我們又做了一次愛，這次我緊緊抱著她，好像不怕壓碎她的心、胃與腎臟。我吻著她像杏仁的肚臍，像在鋤地一樣往她身體深入。結束後我們都沒有淋浴的打算，她翻過身來，雙手環繞我的脖子，問我是不是眞的愛她。

我說：「當然啊。」我告訴她，胸口在講話起伏的時候感覺到她身體的重量。

「妳呢？」

「嗯？」像是驚訝於我竟然也會提出這樣的反問，特莉莎故意裝成一副聽不清楚的樣子。

「妳呢？」我始終不是擅長講這樣話的人。

「你知不知道自己從來沒有正面、放鬆地躺著睡過？你總是像心事重重的蝦子一樣蜷成一團側睡。」特莉莎不知道為什麼顧左右而言他。

我說：「我像所有人一樣沒有看過自己的睡姿。」

我側抱著特莉莎，把剛剛那個她問我的問句再重述了一遍。

她回答說：「當然。」那聲音從她的腹部發出，透過後背傳達到我的胸口的皮膚上，以及剛剛射過精此刻仍然疲軟的陽具。不知道為什麼，我們從「當然」這麼簡單兩個字的發音，就知道彼此已經開始不確定自己是否還愛著對方了。

一天清晨，沒有任何徵兆，特莉莎傳訊息告訴我，她要去西班牙，請務必不要到機場送她。她的一雙靴子和隨手脫下的絲襪還扔在我門口旁的穿鞋椅上，像是水蠆褪在蘆葦上的半透明外殼，像是無聲的懇求。

Bike Notes Ⅵ

鐵馬誌

「牠是用錫片打製的，還是用稻草塞出來的？」

獅子問。

「都不是，牠是……是一條有血有肉的狗。」

小桃樂絲說。

《綠野仙蹤》，Lyman Frank Baum

對許多收藏者來說，如果能獲得一輛「原裝」的老鐵馬，那將是最幸福的事。老鐵馬收藏者會說：最近某某人得到一輛「很原」的富士霸王號，某某人得到一輛「很原」的三角牌，但那機會不大，通常都是花費了大工夫，慢慢蒐集而來的。

過去鐵馬是交通、生財工具，買了不騎只為收藏的人實在絕少。在那個時代，鐵馬的工藝技術根植於實用性，而隨著那工藝性所蘊藏的美學價值，還被埋在深深的礦脈裡。

小夏曾經告訴我，他覺得從在街上某個地方發現一輛老鐵馬，打聽車主，找到車主，並且對方終於願意和你碰面，接著聽他講述關於他和那輛鐵馬之間的故事，然後終於說動他把車讓給你，開始細察車上被更換過什麼、毀損過什麼、缺少了什麼，再蒐羅老零件修復的漫長過程，才是他那麼著迷於收藏老鐵馬的主因。

就像我感覺到，這輛暫時放在小夏倉庫，離開我的家庭二十年的幸福牌腳踏車，對我而言不再是一輛老鐵馬而已。

我仔細檢視了這輛車，此刻的它有不少零件被換掉、缺損了。它的原廠座椅應該是黑色的牛皮椅，此刻安裝在上面的卻是後期生產的合成皮座墊。踏板也被換成硬膠質的普通踏板。薩賓娜則告訴我，某次到車行檢查煞車時，老板建議她把兩個輪框換成鋁框，連帶地印有幸福牌標誌的內胎與外胎也已一併被換去。而停在「鏡子之家」店裡的時候，它的老鈴鐺也被順手牽羊了。

除此之外，鏈條蓋不知道什麼時候掉了後半部，幸福牌特殊造型的後土除反光板也只剩下鐵鎖架，土除上的廠徽則是斷裂了兩個，鏈條蓋鎖在車架上的固定片遺失。非常精緻的、現在幾乎不可能找到庫存品，對老鐵馬而言最具有象徵性的「風切」也已不見蹤影。

它在時間之流裡，已經變成一輛與我父親騎乘時，性格不同的車了。我那些收藏老鐵馬的朋友，會說這是一輛「不全」（put-tsuân）的車。

「不全」這個詞，我曾經聽母親講過。小時候有一次我跟母親去南門市場買菜，她看到一個殘疾人，坐在市場前乞討。我問她：「彼个人是按怎？」

她說：「彼是一个『五不全』的可憐人。」

我問她「五不全」（ngóo-put-tsuân）是什麼意思？她回答，「可比講臭耳聾（tshàu-hīnn-lâng）、青盲（tshinn-mî）、欠手、跛跤（pái-kha）、曲痀（khiau-ku、

駝背），就是五不全。」也就是先天，或後天的缺陷者。

我因此想起老李，和他養的那條小白。

那個斷了一隻手臂，無親無故隻身在商場，棲身於騎樓之下連個房間都沒有的老李，有一回走到我面前，用他那隻並沒有斷掉的手摸了一下我的小雞雞，然後握著拳頭好像抓到什麼東西，往上一丟，說：「小鳥飛走囉。」

從此以後我就非常討厭他，我多麼希望他摸我小雞雞的那隻手也跟著斷去，不論是讓火車輾過或被小混混打斷都好。

我也討厭他用那一截斷手戳我的屁股，連帶地，也討厭起他在那截斷手上裝的塑膠假手。那隻假手的膚色比老李的膚色深得多，永遠做著四指併攏的怪異姿勢，好像隨時都要跟你握手似的。

老李只有在重大日子才會裝上假手。他會坐在放在騎樓下的床旁邊，先把假手夾在兩腿之間，然後把斷肢套進去，再用完好的那隻左手為斷手與假手鎖上卡榫。有一回他的真手沒抓穩那隻假手，假手就掉下去，敲到小白的頭，小白因此嗚嗚哭叫了起來。小白也是一條「不全」的狗，牠的腿被火車撞斷了，成天窩睡在老李的床底下，而老李的床就擺在我家隔壁的門口。老李宣稱小白會幫忙顧車，但在我看來那是笑話。小白只是一條「食了（liáu）米」的狗而已。

我最後看到老李裝上他的假手，是為了要去參加乾女兒的婚禮。那天下午我冷眼藏身在櫥窗後面，看他在那邊忙亂半天，滿頭大汗才把假手扣在手臂上的鈕釦扣上。然後他以一種彆扭的方式穿上西裝，並且露出為那西裝的一隻袖子不再晃晃盪盪而感到安慰的表情。

後來聽說他的乾女兒把他多年來，將人們騎來商場的一輛車一輛車鎖上，所攢下的兩塊錢兩塊錢加兩塊錢累積的那個我們都不清楚數目的一筆錢帶走了。他的乾女兒我看過幾次，是一個燙著大波浪捲髮，會戴假睫毛的美麗中年女性。據偶爾推水果來賣的「阿穲（bâi）仔」說，她似乎在圓環那間真善美歌廳駐唱，那是一間光是門票就會花掉商場人半個月賺的錢的豪華歌廳。

但她就那麼不見了，再也聯絡不上了，也不唱歌了，好像大稻埕外河邊那群雁鴨春天到了不知道飛哪兒去了。老李又只剩下一張鋪在我家隔壁門口的床板和那條狗。之後老李就沒有再裝上讓他自己覺得體面的那隻假手，他任由那隻斷肢毫無一點羞愧地露在外面。

幸福牌英式跑車

有時候，「不全」的意義是形而上的，也就是「無圓滿（bô uân-buán）」。這可以理解，但母親似乎也認為「傷圓滿」也不是件好事。

我小學的時候，商場發生了一件凶殺案，眼鏡行的女兒小蘭被她男朋友從軍營裡偷偷夾帶在吉他盒的五七步槍所槍殺，那陣子商場充滿了悲戚的氣氛。她對那整件事所下的評語是小蘭長得太美，個性太好，「傷圓滿」才會遭遇不幸。

這讓我想起媽早年一直沒有生出一個兒子，等到生到我五姐時，把她取名為「滿」的事。那個滿不是「求完滿」，而是「夠了夠了，女兒夠了，給我一個兒子吧」的意思。但生了像我哥和我這樣的兒子就「全」了嗎？我總覺得，母親那代人的身上有一種矛盾，既怕日子過得「傷不全」，也怕日子過得「傷圓滿」。

我收藏老鐵馬的朋友常會閒聊時說起，他們的愛車哪個地方「不全」，目的在於明示暗示別的藏家能否讓出「成全」他愛車的零件。

可是捉弄人的是，似乎某一型式的老鐵馬，你缺的就是我缺的零件。比方說阿布那輛幾乎「全」了的幸福牌跑車，就獨缺鏈條蓋後半部。那一小截的鏈條蓋，讓他到處尋找。說也奇怪，幾乎那個年代現在還留存的這款車，偏都獨缺鏈條蓋的後半部。

「不全」也變成我們辨識某些車、理解某個時代車的設計的關鍵點。四〇年代的能率武車用的是什麼款式的土除？六〇年代的清秀牌，踏板又有什麼樣的特色？而那款始終沒有出現的「70型幸福牌外裝三飛跑車」，椅墊是用什麼造型？它土除上的小飛機風切，跟其他時期或型號有什麼差異？

不全的老鐵馬，也會成為我們彼此在老鐵馬知識上的考較。我們默默地看新加入的收藏者將錯的零件裝在車上，還洋洋得意。他們不曉得當自己把照片貼上社群網站的時候，在其他老鐵馬迷心目中的地位，已經被暗暗貶低。

我曾經從一位家族長居萬華的老先生那裡買到一輛幸福牌的男女兩用車，那輛車的車身鏽蝕、前叉換過，連土除都不是原裝的。但離奇的是，其中一支下管仍然包著出廠時的包管套，另一支甚至連包裝紙都沒有拆掉……這究竟是為什麼？因為原車主已經過世，以至於我常常對著那輛車，想像它曾經發生過的事——那些可能讓它變得「不全」的事。我懷疑那些比我資深的收藏家根本知道理由，他們只是不想告訴你。或者等待時機再告訴你，藉以表現自己對車的理解深度。

有一天小夏聽我說到這個現象第六次或第七次時，他才說：「很簡單，因為後期幸福牌已經不再輝煌了，有些車行只剩下一組車架，卻不想再叫，或叫不到原廠零件了，於是把其他零件拼拼湊湊，就組成一輛車賣出去了。」這麼簡單的道理，我卻到那時才恍然大悟。

小夏的抽屜始終留有一張舊報紙，那是幸福牌一款罕見的彎把跑車的廣告。廣告裡穿著T恤，梳著西裝頭的男模特兒，和身材纖細的女模特兒，各牽著一輛海鷗把跑車跟一輛彎把跑車，廣告的slogan是「升學獎勵！」。這款原本以家長買給學生為訴求的「70型幸福牌外裝三飛跑車」，應該是當時的普遍車種，卻罕見在收藏家之間或城市裡出現。小夏與阿布都說參不透這個道理（一輛熱銷的車，勢必也是留下來比較多的車才對），他們都在等待這款腳踏車出現在身邊，以讓他們的幸福牌收藏「全」了。

小夏說自己常對著這張報紙廣告發呆，拿著放大鏡檢視車上的每一個細節、每一個零件。他刻意把報紙的日期折起來，以免讓其他收藏者知道那是哪一天的報紙。只是我相信，如果那款車真的出現了，小夏一定會在他的完整收藏裡找出另一個「不全」的點，而追逐那個不全的點，就會變成他每天焦慮的來源以及熱情的動力。

每一個收藏老鐵馬的人包括我，都無法不受那種「求全」熱病似的感情煎熬，即使一輛「很原」的車，我們還是會挑剔於哪一顆螺絲曾經換過，以至於螺紋不是當初的式樣，並且為了那個，不遠千里去從另一個收藏者那裡得到最後一塊拼圖。然而，我們都知道，那尋來的零件，終究不是屬於那輛鐵馬的。

一輛老鐵馬，已注定在生活裡不全，在時間裡不全，在故事裡不全。

但即便知道如此，當小夏問我，如果靜子也決定把車讓給我，接下來我會怎麼做？小夏事實上心底知道我的答案。

把它「救」回來。

敕使大道
State Boulevard

晚上我只睡了三個鐘頭，在夢裡充滿知了的鳴唱。這讓我醒來的時候甚感昏沉，耳畔仍嗡嗡作響。

隔天去醫院換四姐的手照顧母親時，她精神好多了，跟我聊起許多往事。我提到自己很怕一個人去上男廁所的糗事。媽則想起那時候商場的女廁所常常出現「痴哥」（tshi-ko），他們會趴在女廁所門前，從門下的縫隙偷看婦女上廁所。有一回她發現門下縫隙有影子晃動，就故意站起來，整了整衣服就走出來。她知道「痴哥」躲到另一間廁所裡，於是便把廁所的大門關起來，並且叫雜貨店的「排骨仔」用鎖頭鎖上，直到那個「痴哥」從裡頭搥門求饒。

「尾仔有報警無？」

「無。」媽露出笑容，開心地打了幾個噴噫。「恁老爸蹔（tsàm）伊兩下。」我們好久沒有那樣爲了遙遠的事笑了。

傍晚我把班交給大姐後，決定搭公車到老家去找出家族相簿。那相簿放在客廳的一個櫥櫃裡，我把相片一張一張抽出來翻拍，存進平板電腦。

隔天去接班的時候，母親正在熟睡，她發出沉沉的鼾聲，有時會夾帶著咳嗽，或者像孩子一樣會突然抽動一下。這一輩子的前十年，可能都是母親看著我睡眠的樣子，自己很少有機會像現在這樣，看著她的睡眠，突然有一種陌生感。

我坐在睡著的母親旁邊，一面趕著給幾個雜誌的稿子：包括一條日月潭腳踏車路線的報導，一個住在文山區的有機茶農的訪問，以及一本旅遊書的簡介。我並不太討厭這樣的工作，畢竟有時候還能夠在其中找到一些有意思的動力。

母親醒來的時候，四姐剛好來接我的班，我把平板裡的照片秀給她和媽看。她們都覺得對照現在家人的容貌改變很有趣味，我想這也是照片的功能之一，它讓站在現在的你和過去的你對望。

有一張是父親站在新公園（現在叫二二八公園）的塔樓前的照片，照片邊還裁了花邊，我猜是風景區幫人拍照賺取費用的街頭攝影師所拍的。那是一張黑白上成彩色的照片，日子一久，黃、紅色變得非常突出，因此散發著一種不真實感。我們都不知道父親是在什麼樣的情況之下，拍下這張照片的。

「恁老爸這時陣（sî-tsūn）佮恁大兄的年歲差不多。」

「嗯。」我和四姐各自心有所感。我想，總有一天我們會追上照片裡的父母。

我再次叫出那個照片裡頭有三個大人、一個孩子，站在一間窄仄的小鞋店前面，扶著一台腳踏車的照片給母親看。她卻像是忘了這張照片了。

「媽，眞濟年前我有提這張相片，問你阿爸的孔明車是啥物牌子的。」

「敢有（kám ū）？」

「有啊。」

「我講是啥物牌？」

「幸福牌呀。」

四姐插話說：「著啦，你講幸福牌啦。」

「著啦，幸福牌啦。」母親看著自己的指尖，彷彿她的一生就在那裡似的。

我考慮要不要跟她們說我找到那輛腳踏車了，話在喉頭轉了一圈，還是吞了回去。時間還沒有到，故事還沒有完整。可是故事會有完整的一天嗎？

「媽，你敢會記得有一擺爸的孔明車佇台北橋小兒遐（hia）予人偷提去，尾仔彼个賊仔都合（too-hȧp）騎車去商場，予老李佮車鎖起來，有無？」

「有喔有喔。」

「彼時爸哪會放彼个賊仔走？」

母親遲疑了一下，說：「我問過伊呢。伊講彼个人是伊去日本時的同學，想講孔明車就轉來囉，煞煞去。」

「日本的同學？高座海軍工廠喔？爸是按怎毋佮伊相認？」

「落魄的人是無希望予人認出來的，這是世事。」回答了我以後，媽好像想起了什麼對四姐和我說：「有時間替我走一逝（tsuā，趟）聖王公好無？替我問看是毋是恁老爸欲來焉（tshuā）我走囉。」

「烏白講。」四姐責備媽。

就在這時候我的手機響了，傳來一個陌生、溫暖緩慢、不太清晰的女性的聲音。我摀著電話，走到一旁去。

「程先生嗎？」

「我是。」

「如果你願意陪我去一趟動物園，我就可以把事情講給你聽。」

我有點摸不著頭緒：「什麼意思？請問您是？」

「啊，我是林秋美，大家都叫我 Shizuko，靜子。」

我已經十多年沒到過動物園了。偶爾想起小時候到圓山動物園的印象，就是一個潮濕、充滿陌生氣味的地方。每種動物都待在一個離遊客很近的鐵籠裡，像一座開放觀光的監獄。搬到新動物園以後，我只有帶姐姐們的小孩來過。相比之下，新動物園的「邏輯」好像不同了，它不再是神祕沒有規則的獸欄分布，而是依生態環境分成非洲動物區、草原動物區、亞洲雨林動物區等等。由於園區比以前廣大得多，也開始有遊園車穿梭來去。

動物園光是售票口就有好幾個，我到的時候四處張望了一下，正想撥靜子的手機的時候，一個看起來像是外傭的女孩，推著輪椅向我走過來。輪椅上是一個滿頭白髮、目光從容的老婦。因爲乾瘦的關係，她坐在輪椅上的身形就像一個小孩子。

「程先生嗎？」老婦人在遠遠的地方就已經對我點頭，靠近的時候以微弱的聲音問。

「是。」

「我是靜子，那是米娜。」米娜顯然指的是推老婦人的外傭。我和米娜點了頭，並且就依在電話裡說好的，由我來接手輪椅。米娜的表情看來像是因爲有幾小時的短假感到開心，似乎是已經推過老婦人來動物園許多次，她對再次進園區缺乏熱情，就逕自往捷運站走去。我遠遠地就看到有一群朋友在揮手等她。

由於是非假日，動物園的人潮並不多，我問了靜子想從哪裡開始。她建議先搭遊園車到最遠的鳥園，然後從那裡推車下來我會比較省力些。遊園車的最後一節有輪椅的位置，一位穿著志工背心的老婦人協助把斜板放下。整列遊園車只有我和靜子還有一家人搭，心情上好像第一次來動物園郊遊的小學生。

「我的興趣就是讀書、做菜、畫畫、賞鳥，還有逛動物園。無論到任何城市，我都會去參觀動物園，什麼聖地牙哥動物園啦、莫斯科動物園啦、柏林動物園我都去過，也去過非洲的幾個保育區。我會把動物園的地圖畫下來，這是我的樂趣。你看，這是我畫的木柵動物園的地圖。」

那是我看過最特別的動物園地圖。靜子不是採用一般鳥瞰的角度來畫園區，而是大約是四十五度空中視角的透視畫法。在圖裡最靠近觀看者的應該是景美溪，最遠的背景則是不知名的小山丘，獸欄錯落其中。因爲用針筆的墨線勾勒出很強的立體感，長頸鹿看起來眞的伸長了脖子，兩頭大象並排在獸欄前彷彿跳著舞一樣向同一邊傾斜，一頭把象鼻高舉天空，一頭象鼻則低垂捲起一束牧草。每一棵樹都有陰影，有在空中的鳥也有在鳥園大籠子裡的鳥。我注意到圖裡面沒有纜車，可能是在纜車還沒建好前畫的。

「這眞是不可思議的地圖，畫得太好了，動物園應該印這張給遊客的。」

「很高興你喜歡，這個是複製的，送你。」靜子的聲音不大，我得要把頭偏向她嘴巴附近，才能比較清楚地聽出來她在說什麼。那地圖還附了一個手工做的牛皮紙袋，以很古樸的明體字印上台北市立木柵動物園的字樣，後來我才知道，靜子把她畫過的每一個動物園都收在一個這樣的牛皮紙袋裡，並且爲每一個動物園選出一種代表動物刻成印章，木柵動物園的是一頭大象。我道謝收下。

動物園就像所有的遊樂設施一樣，參觀的人主要是情侶、兒童，和疲憊的父母親。像我這樣推著上頭坐著老婦的輪椅，還不時低下頭去傾聽的中年人眞的很少。

我依照靜子的指示，先推她進了鳥園，然後繞到後側比較少人進去的大型禽鳥欄。鳥欄裡依序關著藍腹鷴、環頸雉這些台灣的雉雞，也有不可思議華麗金色羽毛來自中國的金雞，和一些巨大得不合常理的鶴。其中一種赤頸鶴我認得。會認得這種罕見的鳥的原因是，我的好友沙子後來放著水草的生意不做，跑到印度去修行了。他曾寄了一張標題爲「神性之鳥」的明信片給我，就是這種特徵顯著的鶴——牠的頭頸間有一個部位無毛，露出鮮豔的紅色皮膚。沙子在上頭寫說，《羅摩衍那》就是詩人蟻垤爲了咒詛一個殺死赤頸鶴的獵人而寫的。

靜子一開始看鳥的時候顯得安靜若有所思，我並不急著催她講話。就在緩緩地走過一個又一個鳥欄前時，靜子說起了她在將近二十年前，帶著一位日本朋友上杉君和他的妻子百合子，到大雪山的雲霧森林尋找藍腹鷴的往事。

上杉是個博物學家，也是個鳥迷，常常每隔一段時間就來台灣賞鳥。每一次來都是靜子招待。

那天他們住在接近入山山徑的山莊，準備清晨出發。但那天靜子和百合子跟隨了一陣子後，終於因爲體力不濟而決定提前返回。雙方約定，上杉得在正午過後回頭，晚餐一起在山莊吃。

靜子說，藍腹鷴的英文名字叫做 Swinhoe's Pheasant，是英國博物學家郇和所發現的。讓靜子印象最深的就是郇和描寫這種雉鳥尾羽呈圓筒狀，而且有美麗的白色羽毛。

她指著鳥籠裡的鳥告訴我，藍腹鷴跟帝雉，用尾羽就可以清楚分辨。帝雉的尾羽有黑色斑紋，乍看像是黑色，因此黑長尾雉才是比較好的俗名。有意思的是，帝雉的英文俗名是 Mikado Pheasant，Mikado 是日本天皇，或者皇室的意思，但帝雉和日本皇室並沒有關係，爲什麼會取這個名字呢？

原來是因爲英國鳥類收藏家 Rothschild 錯把日本天皇園子裡擁有的藍腹鷴，誤認爲是黑長尾雉。

我仔細聽著靜子斷斷續續地講述，她的英文帶有濃重的日語腔，但語調中的自信足以打動聽她講話的所有人，更讓我意外的是，已經超過九十歲的她，國語詞彙相當多，和我母親幾乎完全無法說國語不同。

「我會認識穆班長，算起來還是因爲上杉先生的關係。」靜子說。

到了中午，上杉先生都沒有從雲霧黑森林回到山屋。百合子和靜子於是請託其他登山客幫忙，並且開始考慮通知管理處，畢竟，上杉先生年紀已經不小了。眼看到了黃昏，仍然沒有任何消息，百合子心急如焚，冷靜的靜子也覺得情緒有點浮動，畢竟山上晚上氣溫差異極大，她非常後悔沒有三人一起行動。幾位管理處的人員組成的臨時隊伍大約在晚上九點聚集在山莊，凌晨兩點，就盼到上杉先生和搜救人員一同回來了。和他走在一起的還有一位穿著黑黃相間的登山服，體型高壯，臉色燥紅，走路像雉雞一樣弓著背，看起來比上杉先生稍微年輕的男性。一臉疲憊、臉色蒼白的上杉介紹那是他的救命恩人。

上杉先生在那個迷霧黑森林裡迷失，一路上並沒有遇到藍腹鷴，更糟的是他再也沒有回到山路上。山裡的路會欺侮生人，愈是恐懼就愈找不到路的出口，每一棵冷杉看起來幾乎都一樣。上杉先生原本對自己博物學家的直覺性自豪，不料自信卻讓他掉到森林的陷阱裡。還好他身上仍背有足夠的水和簡單的乾糧，正當他絕望地想找個過夜之處的時候，黑暗中卻聽到前方的樹冠傳來了窸窣聲。

一個黑影從樹上爬下來。

上杉因恐懼而將身體盡量抵住自己身後的樹幹，並用盡眼力想看出從樹上爬下來的究竟是什麼？

他覺得那個影子慢慢逼近，直到遠遠嗅聞到一股暖熱、曠野的氣味，在那個影子開口之前，上杉先生幾乎以爲自己已經進到陰間的門戶。

「那時候上杉先生並不知道，穆班長是一個到處爬樹的人，那天他準備在樹上過夜，等待日出。」靜子說。

「到處爬樹？您說穆班長到處爬樹？」

靜子不知道是沒聽見或是不理會我的疑問，她又把說話的開關關閉了。也許是因爲年紀大了，很難長時間連續談話。我們繞過了兩棲爬蟲館和企鵝館，直接到溫帶動物區，靜子都沒有再開口。我們看了趴著如一頭大貓、安靜雍容的山獅，以及有著尖銳耳朵，走路靈巧的猞猁。我發現靜子安靜地看動物時，就好像對著一幅靜止的、偉大的畫作。

「我在想要怎麼說，你知道，有時候事情不是講一件事就完結了。可能在你不知道的時候，事情早就開始了。」我緩緩地推著靜子，當她再次開口時，已經是在黑猩猩的獸欄前。

靜子家在大橋頭附近，在她年輕的時候，台北大橋還是鐵橋，家門前沒有房屋，站在街口就可以看到快要入港的船。戰爭以前，從福建常會開來大型的「福船」，順著河通過鐵橋到大稻埕做生意。小孩子成天都聚在河邊玩，遠遠看到船帆，就趕緊跑到鐵橋的上面，準備看一場表演。

當船通過鐵橋的時候，裸著上身的熟練船員會把船帆拉起，帆柱放倒。有些比較膽大的孩子，會在船要通過鐵橋下的同時爬上鐵橋拱形部位的最高點，深呼吸後「嘿呀」一聲跳到河裡，在很接近船的地方，引起炸彈一樣的水花，然後浮出水面，扶著船游一段。其他的孩子就在岸上跟著船跑，直到碼頭。游泳的孩子會跟著船和貨上岸，幸運的話船員會丟些中國帶來的糕餅給跳水的孩子吃，孩子們把那些東西平分吃掉，再一起跑回鐵橋這頭。靜子當時雖然是年紀最小的，但很有男孩子樣，總是跟在大家後頭奔跑。

那時候靜子讀的是「台灣總督府國語學校附屬小學校」，比一般孩子早入學一年。一方面是因爲她父親在台北市役所擔任文書工作，一方面是靜子的母親早逝，因此被通融較早入學。

國語附小當時有一個小小的動物園，養了一些像兔子啦、天竺鼠這樣的小動物。後來有一位曾被日本派往婆羅洲的技術士，帶回來一隻小猩猩，經過台北醫專校長堀內次雄先生的同意，暫時養在那個獸欄裡。雖然不知道是誰取的名字，不過從一開始孩子們就叫牠

「イチロー君」，一郎君。一郎住在那個大概兩米見方的鐵籠子裡，小朋友每天上學都會看到。

孩子們都非常喜歡一郎，一郎也像孩子一樣，非常活潑好動，眼睛迷人漂亮，柔細的紅毛閃閃發光。孩子們早上對牠說「おはよう　いちろう」（早安，一郎），牠也會對孩子們揮手。工友進去清掃的時候，一郎會緊緊抱著他，下課的時候如果孩子們靠近籠子，牠就會把毛茸茸的手從籠子裡伸出來和他們的指尖相碰。靜子直到現在都還記得，當食指與一郎指尖相碰時，那種彷彿有電流通過的感覺。

一天早上，正在上「國語課」的時候，門口出現了一個不是小學生的身影，那是從鐵籠脫逃出來的一郎。小朋友看到一郎跑出來都開心得不得了，有同學還準備從包包拿出零食請一郎吃。原來一郎看了幾次工友開鐵籠的手法以後，自己就學會了。那時候有一個很疼愛一郎的折井老師，趕緊出面哄牠，並且牽著牠的手，回到籠子裡面去。

不知道是不是這件意外的緣故，沒多久就傳出一郎要被送到圓山動物園的消息，畢竟如果一郎長大，又逃出獸籠就糟了。

那大概是大正十四年的事，多年以後，靜子想起那天，都還覺得像剛被雨水洗過天空一樣清晰。

那是一個晴朗非常的日子，天空中的雲好像一動也不動地停在原地，全校的學生員、老師跟工友，都在校門口列隊，等著動物園的人員來帶走一郎。然而從一早開始，一郎就直覺到某種不尋常的氣味，牠雖然擺出一副喪氣的臉，卻死死抓著鐵欄杆，說什麼都不願意離開籠子。

當一郎看到穿著動物園工作服的人員時，小小的身體發出了奇大的威嚇聲音。但靜子知道，那並不是氣惱。也許只有孩子可以聽出聲音的眞相，那個聲音裡頭是一種眞正的傷心。一郎和小朋友建立起了同學一樣的情感，而此刻牠知道自己的命運好像有什麼轉折似的。死了母親，從婆羅洲被帶到台灣島的一郎，此刻再度有了一種被棄的預感。

一郎不讓任何人碰牠，露出還非常袖珍的尖尖的牙齒。這時候一個綽號叫做「硬麵包」的本田老師，提議說應該請跟一郎感情最好的折井老師來安撫牠。

折井老師是一個乾巴巴，全身找不到一點筋肉的人，他對學校裡的所有生物都帶著感情，有一雙非常纖細，鋼琴家的手。他站在獸欄前和一郎對望，用指頭碰了碰一郎的肩膀，一郎變得有點害羞的樣子。折井老師打開獸籠，對一郎伸出手，一郎也對他伸出那雙屬於猩猩的，比人類更長的，毛茸茸的手。

折井嘆了一口氣，拍拍一郎的手，一郎則用牠長長的，長著紅毛的手臂環繞了折井的腰部，然後爬到他的胸口，眼神迷迷濛濛，充滿依賴。但當折井要把牠放進鐵籠時，一郎就將頭深深埋進折井的胸口。折井老師的心口被一郎的頭顱堵住，覺得硬逼牠進入沒有自己氣味的籠子裡，坐著顛簸的車去動物園實在太可憐了，所以就建議由他牽著一郎的手，從學校沿著敕使道走去圓山動物園。

那天學校下午停了課，在陽光與樹影下的敕使大道上，小學生們看著折井老師牽著一郎的手，像一對父子一樣往動物園走去。一郎的柔軟紅毛在陽光下閃動著奇妙的光澤，牠人立的後肢，微微彎成O字形，讓還不是很懂別離爲何物的孩子們第一次體悟到感傷。

那時候靜子心底想，一郎一定不曉得有個地方叫動物園，一郎一定以爲自己信任的折井先生要帶牠回家了。

自從一郎被關到動物園以後，每到假日靜子就催促父親帶她到動物園。而只要沒有公務，靜子的父親就會騎著他的腳踏車，讓她坐在運貨架上，從台北鐵橋出發，穿過大龍峒町轉進圓山町。

由於母親早逝，靜子跟帶大她的父親很親，騎自轉車的時候，她就像幼生的紅毛猩猩抱著他的腰，把頭靠在他背上。夏天的時候靜子可以同時聽到父親身體裡的聲音，和行道樹上蟬的鳴叫。他流汗時，靜子會聞到令她安心的氣味。

一開始的時候他們會按獸欄的參觀順序繞一大圈，才走到位於三十九號的一郎的欄舍，後來他們就乾脆逆向，繞近路直接往一郎的鐵籠那邊去。那之前會經過一個小花圃，先看見鸚鵡、老虎、花豹、大蟒蛇、栗鼠、鴿子、鱷魚、駱駝，然後才是孔雀，這個順序靜子一輩子也沒有忘記。

老虎總是無精打采，發出一種潮濕的臭味，花豹永遠都很緊張地轉來轉去，孔雀有時開屏有時不會，蟒蛇安安靜靜躺在那裡，好像時間不存在、天上的星星也不存在。偶爾靜子會請父親帶她特地去看看獅子，因爲獅子晚上的吼聲會傳到大稻埕靜子他們家的那邊去。

一郎在動物園的獸欄比在附小大多了，裡頭有一棵沒有葉子的樹，還掛有一個拉環。紅毛猩猩是一種常年都住在樹上的猩猩，腕力非常強，能在樹冠層輕鬆地盪來盪去。到了動物園的一郎，雖然房子變大了，內心卻好像空了。

有一次兩個人遠遠就看見一個瘦瘦高高，好像鴴鳥的身影，那是折井老師。原來折井老師也常常到動物園來看一郎。他們看到一郎從樹上攀到地面，彷彿記得折井老師似的，望著他的臉。那個褐色的眼珠裡，看不出是高興、關心，還是敵意，就只是平平淡淡，看著遠方的風景似的。這並不尋常，因爲一郎自從來到動物園以後，就非常非常少從那棵樹上下來面對遊客。牠總是把頭偏過去，或者只是低著頭玩著自己的手指頭，牠避免跟遊客的眼神接觸，像怕被燙傷。

「一郎不認得我們嗎？」靜子問父親。

「認得的。」

「但牠爲什麼不理我們？卻好像有話跟折井老師說？」

「因爲一郎很像人啊。一郎跟人一樣，有喜歡的人跟討厭的人。我想一郎並不討厭我們，不過牠特別喜歡折井老師。」

靜子心底想，一郎對折井老師的感情一定很矛盾，牠恨他把牠帶到動物園，可是心底又沒辦法抹煞掉對他的依賴感。

第二次在動物園遇到折井老師時，靜子遠遠地看到他遞了一支竹竿給一郎。一郎拿著竹竿，將手伸出獸籠，我們才發現，那附近有一棵木瓜樹，上頭的木瓜已經成熟了。一郎用那支竹竿刺中木瓜，然後將木瓜取回獸籠。靜子要到很久以後才理解，爲什麼折井老師不直接採木瓜給一郎，他要一郎維持著對周遭的感覺，他不要一郎在獸欄裡覺得什麼都很絕望。

度過一個冬天，隔年天氣正炎熱的時候，動物園發生一件大事，一頭大象要入園了。這事從傳言到成眞，靜子都非常緊張又興奮地盼望著。當天這頭大象從新加坡上了船，到了基隆貨櫃轉由火車載到台北驛，然後從那個貨櫃裡走下斜斜的木板，再由馴象人帶領，沿著敕使道走到圓山動物園。大象走過的地方，都擠滿戴著斗笠、撐著傘的民眾，連市役所的官員和職員也都跑出來看。多數市民第一次看見大象，既驚訝又興奮，對他們來說，大象比死亡還要稀奇。

那頭象的體型並不大，但已經是靜子當時看過的最巨大的生物。象的前額平坦，耳朵往後翻摺，頭顱的頂端有著像兩座小山般的微微隆起，中間凹陷如河谷。牠的眼睛明亮，眼瞼深厚，脊骨就像神社旁的小山丘，到最高處才朝臀部緩緩下滑。牠龐大的身體移動的時候，兩肩和膝蓋周圍的皺皮會輕輕顫動。象鼻最前端那個捲曲的部分像個小拳頭晃來晃去，時而舉到空中，時而在接近地面的地方探索。

走在大象前頭的是一個年輕人，他拿著甘蔗以及一種紅色的果實引誘象。大象的鼻子會嗅聞那果實，每走一段路，馴象人才會給牠一顆。

靜子問父親：「那是什麼？」

父親回答：「那叫アップル（蘋果）。」靜子從此記住了蘋果這個詞，也記住了大象的氣味，大象身上有一種火柴燒到盡頭時出現的焦味，那氣味和獅子、老虎、紅毛猩猩完全不同。

這趟遊行象停停走走，將近兩個小時才到動物園。靜子的父親把她放在自轉車上頭，牽著車跟著隊伍走。大象到動物園門口的時候引起了所有動物的騷動，獅子、老虎、棕熊和花豹都發出吼聲，表現出不安的樣子。

那頭象叫做「マーちゃん」，也許翻譯成「小瑪」才對，但因爲牠是母象，所以後來

大家都叫牠瑪小姐。瑪小姐來了以後，成爲動物園的明星。因爲牠不但會表演搖「日の丸」旗子，還會趴下，或者微抬起前腿，用後腿短暫人立。後來，瑪小姐甚至還成爲圓山公園裡臨濟寺日曜學校舉辦「動物慰靈祭」時的主祭動物。

靜子印象中慰靈祭是在冬天的時候舉辦，因爲回憶裡她總是穿著厚重的衣服。

「動物慰靈祭要做什麼呢？」第一次觀看慰靈祭的靜子問。

「要安慰那些在動物園裡面死去動物的靈魂啊。」靜子的父親回答。

由於經常去動物園，並且在市役所處理事務的關係，靜子的父親因此認識了一位從日本過來的，叫做勝沼的動物管理人。勝沼非常喜歡靜子，他說在家鄉美濃他也有一個和靜子同齡的女兒，或許有一天他會接她到台灣來。勝沼常帶他們從側門進去動物園，這樣的話就可以省下兩個人合計十五錢的門票。勝沼先生也成了靜子動物知識的啓蒙者，有一回靜子生日時，他給靜子的禮物就是騎上瑪小姐。那個年輕、黝黑、眼窩深陷的馴象師，吆喝一聲，瑪小姐就把前肢前伸，後肢跪了下來，勝沼先生抱著靜子，一起坐上象鞍。

第一次坐到象鞍上的靜子哭了出來，並不是出於害怕，而是不曉得從大象的背可以看到那麼遠的地方，山近到彷彿可以摸得到，空氣也重新組合過了，那種全新的體會讓她激動。

象嘴邊緣柔細的長毛、幾乎和父親手臂一樣粗壯的濕潤舌頭、長著稀疏毛髮的尾巴，以及像長著眼睛的靈活象鼻都讓靜子深深著迷。她把手放在長著微微有著刺感的細毛的額頭上，發現那裡比她的手還要溫暖。象耳後方的觸感如絲，而那一層又一層的皮膚皺褶，就像隱藏著祕密的什麼似的。就在那一刻，十歲的靜子發現了一個她一生都信仰的道理——每一種動物都有自身優雅的本質，生命化成千百種型態，坦蕩蕩又神祕地活在世界上。生命不是一個煙一樣的東西，它帶著紋理和姿態，以一郎身上的紅色毛髮、逐日隆起的哮囊，瑪小姐溫暖的前額、柔軟的鼻子，阿忠（她擅自把獅子取名叫阿忠，老虎叫阿虎）威嚴的鬃毛與強壯肌腱明白地存在。

那年冬天過後，靜子的父親因爲事務愈見繁忙，加上靜子一天天長大了，就漸漸減少帶她去動物園的頻率。但靜子並沒有忘記一郎、瑪小姐與獅子阿忠、老虎阿虎。她常常夢見自己和一郎坐在瑪小姐上頭，走在一座暗無天日的森林裡，阿忠與阿虎走在前頭，偶爾興之所至仰頭大吼，那吼聲隨著風，順著河流傳到森林深處的深處。

我們停留在非洲象的象欄前面，讓靜子喝口熱水。這時候其中一頭體型較大的母象正在小解，彷彿水龍頭開到最大一樣的尿柱，嘩啦啦地從牠的排泄孔噴出來，足足有兩分鐘之久。

「大象的尿液裡有很強的氣味，會標示領域。非洲象也和亞洲象不同，非洲象沒辦法馴服，所以不像亞洲象變成印度、緬甸、泰國這些國家很重要的獸力。」靜子說。「也很幸運地沒有被捲入戰爭。」

由於提到了那場戰爭，我很自然地，將父親十三歲的時候，是如何跟著到日本神奈川縣的海軍工廠製造戰鬥機的往事告訴了靜子。靜子聆聽時的神情與眼神，某個角度看起來就像靜定的菩薩，那一刻我完全體會到了薩賓娜所說的，不得不把藏在心底的話說給對方聽的情境。

她雙手放在腹部前面，安靜不發一語，那手雖然看起來像是一點水分都沒有的旱田，但一定是曾經美麗、溫潤、飽含水分。

許久許久她才開口：「戰爭實在沒有什麼好懷念的，但像我這一代人，到這個年紀，剩下的、記得的事好像又都在戰爭裡頭。」她不是真的覺得好笑地笑了一下：「所以不談戰爭，又沒什麼好說的了。」

日本對中國的戰爭爆發前，靜子和父親再受勝沼先生的邀請，去參觀由瑪小姐主祭的動物慰靈祭。

當時的動物園有時候會配合「夜間納涼」的活動，晚上打著數百盞的燈，照耀著獸欄，讓民眾散步、賞月。有一年甚至還在東門町以及雙連驛放了煙火，宣告夜間動物園活動開始了。

靜子還記得從明治橋畔一路到圓山動物園，用六角形的紙罩做成的路燈，以及像月亮一樣明亮的圓玻璃燈罩的電燈裝飾，美麗得就像永遠不會有悲哀的事發生一樣。夜間納涼會有園區尋寶、摸彩、歌唱表演，還會放露天電影。靜子當時曾經抽中了（事後她知道是勝沼的刻意安排）印有一郎和阿忠的明信片，直到現在她都還保留在抽屜裡。

而慰靈祭通常會在臨濟寺日曜學校舉辦，學校的小朋友以及廣大的市民都可以參加。一開始本來是由較聽得懂命令的猴子擔任主祭，但聰明又巨大得如此顯眼的瑪小姐來了以後，就順理成章地成爲主祭動物。

瑪小姐擔任主祭的那一次慰靈祭，靜子已經是少女。她穿了正式的外出和服，和父親踩著木屐，撐著傘去參加。而慰靈祭已經不再只是爲園區裡死去的動物祭拜，還包括了對軍用動物、殉國動物的祭拜。這讓靜子也感覺到，戰爭似乎在無聲無息之間，近到眼前了。

瑪小姐披著以大紅色作底，黃色鑲邊，紫色花紋的布袍；前面擺著米、馬鈴薯、橘子、香蕉、甘蔗、柿子等供奉品。旁邊跟著猴子和狗，在小學生唱讚佛曲、法師誦經的同時，聽從馴象人的命令，向前伸出牠變得如同蕃社石臼那般粗的前腿，後腿彎曲，俯拜在地。

那就像多年前讓靜子騎上牠的背一樣的動作。接著牠舉起長長的鼻子，好像在對天空說什麼話似的嗚了長長的喇叭音。

「動物都聽得懂動物在說什麼嗎？」靜子回頭問。

父親遲疑了一下回答說：「我想應該懂吧。」

「動物也包括人嗎？」

父親說：「也包括吧。」

「那人爲什麼聽不懂動物的話呢？」

「我想有一些人也許會，像勝沼先生，或是折井先生？」

靜子衷心希望動物的靈魂都能受到慰藉，或者至少安慰活著的生命也無妨。「我好希望我聽得懂牠們在說什麼。」

然後戰爭就爆發了。

戰爭是非常難熬的一段時間，從一開始靜子像燃燒了一樣熱切支持皇軍，慢慢火燄變小，最終只剩下殘餘的星火和炭灰。她希望能下一場大雨把一切都澆熄，讓她可以好好收拾這段時間被打碎的東西。街上到處都是軍人，警察愈來愈嚴厲，物資的管控也愈來愈緊縮。即使像靜子家這樣，父親在市役所做事，也很少能讓四個人的家庭溫飽。物資終於缺乏到連祖父祖母也沒有水果可賣了。

幾乎所有的事物都投入了戰事，人吃的，以及殺人用的。鐵鍋鐵鏟、農具被徵用熔化後做成武器，自轉車、人力車和獸力車則被編成「挺身報國隊」，靜子相信，如果徵召貓狗有用的話，牠們也會被徵召的。種出來的稻米也多數都繳納給政府，沒有什麼比連自己從土地上種出來的東西都不能吃還要讓人失望。不知道從什麼時候開始，河畔的居民開始到河邊捕捉烏龜來吃。有些老人家說腹部黑色的烏龜不能吃，但是許多人還是抓來吃吃看。殺烏龜的方式就是讓牠們咬住一塊橡皮，然後趁機斬掉烏龜的頭，然後用竹刀把龜腹剖開，清理內臟。烏龜在死前會划動可笑的四肢，已經在軍醫院擔任見習看護婦的靜子盡量不去想那個，煮烏龜的肉給家人吃。當時她並沒有想到，有一天這條河裡的烏龜會幾乎完全消失。

就在空襲漸漸來到島嶼的同時，勝沼先生跟靜子的父親說，東京上野動物園已經處決一些動物了，圓山動物園恐怕也要跟進，這是因爲怕空襲時鐵欄被破壞、猛獸跑出來的必要措施。昭和十八年，市役所的技師和動物園的飼養員，以及生物教授共同負責執行這項任務，勝沼則參與了整個過程。

飼養員，不，現在是動物處決員，先是把那頭上了年紀、鼻口柔軟、眼光溫和的棕熊誘進底下放有鐵板的獸欄裡，接著拿通有電流的棍子擊打熊的臉。熊直覺咬住棍子的尖端，於是高壓電流就那樣通過巨大的熊的身體。那身體發出像大樹被砍到將斷未斷時，啪啪啪啪的奇異聲響，接著決絕地砰一聲倒地。不過熊實在太強壯了，不久又再次站了起來，動物處決員又把鐵棍伸過去，意識不清的熊又直覺性地咬住，熊再一次被電流擊倒在地。連續三次，才眞正死透。

獅子阿忠和其他雌獅子、老虎，也都用同樣的方式被「處置」了。勝沼先生說阿忠死去的時候，因爲肌肉失去了控制力，下巴整個垮了下來，地上盡是涎沫。處決這些動物以後，在場的人都對著屍體深深鞠躬，那鞠躬並不是表達尊敬，而是莫名的愧疚之意。

勝沼先生感嘆地說：「實在是連餵獅子的馬肉、水牛肉都沒有了。由餵牠們、幫牠們量體重、洗澡、清理獸舍的人來執行這樣的任務，眞是……」

「處決以後的動物呢？」靜子問。

「獅子、老虎和熊的肉都分配給市議員和一些高層人士，動物園裡沒有一個人願意吃。聽說熊肉硬到無法下嚥，獅子肉則勉強可以吃，不過腥味很重。會使用電擊而不是餵食硝酸番木鼈鹼毒殺，就是爲了珍惜這些獸肉，現在是戰爭時期啊！死去動物的肉不能浪費。」勝沼先生的眼角有淚閃動，靜子則光是想到空蕩蕩、飄動著死亡氣味，所有的獸欄都被死神大剌剌地占據的動物園，就感到喘不過氣。

她努力回想勝沼先生所說的，處決動物的時候，是不是有聽到阿忠的吼叫聲？但是沒有。那幾天她就如同往常一樣幫祖父賣水果、打掃房子，去醫院值班，並且在床上熟睡。死亡就是這樣無聲無息，躡手躡腳，卻又坦然公開地奪走生命。

不知道是否能算是幸運，一郎並沒有在第一波被處決，據說是因爲被評估爲溫馴而沒有攻擊性，而且曾被日本天王寺動物園評選爲明星動物的緣故。不過爲了怕已經成年的一郎逃出來，牠的獸欄外面又被加上一層鐵欄，並且加建了防彈石壁。

不過一年後，勝沼先生仍然帶來壞消息。一郎已經被「處置」了。有很長的一段時間，靜子連敕使道都不願意經過。

在靜子回憶的過程中，我們進入了亞洲熱帶雨林區，那裡展示著馬來貘、紅毛猩猩，以及亞洲象。我推她到亞洲象的獸欄前面，現在的展示區，有一片大玻璃擋住，象的氣味因此沒有那麼濃。我還記得在圓山動物園的時候，很多遊客都會把花生放在掌心裡，直接給林旺與馬蘭吃。牠們會伸出長鼻來，咻咻咻地把花生吸走。

由於正好是餵食的時間，兩頭象不安地在工作門前面踱步，料想是飼養員會從那裡提供食物。果然不久，兩男一女的飼養員進來，將兩頭大象分開給予牧草，女飼養員則動作俐落地拿鏟子清理地上的糞便。

靜子說：「動物園對動物最大的不安來源，有的時候不是把牠們關起來，而是對清潔的要求。很多生物會刻意在生活環境留下自己的排泄物和體味，但是在動物園裡，一定得做到清潔，一方面防止病菌，一方面也不會讓遊客覺得不舒服，但這麼一來，有時候動物反而感覺不安。」

我說：「原來如此，人好像也會對熟悉的氣味感到眷戀。」

「是啊，沒錯。大象因為不會跳，所以只要深一米八左右的壕溝就能困住牠們。」靜子談到象時總是眼神溫柔：「你會不會覺得大象的眼神很特別？牠們的眼睛那麼小，卻那麼迷人、有智慧的樣子。公象發情的時候，費洛蒙氣味就是從兩隻眼睛附近的小小腺體流出來的。」

我聽著靜子講話，邊想像一郎牽著折井先生的手走過敕使道的心情，想像在那個「處置動物」的過程中，一郎聽到棕熊的低吼，老虎不安卻仍威嚴的嘯聲，以及獅子踱步時，沒有收起腳爪，踩在那個即將通電的鐵板上的喀喀聲響。獅子的額頭總是充滿憂鬱的皺紋，那個晚上死神在獸欄外踱步、離開，然後在某一天，牠完全不能理解的狀況再度回來。

眼前象舍裡的象，是動物園新的象，沒有經歷過戰爭的象，相較之下會比較幸運嗎？我不禁想起薩賓娜提過的那本《可憐的象》。那天我跟她聊完以後，就上網買了這本繪本，一讀才知道，它寫的就是上野動物園在戰爭末期，處決動物的事。

「您知道《かわいそうなぞう》的故事嗎？」

靜子搖頭。

二戰末期，日本很多動物園都處決了動物，而上野動物園是最早的一個。當時園區裡有三頭知名的大象，叫做約翰、當肯與灣裡。彼時正是戰爭末期，每一天、每一晚炸彈像雨一樣地丟進東京市。就像您講的，怕動物的柵欄壞了，猛獸跑進市區裡，所以許多動物都被處決了。

接下來就是象了。工作人員先用注射法下毒，但是注射筒難以穿透象皮，聰明的大象也拒絕吞食毒餌，於是動物園只好選擇讓牠們餓死。

一段時間後，約翰先餓死了，當肯和灣裡則日漸消瘦，變得沒有生氣。但牠們是受過訓練的象，因此看到動物園管理人員走過，就會搖搖晃晃地站起來表演，這對牠們來說，是「請給我飼料、請給我食物」的意思。

當然食物還是沒來。當肯和灣裡背靠背地表演，用最後的氣力，後腳站了起來，前腳彎曲著，鼻子高高地舉起，做出萬歲的樣子。不過戰爭還未結束，食物沒有供應，象終於全部都被餓死了。

這三頭象的墳墓，現在仍然在上野動物園裡。

靜子聽完以後，經過了把一顆小石頭投到深谷等待回應的沉默，才說：「為了戰爭處決大象，據我所知，最早的也許是普法戰爭時巴黎被圍攻時，巴黎植物園處決的兩頭象吧。這些故事都如此相像，好像是彼此的影子一樣呢。」靜子又沉默了一會兒，看著大象的嘴咀嚼著乾草，然後說：「謝謝你跟我講的關於你父親的事。其實戰爭結束以後的第三年，我父親跟你父親一樣，失蹤了。」

心底為一郎深深傷心的靜子，參加了台南陸軍病院的徵選，擔任看護婦，生活的時間都跟軍人沒有兩樣。有大量的南洋傷兵先被送到那裡等待進一步治療或回日本。靜子讓那些殘缺的士兵盡量塞滿她的生活，因為一停下來她就想起台北的父親、祖父祖母，被處決的動物們，和已經被餓到肚腹內縮的瑪小姐。她常常夢見烏龜，腹甲朝上地划動著四肢。

靜子最後一次見到瑪小姐是昭和十九年秋天，站在象舍裡的瑪小姐灰褐色的皮膚失去了光澤，身上的細毛多數掉落，眼瞼掛著眼屎，粗腿幾乎都要站不住似的左搖右擺著。

昭和二十年的春末，疼愛靜子的祖母過世了，她放棄去馬尼拉戰地病院擔任看護婦，回台北奔喪。傷心欲絕的靜子在服喪的期間，聽父親無意間說起，一些長官似乎在最近分到了象肉。

這意味著瑪小姐已被「處置」了嗎？

靜子騎著父親的自轉車，到了動物園以後卻在象舍裡找不到瑪小姐。她找了勝沼先生問瑪小姐的下落，滿臉疲憊的勝沼先生卻支吾其詞，既不肯定瑪小姐已經處決，也不證實牠是不是被徵召去執行戰備任務。

「靜子小姐，有些事我現在不能說，如果戰爭有結束的一天，而我們又能見面的話，我一定會全部對妳說的。」

「戰爭一定會有結束的一天。」靜子說。

「我也這樣認爲。」勝沼說。

「那你告訴我，瑪小姐還活著對嗎？」

勝沼先生點了點頭。

昭和二十年五月底，台北發生了史無前例的大空襲。砲彈從天而降，墜落在政府機關、台北公園、台北驛、天主堂和廟宇上頭，也無差別地殺死了逃犯、良民和軍人。空襲時警報聲大作，動物園裡還活著的草食動物驚惶跳躍。而裡頭暫時安置的戰馬歇斯底里地嘶叫，軍犬被用口罩套住嘴只能低吼、軍鴿拚了命地拍打翅膀、撞擊鴿舍。磚瓦化爲煙塵，汽車被重重地拋向空中，然後墜下，房屋夷爲平地，水泥路出現不知道多深的大洞。

靜子在這場轟炸裡失去了祖父、家的一半，以及再次進入動物園的機會——動物園因日趨激烈的戰火而封閉了。令她不安的是，連勝沼先生的消息，都在這次的轟炸之後杳然無蹤。難道他也死於轟炸了嗎？

昭和二十年秋天，戰爭結束了。結束的消息來得如此突然，讓人迷惘。昨天還像是神的天皇，此刻成了戰敗者，而那些對人頤指氣使的軍人，都解除了武裝。拔除了利爪之後，人的神情就變得怯懦起來了，有時候在街上遇到，讓人都不敢相信是同一個人。

圓山動物園在隔年開放，靜子第一時間就入園，在接近那個有著象頭浮雕的象舍時她心臟怦怦地跳。獸欄裡有一頭瘦弱的象的陰影，那非常像瑪小姐，因爲有一回牠發脾氣去踢象舍前的石柱，卻反而傷到了膝蓋，自此無法躺下，站立時也往往向右傾斜，就像一堵可能坍塌的牆。

「瑪ちゃん！瑪ちゃん！」靜子對著遠遠的大象喊。那陰影裡站立的象一開始有點猶豫，後來慢慢地踱步出來，伸出象鼻遠遠接近靜子頭上嗅呀嗅地，然後「叭——」地長鳴了一聲。靜子也跟著學牠長鳴一聲以爲回應，然後扶著欄杆痛快地哭了一場。這眼淚忍耐了太久，完全停不下來。

戰爭結束後，靜子找到了醫院裡的工作，憑著經驗和再進修，成爲正式的護理人員。而她的父親則因爲曾是市役所的人員，反倒沒有工作了。他於是把被炸彈傷害的房子重新整修，在大稻埕開了一家雜貨鋪。有很長的一段日子，父女兩人過著不必去想像未來的日子，只寄望一天接著一天往前，不要停下來。

事件發生的那天靜子正好在醫院值班。下班的時候到門口突然看見神情嚴肅的父親，原來街上發生了動亂，他很怕靜子出事，所以特地來接她。回家之後父親告訴她接下來一定要小心，局勢對像他這種曾經在日本政府底下做事的人並不安全。

隔天下班以後，靜子發現攤位並沒有開，問了鄰居也都沒有看到父親，而他的自轉車就靜靜地鎖在店鋪的一旁。靜子遲疑不知道去哪裡找到父親，只好跟醫院請假拉開鋪子的木門等待。夜如此漫長、冰冷，全城都無法入眠。

靜子永遠記得，幾天後清晨台北鐵橋下的淡水河，光線呈現一種迷離的橄欖綠色，那也是天光的顏色。她在房子裡就聽到許多人驚呼的聲音失控地大喊：「鯊魚！鯊魚！」

淡水河裡怎麼可能有鯊魚？

靜子跑到街上一看，鐵橋上聚集了不少人正在張望。她跟著人流走到鐵橋上，往河的上游看過去。河還依然是河，就像她兒時和玩伴看著福船進港，從鐵橋上一躍而下的河。但此刻河面金光燦爛、瀲灩刺目，在那水光的反射中，果然有黑色的東西浮浮沉沉，就好像鯊魚的鰭一樣。

在眾人七嘴八舌的討論中，鯊魚的鰭漸漸靠近，一些明眼的人已經發現，那並不是鯊魚，而是漂流的什麼。有膽大的人跳下水去，潛進水中一看，浮出來大喊：「死人！死人！」每個死人的手跟腳都被綁在一起，因此漂流時才會只露出背，遠遠看就像鯊魚一樣。

他們倉惶地游回岸上，無聲地朝不同的方向奔跑起來。橋上看熱鬧的人突然變得安靜，然後快步移動離開，像被風吹散的沙子。

靜子的父親從那天之後再也沒有回來。這麼多年來，每一夜這樣的念頭都會像身體的疲憊與飢餓那樣不放過她：那裡頭會不會有她的父親？她那時候爲什麼不跟著跳下水去，把那一尾一尾的鯊魚，一一翻過來看看？

「有一段時間，我想我的人生已經無所謂幸不幸福，就這樣過去了。那是一個你沒辦法好好愛一個人的時代。」靜子嘆了一口氣，要我繼續把輪椅往前推，再往下坡走就到了大熊貓館了。我心裡不免有些焦急，她還沒有講到穆先生的事呢。

我提起勇氣直接問：「對了。您還沒有告訴我關於穆先生的事？」

她指著旁邊的一處露天座，要我把她推到樹蔭下去。幾隻黃頭鷺一點都不怕人地走在路上，尋覓遊客留下來的食物。令人驚訝的是，原本以牛背上或稻田裡昆蟲爲食的牛背鷺，竟然吃起了地上的薯條和炸雞。動物有時候很容易被環境改變，牠們會在環境裡找到最有利的生存方式，但牠們也對新的危險一無所知。在野地覓食太辛苦了，不如飛到犀牛、斑馬、河馬的獸欄裡找食物。而到獸欄裡找食物，不如乾脆到餐廳旁的露天座撿食來得容易。我想這也是本能吧。

靜子打開她的水壺蓋，喝了幾口，好像硬是把哽在喉頭的一些事吞了下去。她說：

「穆班長，我都叫他穆班長。」

靜子是在亞洲象舍前面，第二次遇到穆班長的。

那天穆班長穿著卡其色的工作服，深褐色的拉鏈夾克，對著天空伸出手，掌心朝上。

歲月已侵蝕視覺與嗅覺的大象林旺，則伸出牠拳頭似的長鼻，遠遠朝著這個手心向上的男人手掌吐氣。雖然牠無法直接以象鼻接觸男人的手，但靜子卻覺得自己清清楚楚地看到，那氣息自有感情，越過電網、灌木、鋼纜圍籬，確實到了男人的手心上。象的鼻子據說有四萬多條肌肉，那是不可思議的靈敏與力量的結合，牠可以用鼻子撿起一顆花生米，也可以殺死一頭獅子。

「大象甚至能用鼻子表現愛。」靜子有一回讀到一本寫象的科普書作者這麼說。

看到這一幕的靜子大感驚奇，走上前去偷偷觀察這個已經上了年紀、滿臉風霜，有著對任何事都表達抱歉神情的男人。一會兒靜子就回想起，他似乎就是雪山上，救了上杉先生的那個高大老兵。

「真的有氣吹到手上嗎？」靜子問。

「真的有氣吹到手上。」老兵回答。

靜子這一生結過一次婚，生了一個兒子。離婚的時候她兒子已經二十一歲，在英國過著獨立的研究生生活。簽好離婚協議書的那天，靜子覺得自己已經不可能再墜入愛河，孤獨是自己後半生最好的寓所，而她也做好了準備。畫畫，並且到世界各地逛動物園都是自己就能做的事。然而此刻她只知道附著在眼前這個男人身上的氣息不一樣，帶著泥土，還有一種特別的氣味。那味道在軍醫院工作的靜子曾經感受過，那些從死亡眼前脫逃出來的人，身上都會帶著那種充滿警覺性的氣味。

「你怎麼做到的？」

這位自稱穆班長的人說：「我們早在五十年前就認識了啊。」

穆班長曾經是中國駐印軍的一員，並且曾參與過在胡康谷地與日本第十八師團交戰的艱苦戰役。日後靜子不止一次希望穆班長談談他的緬甸戰爭經驗，但穆班長總是以遠鏡頭描述。好像那場仗只是突然暴漲的溪流、永遠穿不過的山脈，以及漫長的雨季。他似乎小心翼翼地繞過什麼。

直到有一天，靜子和他提起了那個她始終不願開啓的，淡水河上像鯊魚一樣的漂流屍體的往事時，就像是交換了鑰匙，他才毫無保留地，跟靜子說了關於他跟象的離別與重聚的故事。

在堅苦的緬甸戰役中，穆班長活了下來，並且親眼見到部隊俘虜的十三頭大象。與象相遇和他身上明顯的戰爭的殘跡有關。穆班長的右手有三指半被機槍打掉了，只剩下拇指和食指的一截。因爲這個傷勢，他才被調動到後勤部隊，與象爲伍。那十三頭象有老有少，其中一頭正值青年的公象體型非常出色，緬甸馴象師稱牠爲Ah mei，而中國部隊稱牠爲「阿妹」。牠輕鬆地頭一頂就能把士兵半天還砍不斷的大樹推倒，然後用長鼻把樹搬上卡車。

他與象群相處數個月後，獲得了象群的信任，於是被交付任務，與其他受了緬甸馴象人訓練的同僚一同驅象回中國。

部隊長所下的命令是，部隊轉移回雲南後，待命反擊中國境內的日軍。不料這趟長行軍到了一半，日本就向盟軍無條件投降了。而這支騾馬與大象混合的驛馬部隊，沿著艱難的滇緬公路，經過雲南、貴州、廣西、廣東，長程行軍一千公里。其中六頭象死去，餘下七頭。

穆班長則在任務結束後，歸建回原部隊的補給隊伍，歷經了數場與共軍的戰役，方才撤退到台灣。這期間他和象群失去了音訊，直到數年之後，才聽說「阿妹」被搬遷到了圓山動物園，也就是後來的林旺。

第一次在動物園見到林旺時，穆班長沒有奢想林旺會記得他。象雖然極具靈性，但他並不確認象是否也有深刻的記憶能力。特別是他們已經離別了一段時間，各自經歷了不少事。沒想到當他在象舍外低聲喊著「阿妹、阿妹」的時候，林旺就從那拱形門走出來，對他發出那種雖然聽不到、卻會讓空氣嗡嗡震動的低鳴。接著林旺伸出長鼻，嗅了穆班長的頭、肩、胸部，以及靠近生殖器的位置（這是象辨識熟識對象的重要依據），然後把那柔軟而溫暖的象鼻，放在穆班長缺了三指的手掌上。

穆班長接下來每個月至少都有兩至三次到圓山動物園探望林旺，直到遷到木柵亦然。他甚至報名了動物園的義工，就是爲了跟林旺接近，無言地和牠一起，一個在柵欄內，一個在柵欄外回想那段叢林時光。

而靜子和穆班長認識以後，最常去的散步地點就是動物園。有一回他們參觀夜行動物館時，穆班長在黑暗裡問她：「靜子，妳有沒有覺得，動物園裡的時間跟外面不一樣？」

「爲什麼？」

「因爲很多動物的生活時間跟人類的不一樣啊。我聽過一個說法是，時間跟動物體長成正比。」

「嗯？不懂。」

「我也不懂。但我猜意思大概是，動物的體型大小，跟生存的時間和空間大有關係，那個空間，也連帶改變了每一種動物的時間觀。人類發明了時鐘，因此時間觀變成像是文化習慣一類的東西。是學校規定我們七點到，部隊要求我們五點起床，而不是身體要求的。但其他動物可能是用身體去感受這些。

「妳看，地鼠多數時間活在地底，因此空間的需要就是牠們挖出的隧道，牠們的時間觀並不只是日出日落。斑馬也按照牠們的時間過生活，那時間可能跟草原的某些植物的枯榮有關。即使被關在動物園裡，蛇也會冬眠，鸛鳥會在春天的時候覺得有飛行的衝動。天性無法掠奪。要我說啊，要人類配合動物的時間，而不是動物配合人類的時間的，才是好的動物園。」靜子看著穆班長，覺得那個時候他有一種靦腆的自信，一種光輝。

「不過，你真的覺得這些動物能真正過自己的時間嗎？」

穆班長笑了笑說：「靜子啊，妳看看我，已經是老人了。」他手背在身後，這是他的習慣動作之一。

「妳真的以為時間有自己的嗎？」

靜子每次和穆班長談話時，偶爾覺得有點暈眩、不太真實，開口講話時牙齒微微打顫，偶爾露出恍惚的微笑。過去她經歷過三次戀愛，和第三個戀愛的對象結了婚，又離了婚，她認為此生關於愛情的任務已經完成，習題已經做完，沒什麼需要再寫的了。但眼前這個男人讓她想打開門，邀請他進來，坐在擦得一塵不染的桌子前面，整個下午都看著窗外的風景。

穆班長轉身朝出口走去，讓靜子一時看不清他的背影，出了夜行館後，那個寬闊卻已經開始抵擋不住歲月的肩膀，仍然讓人覺得他好像一瞬間就會邁開步來，走進森林裡再也不出現似的。他們都是日子一天一天減少的人，談的不再是以後要怎麼樣，而是如果還有多久要怎麼樣的事了。

穆班長也會騎著那輛幸福牌腳踏車，載著她到大稻埕旁的河岸散步。在那反射著光線，流動著難以言喻色彩的河流前面，靜子反覆把她父親、一郎君、瑪小姐、勝沼先生的往事說給穆班長聽，就像一場在床褥間反覆溫習的夢境。

只有在那樣的時刻，穆班長才會不注意正在對靜子說話，而無意識地把話題朝那場戰爭接近一點點。

「我們部隊一開始進入緬甸的時候，駐紮在一片沒有人跡的原始叢林裡。師長要我們造出營地，我們就拿著緬刀砍出了一整片空地，蓋起了茅屋。又因爲怕被野獸，特別是被蛇咬死，還發起了一次捕蛇競賽。那半個月裡，那附近的蛇、山羊、猴子與兔子，被我們殺得幾乎不見蹤跡。

「我們用繩子綁住蛇的頸部這個地方（穆班長摸著自己的脖子），就掛在營區茅屋的四周。蛇並沒有那麼容易就死，牠的脊椎很多節，因此被綁住的蛇，會用妳想都想不到的方式扭動。各種斑斕無比，紅的、青的、綠的，甚至是金色的蛇，憤恨地扭動，彷彿不相信會用這樣的方式死掉那樣扭動。

「那幾天整座營區充滿了蛇屍的氣味。有一天晚上，哨兵聽到前方的樹林裡有怪聲，營長來看了以後，擔心是日軍的前哨部隊發現我們的營區了，於是下令掃射。各種輕重機槍、步槍瞬間齊發，甚至連迫擊砲都用上了。隔天一早派出斥候搜尋，才發現是一頭大象。牠的身上滿布彈孔，血已經流乾，變成灰白色，一條腿被迫擊砲打斷了。我們把那頭大象吃了，每一口象肉得要咬三分鐘才勉強吃得下。那時候年輕，我們開玩笑說，以後寧願吃弟兄的肉也不要吃象肉。部隊長聽到以後，把我們嚴厲地斥責了一頓，並且要第一個說出那個玩笑話的我，負責剝掉一百條蛇的蛇皮。活的蛇比死的蛇好剝皮，剝皮的時候會有一種心跳加速的奇怪快感。

「不過從那以後，我就不再葷食了。不是怕殺害生靈什麼的，我想人類本是生物的一種，生物相食並不悖天理，只是我覺得，在那個叢林裡死在我手下的生命，已經是我一生的額度了。」

靜子靜靜地聽，她不提醒他什麼，也不對那些話表示意見。只是在他騎車的時候，把頭偏著貼在這個男人的後背，那會聽到一種不成語言的，悶悶的、低沉又帶著體溫的聲音。

那時候有一段時間，林旺進入了很嚴重的狂暴期。那時候林旺已經邁入老年了，不太可能還是發情所引發的。牠常常把長鼻子伸到耳朵裡面去，好像要嗅聞自己聽到什麼似的。雖然獸醫與專業人員都認爲，林旺長期處在狂暴期，是因爲一九六九年的直腸手術所導致的情緒失控後遺症，但穆班長卻認爲，那是因爲年老的林旺多年來仍被心底深層的那個記憶騷擾著。

他跟靜子說，那段記憶有一種腐蝕性，林旺心底一定有什麼地方，被那燒掉了。而以他跟林旺相處的經驗來判斷，林旺有很強的記憶力，也擁有跟人類一樣複雜的情緒。

「牠不會忘記的。」穆班長說。「甚至，比我們每一個人都清楚。」

「後來，有一次穆班長自己騎了腳踏車到動物園來。因爲和管理人員都相熟了，他們會讓他把車子停在園區裡面，避免被偷，就是那樣才會被薩賓娜看到的。薩賓娜跟穆班長說了她母親怎麼跟著外公採蝶，而又怎麼一個人騎著腳踏車到台北謀生的事。穆班長就決定把腳踏車送給她。那天晚上他跟我說，自己年紀大了，如果有一天走了，腳踏車會被回收去當廢鐵的。我沒跟他說腳踏車可以留給我，因爲我的年紀比他還大。」靜子說到這裡，露出了一個有點疲憊而憔悴的微笑。

「那麼，妳知道穆班長爲什麼會有這輛車嗎？」

「嗯。我聽他講過。那是他有一次到高雄辦事情，晚上的時候在海邊坐著看風景，和一個穿著體面西裝的男人搭話聊上了，那天他們聊了三、四個小時，直到深夜。」

「聊什麼呢？」

「那男人在戰爭期間，曾經去日本製造戰鬥機。在那場戰爭裡，他們恰好是在兩個不同的立場上。但那天晚上，他們把彼此的故事說給對方聽。」靜子停頓了一下說：「聽了你說你父親去日本做少年工的事以後，我更肯定那應該就是你父親。」

「可是他爲什麼把腳踏車送給他呢？」我盡量壓抑自己的情緒。

「不是送給他的。」

「不是送給他的？」

「深夜的時候，穆班長去上廁所，買了啤酒，回來以後，就沒看到那個男人了，腳踏車則留在原處，上面留有一張紙條，寫說『如果我沒有回來，請幫我把腳踏車送回家』。他一直等到天亮，男人都沒有回來，而紙條上也沒有住址。」

我一時有點無法相信這個。突然進來的一群可能是校外教學的幼稚園小朋友，在旁邊幾乎吵得我心神更爲不寧，也不知道要怎麼再請靜子說話，此刻無論她說什麼，都會被這些小朋友的尖叫聲淹沒吧。

我於是站起身來，繼續推她往出口的方向走去。稍微脫離了小朋友的隊伍以後，靜子又開口說話了，我把頭低下去，盡可能靠近她聆聽。

「我猜，你父親那時候，可能準備要去做什麼事吧，他因此留下對他而言很重要的腳踏車。也許在談話的過程裡，他覺得穆班長是個不錯的、擁有那輛腳踏車的人選。穆班長後來連續三天都去海邊等，但男人沒有再出現。後來他想盡辦法，卻都沒找到。他甚至登了報紙。」

「登了報紙？」

「沒錯。他登了廣告，我替他保存下來了。只不過，那個廣告沒有引起任何回應。你知道爲什麼穆班長要把車子再送給薩賓娜嗎？」

「是爲了讓車子有可能再回到那個人的手裡？」

「沒錯。正如我剛剛說的，穆班長當時說他已經沒有多少時間了，他認爲薩賓娜是個不錯的人選。他送給薩賓娜的條件只有一個。」

「嗯？」

「就是如果腳踏車的主人，或跟腳踏車有關的任何人出現了，就把車交還給他吧。」

靜子意味深長地看了我一眼：「我其實是不相信這事情有實現的一天的，但你現在就站在這裡。」

把靜子交回給米娜之後，我獨自搭上捷運。不知不覺又轉乘到了萬華。我一面無所事事地閒晃，一面反芻著與靜子的談話。

我常在心情低落的時候回到這個我出生的地方，它對我而言就像一個停經的子宮，但我曾經從這裡來到這個世界上。後來我跟阿巴斯漸漸熟稔後，才知道他也常來萬華閒晃，他正打算進行一個在這裡拍攝二十年的攝影計畫。

「這世界上相機比我們好，拍得比我們好的人太多了，但能夠在一個地方拍二十年的人肯定很少。畢竟時間很公平，你一輩子幾乎只有兩、三次機會可以投身做這樣的事。像我這樣才能不足的人，只能用這樣的方式來做了。」阿巴斯半開玩笑地跟我說。

有一天照片裡的人都會不在人世，照片中的人一個一個都死了，只有未死之人才被允許留下來照顧照片。不過，在照片裡的時間，生者與死者權利相同，幾無差別。阿巴斯想做那個留下照片的人，而不是照片裡的人。

晚上有幾處地方的「老人市集」已經開始了，我把它稱為老人市集的原因是，這些市集不管是賣東西的或買東西的都是老人。他們賣一些二手衣褲、佛像、字畫、A片或舊手機、收音機。有時候也會出現非常有趣的東西。比方說我曾經看過一個攤位出現各式各樣的秤，從天平、砝碼秤、彈簧秤到小時候我母親用的桿秤都有。到底是什麼樣的人會來這裡買秤呢？我百思不得其解。

每次走在其間，我都會想起那一次爸牽著我的手，到這裡來尋找遺失的腳踏車的情景，爸焦急的眼神，手心的汗，到現在我都仍然感覺得到。

我對這些攤販賣的商品來源，以及買家與賣家很感好奇，所以有時也會混在顧客裡問東問西，或者買些自己並不需要的東西回去，藉以和賣家培養交情。這些擺攤老人中，我和一個叫做福伯的相熟，有點接近朋友的關係了。他會告訴我攤商的貨源，比方說哪一攤專到垃圾場翻找資源回收物的，哪一攤是自己也會偷擺舊衣回收箱的，而哪一攤又是專收贓物的。

「贓物？」

「當然。比較好一點，特別的東西，很可能都是贓物。這裡以前可是叫賊仔市啊。」

「你的是贓物嗎？」

福伯給了我一個神祕的微笑。福伯的皮膚黝黑，總是穿著塑膠拖鞋。他的每一片指甲都嚴重感染了黴菌。不過福伯最大的特徵還是他的鬥雞眼，好像左眼在尋找右眼，並且互相交換過去所看過的離奇世界似的。

他最愛抽長壽，所以我記得的話都會帶上一包請他，他雖然其貌不揚，但講起話來卻很迷人，擁有的知識不亞於我遇過的一些大學教授。我有時候想，會不會阿布老了以後就變得跟福伯一樣，變成一個身懷雜學的流浪漢？

那天我晃到福伯的攤位，卻發現他不在，感到失望的時候才發現也許自己是刻意來找福伯的。因爲今天和靜子坐在象欄前時，我的腦中一直浮現一個多月前和福伯的一次對話。

那天午夜我來到老人市集，轉到福伯的攤位看看他有什麼新鮮貨。福伯的位置是固定的，在一間已經熄燈的銀行前面，來看貨的人都會自備手電筒。這天他旁邊的小販正用一台隨身光碟機播放著A片，片裡的男女主角正在以後背位做愛，大概四、五個老人圍在那裡看，從表情上看不出他們有什麼生理反應。看著螢幕裡的男優以那樣的姿勢進入女體，對他們而言好像是在看歷史劇一樣。

我拉了個板凳坐下，拿出口袋裡的鑰匙圈亮燈巡一遍福伯的攤位，第一眼看到的，是一顆奇形怪狀的石頭。那石頭跟一般的溪石或海岸石不同，比較黑黝、沉重，表面有很多孔洞與晶亮的熔殼。

「這什麼石頭？」

他說：「隕石。」

「隕石？」

「對，隕石。」

「你是說從天上掉下來的那個隕石？」

「廢話（huì-uē）。」他大聲地回我，惟恐旁邊的攤商跟路人沒聽到似的。

「你怎麼會有隕石？」

「你知道人會死吧？」

「嗯。」

「人死的時候會丟東西，他不丟，家裡面的人也會丟。」

「過世的人的收藏？」

他點點頭。

「你去撿來的？」

「哼。」他還是沒有直接回答我的問題。

除了隕石以外，福伯那天的新貨還有幾本書和一個燭台。不是一般的燭台，而是像可以插上無數支蠟燭那樣的，有點華麗囉唆，上頭還雕有紋飾的燭台。我把燭台拿起來，感覺沉甸甸的：

「這什麼東西做的？」

「白銀。」

「怎麼可能？」我始終懷疑這樣的攤子會賣什麼眞正有價值的東西。

由於天氣有點陰冷，此刻開始落起毛毛細雨，一群白蟻圍繞在水銀燈下，不時掉落在福伯的攤子上爬行。福伯看了看我，用食指和拇指捏起一隻白蟻，說：「我說了你也不會相信，這不是一般的白銀，不是挖出來的那種白銀，而是用白蟻燒成的白銀。」

他把白蟻放到我的手上，牠的翅膀已經脫落。我看著這個生命即將要消逝的小昆蟲，想起沙子跟我說過，白蟻選擇雨天飛行的原因是，牠們要在翅膀斷裂之後找到可以鑽進的泥土營巢，下過雨的土地當然比乾燥堅硬的土地容易些。而這些能飛行的白蟻跟兵蟻、工蟻大不相同，牠們可是白蟻群的「生殖器官」，就像植物散布種子一樣，牠們的任務就是盡可能地飛高飛遠，然後脫掉耗去最多營養所長出的翅膀，在地面上發出氣味訊號給飛行中的雄白蟻。幸運的話，一個新的白蟻群落就會成形。

沙子說自然學家研究發現，雌雄白蟻曾長時間共同居住在蟻巢裡，但彼此卻沒有性生活的跡象，白蟻一**定要**（他加重語氣）離開蟻巢，經過飛行、脫去翅膀這些歷程，才會產生愛情。

「一定要？」

「一定要。就好像人生只能循著一條固定的路線去走一樣，不能回頭、不能繞路。」

「哼，最好是白蟻可以燒成白銀啦。」我說。我對福伯的胡言亂語早已習慣。我用手指撫摸燭台，那燭台有一種平滑細緻如絲綢般的質感，即使不是真的白銀，材質也一定不差。我挑了挑眉問福伯賣多少錢？他嘴角撇了一下表示這東西不賣給我。福伯是看人賣東西的，他說有時候東西要等有緣人拿起來，東西不能隨便賣給不應該擁有它的人。他也說：「東西被使用了才會活過來，被摸的東西才會有『氣』。」但是，買家必須要跟東西有緣分他才賣。是不是有緣分，當然是他說了算。

「你不相信我，也要看看書嘛。你書讀那麼多都不知道白蟻可以燒成白銀？這書上有寫的。」

「我是不知道。」我語帶諷刺說。「就只有這些是新貨嗎？」

「還有你坐的那個。」

我低頭一看，原來自己在不知不覺中拉了一個板凳來坐。那板凳上頭鋪了一塊古老式樣的花邊墜飾布墊。我把它掀開來，發現並不是一般的板凳，竟然像是大象的腳——大致是從膝頭略略往下切除的部分。那擬仿的象皮皺褶既深且多變，還帶著磚紅、墨藍以及黃土色，布滿了斑斑點點，甚至有些凹洞，而底端有五片半月型的灰白色物體嵌在上面。如果這是象腳，那應該是趾甲吧？我敲了一下，觸感就像敲在什麼膠質的物體上一樣。

「喂，不能敲，壞了你賠。」

「這什麼？」

「你看不出來嗎？象的腳，象腳椅。」

「仿的？」

福伯哼了一聲。

「不會是眞的吧？」

「廢話（huì-uē）。我不賣假貨。」

我用手一摸，那象皮有一種潮濕、刮手的觸感，而那椅身在接近腳掌的部分有一環凹陷，摸起來彷彿裡頭還有象骨關節似的。我當然沒有摸過眞的象腿，但那觸感確實像是從有生命的物體上，剝製下來的東西。即使是仿製品，也一定是很厲害的工匠做出來的。

「你坐了象腿椅。」這個月來，我腦裡一直出現福伯那兩顆互相尋找的眼珠，還有他說的一句話：「它會帶你到這頭大象到過的地方。」

靈薄獄
Limbo

象從夢中醒過來，眼前的森林一片火光。尖銳、前所未聞的啉啉聲穿過林梢，每個悶響都伴隨著幾棵樹著火。煙霧四起，溫暖得嚇人，太陽一樣明亮的金色火球在幾分鐘內不斷升起落下。

象狂亂不安，伸長鼻子，張開耳朵，發出高亢的喇叭聲。長老象圍繞著幼象，把牠們推到圓圈的中間。一個被砲彈碎片擊中的馴象師說：「帶著象走另外一條路！另一條路！」

象並不理解自己爲什麼被捲入這些事，象的身體、象的意識、象的經驗都沒有給予牠們去面對這樣世界的能力。做爲一頭已被馴服的象，牠的生命除了飢餓、發情、睡眠以外，還多了背負，牠唯一理解的事是：唯有聽令於馴象人才有食物，才不會受懲罰。

象在馴象人的帶領下，依序通過一條被火光照得發亮、漩渦處處的河流，進入對岸那片更深的叢林。牠們不安地擺動著鼻子，嗅聞四周。很快牠會發現，每一枚這種被人類稱爲炸彈的東西都創造出一種新的氣味，端看它擊中哪裡，把什麼東西化爲煙霧。如果炸燬的是石頭，浮起的煙塵就會發出石頭的氣味，如果炸燬的是樹，那就會產生那種樹的氣味，如果炸中的是人或獸，將會是一種全新的嗅覺經驗，被燒烤過的動物屍體沒有死亡的悲哀，反而帶著一種香氣。

但此刻象並不知道，脫離火的森林並沒有脫離戰火，沒有脫離永無止境的背負使命。戰爭並不是穿過一座森林、越過一條河流、翻過一座山那類的事。

象的身上背著一個依照牠的肩寬所打造的大木架，然後聽從命令，用鼻子將沉重的木箱放進木架裡。

即使背負了重物，象的步行依然幾近無聲，那是因爲垂直的巨大腳骨承受了驚人的體重，腳底的軟墊則緩衝了壓力的緣故。面對陌生的道路，象習慣先以長鼻試探前方的氣味與狀況，接著肩頭往下一頂，肩胛圓圓鼓起，膝蓋曲彎，帶動那覆蓋趾甲的寬腳從泥地上稍稍抬起，往前畫出一個半月弧，而後伸直膝蓋，重新放下，肌肉相互牽曳，腳趾擴張。那步伐從容、安靜，幾乎讓人以爲象無所畏懼。

象已經在這個世界演化了千萬年，牠們的外貌顯示出生命如此被動又主動、定向又無定向地回應環境。牠們的頭骨前後距離漸漸變短，上下漸漸變長，臼齒齒板由少變多，齒上的琺瑯質由厚變薄，鼻吻與象牙在一萬年一萬年的尺度裡微幅增長。象的身體就是時間本身。

曾經象是這片叢林、山脈的精神，牠們巨大又罕行殺戮的身軀是慈悲的化身，細小卻閃現智慧的雙眼暗示著情感與靈性。

人們曾經崇拜象，以爲象有知曉人類命運的靈通；當時他們仍然認爲，人是動物裡最微不足道的，最缺乏與神溝通能力的一群。

但那個時代過去了。

象適應了這片叢林，此刻正在學習適應天空掉落火球，鉛彈穿透皮膚、卡在內臟裡頭，隨時都在發生森林大火這樣的事。牠們無言地聽從馴象人，而馴象人聽從另一群操用陌生語言的人，或許那些人也聽命於另一種象不能理解的主宰者。一條又一條無形的繩子綑綁著他們，沒有人知道怎麼掙脫。

某一日在竹林歇息時，「另一邊的人」將馴象人騙走。事實上，騙走了馴象人等於帶走象。象回頭看見一個與牠最親近的馴象人與一名士兵逃進那個比戰火更沒有希望更殘忍的叢林裡，知道自己從此將會跟從年幼照顧牠的馴象人走向不同的道路。

但象似乎也感覺到，被「另一邊的人」帶走對自己的命運而言並沒有任何差別——依然要面對飢餓，難以控制的情慾，貧乏的睡眠與沉重的背負。

只是彼時象也沒有預料到，牠們將跋涉千里到山另一邊的國度去。當象群被馴象人驅使北行時，遠遠看見一條巨蛇趴在群山之中，在山腰與山脊之間繞行，那是象演化以來從未見過的畫面，一種不安定感油然而生。

象的鼻子裡充滿了令牠們厭惡的、走在前頭的騾子的氣味，牠擺擺頭，試圖擺脫那個，但一點辦法也沒有。嗅覺是無法關閉的器官。

隊伍越過一個星期前仍在激戰的野人山區，沼澤裡堆滿了屍體，殘肢從樹枝上垂掛下來，好像是某種不知名的寄生植物。到處都是被風吹得彎起如弓箭的樹，獸穴遍布其間。牠們跟著部隊沿著罩著一層淡藍霧氣的河川逆流而行，走過春雨氾濫的山丘，直到人與象的腿上都爬滿了水蛭，皮膚長瘡，眼瞼下方孵出長相奇異的寄生蟲。無論身體承受多大的痛苦，象依舊緩步而行，因而顯得莊嚴。

隊伍走出叢林山路後，世界變得刺眼明亮，那兒沒有森林，道路四周都是草木不生的孤丘與高山，風一吹就塵土飛揚。炙熱的太陽讓象頻頻搧耳降溫，用鼻子吸取地上的紅土，撒在自己和前後親族的背上，藉以緩和皮膚的刺痛感。碎石則刺燙得象腳趾腫脹，半月形趾甲的邊緣淌出血來。士兵用死去士兵留下的軍服幫象包裹受傷的腳掌，然而那絲毫緩和不了巨大體重加諸其上時的疼痛。

只要隊伍一停下來，象就開始用牙鏟翻泥土尋找鹽分和水，如果時間足夠，牠甚至可以用鼻子和牙、腳掌挖出一口井來。

如果能遇上一條溪流或泥漿池就是幸運的。象會愉快地長鳴，並且無視於馴象人的阻止進入水中。牠們恣意地互噴溪水或泥漿，把象鼻伸進湧水處享受快感。但很快地牠們就會體認到自己並非在野地，自由是奢想，士兵會毫不客氣地在象的尾巴上點上火。火帶給象的不只是疼痛，還有像地質一樣古老的恐懼。在見到火光那一刻，象忘記了自己是擁有力量的生物，牠們變得卑微、怯懦、臣服。

象感受那個疼痛與恐懼，並且認定這就是象的一生所要承受的，象的一生，就是一個忍受各種折磨的夢。

所有的象群都有一種神祕的靈感，知道誰已經接近死亡。象的隊伍裡已經有五頭象被死亡的陰影纏住骨頭，牠們正用象獨有的低頻發出悲哀、綿長的聲響，表達痛苦。較具活力的象會在休息時張開耳朵，試著庇護這些幼象與病象。在缺乏水源時，強壯的象會把象鼻伸出嘴中，抽出珍貴的水來，送進病象的口中。

病象離前頭的騾馬部隊愈來愈遠，有時候要深夜才能趕到宿營地。牠們幾無時間休息，就像是一生都在走路似的。

敏感的馴象人發現了象群不對勁，通知了士兵，士兵通知醫務兵，醫務兵報告醫官。醫官試著爲每頭病象注射進三筒馬的藥劑，沒有醫過象的醫官毫無把握。果然病象仍持續萎頓，失去活力。

隔天正午，碰碰兩聲巨響，土地微微震動，一頭公象以及年紀稍大的母象倒在自己的糞便與尿液裡，發不出聲音，做不出反應。公象的象牙在倒下時像玻璃一樣折斷了，牠是群體中唯一成年公象，才經歷過狂暴期，此刻瘦得就像只有四條腿，尿液仍有強烈的費洛蒙酮體味。

兩天後，另三頭象接連倒地，牠們巨大的耳朵平貼地面，好像在傾聽什麼似的，深深吸氣，響亮吐氣，微微張開嘴巴，擺動頭顱，直到最後一口溫熱的氣息離牠們而去。

隔天黃昏，象群位階最高的母象也倒地了。

象已經習慣突如其來的死亡，不論是人的或是象的。牠甚至目睹過自己母親的死亡。一枚流彈擊中碉堡，周遭霎時被數以千萬計的碎磚碎石籠罩，細碎的銳利物飛濺到母象頭部、側腹的肌膚裡。連續好幾個星期，馴象人替母象清理傷口，挖出一個水桶的鐵屑與石頭，但仍無法阻止死神。

人類有一天會知道，象和他們一樣理解黑夜、森林、雨季與傷心。當長老母象倒地時，其他的象完全停步，圍繞著牠。牠們用長鼻摩挲著彼此的背，發出不可思議的輕柔低哼聲。夜晚氣溫逆轉，較接近地面處形成較佳的傳音層，那低哼聲因此得以傳到遠方的山谷，而後又嗡嗡迴響回營地。那被放大的、多層次的音響讓一旁的士兵感到悽愴而溫暖，他們體會到了象的傷心，因此也爲自己傷心起來。他們想起了遠方的情人與親族、死去的同僚、曾經握著陽具與槍的斷臂，以及不可能再長出來的眼珠。

象的睡眠遠比人類短，因此士兵們在那個悲傷的夜晚先行睡著。醒著的象站立望著遠方的星辰、山脈與樹影，直到更深的夜讓所有勉強活著的象都入睡。牠們的鼾聲逐漸綿長，逐漸和緩，就彷彿海潮環繞礁石所發出的聖樂。

隔天一早陽光出現，億兆微塵、花粉、不到一毫米的昆蟲四處飛散，世界迷濛一片。士兵挖了一個巨大的坑，掩埋長老母象。此時排列最前頭的母象發出了低沉卻明亮的反覆音節，一聲一聲像階梯般逐漸揚起，到最高峰的時候，稍作停步，而後開始一句一句往下坡重歸寧靜。如斯三回後，第二頭象加入，兩個音場相互迴盪；接著是第三頭象，第四頭象加入……那既非合唱也非重唱，而是各自情感流動的即興哀鳴，卻又像愛撫般彼此對話。每一頭象前額鼻道和頭骨間微微跳動，空氣中的聲音有生命似的鑽到士兵的身體裡漸漸膨脹，讓他們感到難受、恐懼、不知所措。十幾分鐘後那聲音驟然停歇，領頭的象邁開步伐，士兵們才發現自己滿臉淚痕。那眼淚毫無目的性，因此流淚的人感到前所未有的沉靜與乾淨。

當象走進村落時，就知道這不是以前牠所認識的任何一個村落，影子的位置已經變了，空氣裡的炊食氣味也大不相同。

村落的人們看到部隊並不驚訝，這是一個到處都是士兵的時代。但他們看到象隊時，以爲是一個惡作劇。他們互拍了彼此的腦袋與肩頭，確認自己並沒有分不清楚現實與夢境。怎麼可能是大象呢？這世界上眞的有大象？眼前是一群大象？

身形比一些房子還要巨大的象群在村落的街道間靜靜走過，或者沿著街道、鐵軌，或者走上不穩的橋，人們跟在象群後頭，彷彿著魔。這個村落貧窮而污黑，象看到死去的魂靈站在村子口，徘徊躑躅，在他們的親族經過身旁時，伸手撫摸。魂靈也圍觀著象，並且以村民聽不到的聲音表達驚奇。

象高高舉起鼻子，再甩回地面左右晃動，藉以搜尋、嗅聞空中與地面各式各樣的氣味——黏附在路面縫隙間的蔬菜葉、破了的雞蛋流出的濃稠蛋黃、打鐵鋪的風箱吐出的溫熱氣息、一層層凝結在肉攤兩側的殘餘肥油……這一切都讓象感到新奇又痛苦。牠把長鼻蜷在嘴前，試圖拒絕或品嘗那樣的氣味。在一個魚販攤前，象聞到了刺鼻的蛤蜊、蝦殼的腥味，這氣味要到牠搭上那艘擁擠的船艦，被載運到小島時才獲得喚醒、證實。因為此刻象仍從未理解海，未曾識得海。

多數的人看到小孩走近象時都趕緊把他們拉走，但孩子們總在大人沒注意到的時候偷偷接近象——多麼不可思議的巨大長鼻動物，就像是一本他們永遠沒有機會閱讀的童話。

象也再次嗅聞到人類的嬰兒。

戰場只有死亡，沒有新生。一個嬰兒躺在小攤旁的藤車裡熟睡，象把鼻子伸了過去，嬰兒的母親想伸手阻止，卻被硬生生推開，直到馴象人趕來喝止。象對那樣的氣味既陌生又不那麼陌生……牠依稀記得野地裡母象產出小象那一刻，也記得在故鄉叢林的邊緣遠遠嗅聞到人類村落嬰兒降生時的激動。

就在那一刻，一頭短腿黑色的豬衝到象隊的前面，也許是剛剛的嬰兒氣味與此刻奔跑的黑影激起了象的興奮感，牠將長鼻伸出，以極快的速度把豬捲起舉到半空，然後使勁往地下一甩。豬連哀嚎都來不及發出就此死去。象舉起鼻子高鳴，而後又若無其事地以安靜、莊嚴的步伐朝前走去。

士兵們感受到象群的焦躁，以及一再經過小城鎮可能引發的混亂（象推倒了一間民宅的牆，並且踩毀了農民新播的稻田），他們也擔心象再有任何死亡——十三頭象，只剩七頭了。象對於他們而言是一個象徵，是他們從那個叢林裡殺死敵人，勝利並且順利生還的象徵，他們接獲的命令是，務必帶回活著的象。

於是指揮官決定驅象上車，爲防止象的騷動，牠們流著膿血的腳被綁上鐵鍊，並且被強迫餵食鹽水與藥物。在藥物的迷幻作用下象覺得自己能漂浮水上，牠從未以這樣的速度移動，從來沒有看過這樣速度下的風景。村落在眼前掠過，空氣中滿溢陌生樹木與果香的氣味，天空出現不可思議的彩霞，一隊士兵在曠野中行走，夜色好像裙襬似的拖曳在他們身後，然後彩霞隱沒，光隱沒，星辰與大如銀輪的月亮取而代之，照亮整個草原。

彷彿聽到了什麼，象張起耳朵——一波聲浪把草壓低了傳送過來，第二波緊隨其後，第三波稍緩，正在開花的茅草被聲浪抑或是風壓得忽高忽低，數十隻巨大的鶴從那個草原裡飛了出來，啪啪啪啪地掠過車隊上方。

車子將象群運到一個大城鎮，暫時性地停留下來。象的腳掌踩在石板路和發燙的柏油路上，牠的耳朵不時傳來河流的聲響，讓牠懷念起潮濕的叢林，以及樹枝與樹葉拂在背上時，彷彿造物主在搔牠癢的感受。

造化沒有傾斜地執行著此等韻律：春去秋來、生老病死，沒有任何感傷。對象而言唯一的小小感傷就是一天早晨醒來，克倫族馴象人失蹤了，取而代之的是後來才學習的中國馴象師。那些帶領象長大的人們已經完全離牠而去了。

操持著生澀象語的新的馴象師命令象在人群之前蹲、跪、站、躺、翻……牠們從戰士變成馬戲成員。那些圍觀的、被戰爭壓抑的人們好久沒有放鬆了，看到這種巨大生物的滑稽表演，覺得自己彷彿又找回了一點尊嚴。有些人大笑之後會從口袋裡掏出一些零錢交給缺了手腳的士兵，或把錢丟在象鼻握住的帽子裡。

象甚至會在馴象人的命令下，把掉落地上的銅錢撿拾起來，那鼻子的靈巧動作獲得掌聲。

象隊一邊表演，一邊前進。幾日後到一個新城市時，迎接他們的是機槍般的爆擊聲，讓象群一時陷入恐慌與困惑。牠們並不明白，那是戰爭結束的消息，翻越山嶺傳到這裡來了。

人們像節慶一樣跟在象隊的旁邊走，他們手上抱著白糖、水果、饅頭，扛著桌子、米糧、小孩與姑娘。士兵拿水桶裝滿了水，要象吸飽了，噴灑人群。一些飢餓的人群聚在灰黑靜默、被炸彈轟掉屋頂的廟宇前，他們被水淋到時的歡呼聲彷彿哭泣。

然而在歡慶過後，夜幕低垂的時候，這個隊伍裡的人與象都知道，戰爭不會走了。它霸占住了房子、身體，不肯讓任何人睡覺，即使睡著了也終生受那夢境侵擾。

即使是馴象人都不知道，象偶爾會在夜晚裡，把那充滿皺褶、粗糙的象鼻放在人的頭部兩吋高的地方，嗅聞人的夢境，彼時牠只能吸氣，不能吐氣。象並不為那些夢境感傷、痛苦、快樂，牠們只是好奇。

這個晚上象把牠的鼻子放在一個鼾聲大作、沉沉睡眠的士兵頭上。象的腦中因此出現了一棵巨大無比的樹的影像，那廣袤的樹冠足足有五百個象步圓周。大樹的氣根四處伸展，有的十分粗壯地插入地面，成為另一根樹幹，就這樣支持著連象都撼動不了半分的壯觀樹群。

樹的每一片葉子都像刀子各自閃亮，彈火從樹葉的縫隙像鳥一樣，穿進穿出，形成以樹為核心的火的網絡。想要殺死樹的火線時而從附近的叢林、高草草原竄出，樹則以砲火回應。樹的枝葉緊密繁茂，使它看起來更像一隻蜷縮的刺蝟。

象飄浮在樹上，看著士兵腦中這幅樹與樹、草原、叢林駁火的畫面，牠忍不住用象鼻子撥開樹葉，尋找並揭露藏身在樹杈裡的每一個士兵，那些士兵無視於象，石頭一般緊握著槍，掃視著前方。象如遊戲般，猜測每一個士兵藏身之處，然後用鼻子掀開樹葉證實。他們有的正在砍藤取水，有的正在嚼食芭蕉根與竹子，有的眼巴巴望著天空祈禱下雨，有的斷了手，有的綁腿下空無一物，有的剛剛失去一隻眼睛正在適應傾斜的世界，有的失去了部分的牙齒或者身上帶著斷裂的骨頭……黑色的血從他們的身上流下來，就像過剩的涎沫，沾染在骯髒的軍服上，草地因為吸吮了血反而看起來溫潤而滿足，只是顏色變得不那麼翠綠。有一個士兵在草叢裡像孩子一樣哭，但他不知道為什麼哭。

突然間一個士兵因為樹葉被象掀開因此暴露位置而中了彈，他悶哼一聲掉落樹下，蚯蚓、推糞蟲和烏鴉聚在樹下等待著那個時機一擁而上。

與清醒的世界不同，那些搶食者連骨頭都吞噬殆盡，唯一留下的就是眼珠。因此樹下與草地上有數十顆，不，數百顆眼珠遺留。眼珠就像珍珠一樣在莽草裡發著光，將叢林反射成一個圓弧狀的世界。象伸長象鼻將那些眼珠啵一聲吸進嘴裡，含住它。眼珠的味道難以說明，據說在靠近瞳孔根部的地方有神經連結到大腦，因此每個士兵的大腦內容決定了眼珠的味道。

不久銀繩般斜斜的雨鞭打樹冠，太陽升起、落下，星辰明亮復又黯淡，蒼蠅聚集在樹上、樹葉間與樹下，各種昆蟲像意念般嗡嗡作響；破曉之前億兆片葉子不同步滴下露水，那微細的聲音在叢林裡迴盪成啵啵滴啵啵滴的聲響，夜行的士兵刻意讓爬樹與腳步的節奏與水滴聲一致，以掩蔽蹤跡。砲彈劈斷了一處樹莖、再劈斷另一段、另一段。象凝視了兩度月圓、兩度月缺的時間，巨樹滿布彈孔，卻仍挺立如常。

死亡像低雨雲一樣龐大、暴烈、灰暗，樹根一樣瘋狂地四處攀附、盤繞，幾乎快把在夢境裡的象困住。

只能吸氣的象警覺到自己氣息將窒，趕緊將長鼻收了回來，吐了長長一口氣。牠的額頭上的皺紋因此多了幾道，胃裡留著那些濕濕滑滑的眼珠。牠後悔自己的好奇，後悔自己總是無法控制地想去感受這些士兵的夢境。

離開城市後，象隊的行軍復走向與家鄉類似的叢林山路。象爲此獲得了短暫的愉悅，因爲可以再次吃到樹梢嫩綠的樹葉，以及尚未被猿猴搜刮殆盡的芭蕉。有了樹蔭遮蔽象的皮膚，傷口也因森林的力量而慢慢癒合。

森林的盡頭是條大江。

在這裡象第一次體驗了搭船，並且誓言不再重歷這種痛苦。士兵爲了控制不願上船的象，用小刀刺進牠的耳朵裡，然後一步一步把象拉到船上去。象站立船上，幾度暈眩無法保持平衡。人與象都因爲那樣的恐懼，而決定把船停到最近的一個碼頭，繼續步行。

如是象群晃晃悠悠、行行停停往下游而去，草原路、田間路、叢林路、水路、柏油路、石板路，象與士兵終於到了最後的城市。

這裡是千里行軍的暫時終點。

在那個城市裡，象被驅使去馱負石頭，搬運木材，踩平碎石。象竊聽了士兵的對話，知道自己建築的是悼念死者之地。死者的頭盔、腰帶、殘肢或是衣服被埋進土裡，當士兵敲鐘時，牠們以爲聽到的是槍聲。

碑塔建好之時四頭象被車輛載走，剩下的象被用麻繩做成的大網，從腹部綑綁吊上了巨大的船（這回不是那搖搖擺擺的小船了）。牠們的四條腿被精鋼打造的鏈條鎖在甲板，面向大海。海在面前無邊無際展開，象站立著看著天空的星星、雨霧、光與暗影，以及不知名動物在海面上噴的壯觀水柱。沒有一頭象知道這是陸地與海洋最巨大哺乳動物的短暫交會，牠們被躍出水面的鯨的壯麗打動，一如鯨爲象的莊嚴傾倒。

當夜幕低垂，海上的天空柔和了下來，先是變灰，再變得幾乎無色，然後才漸漸濃重成黑。和草原或叢林裡的黑夜不同，那遠比黑色更深邃，且充滿動態，就好像無數的黑色蝴蝶遮蔽天空。象不知道海是否和叢林一樣存在著邊緣，一如牠們也不會知道，滿天閃爍的星星其實是太陽。

當象來到這個炎熱、氣息與故鄉叢林有點類似又不盡相同的島嶼後，牠們從士兵的表情、作息，以及肢體動作可以看出來，那已不再是隨時都在死亡邊緣徘徊的動物的氣息。士兵的夢境不是謊言，戰火終於遠離了。

只是象有時會怨恨起自己的記憶，以及感受其他象經驗的能力。在每一天的某些時刻，象總是不由自主地回到那場讓人痛楚的戰爭裡頭去，那可能是因爲吞食了太多夢裡死者留下來的眼珠的關係。

這一個晚上，象夢見自己的子宮裡有一頭小象，牠在那裡流著血，身上滿是炸彈的碎片。牠用長鼻子伸入陰道將牠掏出來，那是唯一能拯救牠的辦法。尚未完全成形的小象用牠的鼻子勾住母親的鼻子，然而因爲力量太大，通道卻太窄，那被掏出來的小象已然窒息，而母親的陰戶則被碎片割開一道一道的傷口。

日復一日，象被迷亂的夢境折磨，有時不自禁地把頭往磚牆上撞，有時用牠堅如岩石的頭骨，撞向馴象人與士兵。那天清晨，象不分東西地跌進士兵所挖的散兵坑洞裡，牠感到虛弱、無望，悔恨自己活著，不，象不懂悔恨。

被救起的象放棄進食，牠棄絕生命的意志如斯強烈，開始硬把魂魄一個個逼出身體。一天清晨，尚未天光的時分，象聽到樹一樣的腳步聲。牠感到全身舒暢，眾多象群的大長老們，以牠們的象鼻，溫柔、沒有猶豫地撫觸牠的皮膚，深入每一吋的皺褶、眼窩的深處與私處。

象覺得一切都在放鬆——大地、空氣、眉毛、瞳孔、頭皮、舌頭、耳朵、臉頰、嘴巴、咽喉、眼皮和腿。那四條腿曾帶領牠步行無數的里程，此刻則已帶牠到此生的終點。牠跪下了右前腳，像一間傾倒的老房子，而後左前腳也跪了下去。牠的肛門放鬆，四條腿隨之失去氣力，巨石從山上滾落，長長的睫毛遮蓋住小而曾經明亮的瞳孔。

從此牠再也聽不到另一頭象爲牠悼念的，從草原那一端傳來的，彷彿寂靜雷聲的低沉哀音。牠將永遠踱步在靈薄之獄，那裡只有家鄉的叢林、高山與激流倒影的倒影。

Bike Notes Ⅶ

鐵馬誌

文物修護，或任何一種修復的技術

與過程，都仰賴每日不懈怠的身體勞動。

因為那不是一種理論或言說，

而是用知識經驗與技巧

滲透到記憶裡去的專業。

義大利硬石修復學院 Gastone Tognaccini 教授。

不可避免地，如果你手邊有一輛老鐵馬，你希望它既要能騎乘也能回復到它原初的樣子，你要面對的是雨水、濕氣所創造的積鏽，以及時間對萬物摧枯拉朽的力量。我們把那個將已被改裝、翻新的老鐵馬回復到原裝的過程，稱為「救」。

沒有實際面對老鐵馬的人，必然難以理解，一輛車的鏽跡會暴露出它的時代、地理環境、持有者的習慣，以及造車工藝。日治時代的武車，車身與土除、輪框使用的多是黑鐵。這總讓我想起奧維德（Publius Ovidius Naso）把人類世紀分成「黃金時代」、「白銀時代」、「青銅時代」與「黑鐵時代」。到了黑鐵時代，人類學會了航海與採礦，於是熱中戰爭，卻失去信仰。

黑鐵指的是碳鋼，它的使用歷史悠久、用途廣泛，不過剛性與韌度都不及後來的白鐵。黑鐵在鏽蝕的地方視覺與觸覺上均感不平，但也因此會有一種火成岩的質感，整輛車好像用隕石與時間錘礪打造的。我的朋友們都迷戀黑鐵鐵馬，一方面當然是因為留存下來的數量少，一方面也是因為那種特殊質感的緣故。

白鐵技術成熟後，車輛上愈來愈多部分會使用白鐵。台灣的海線城市，有一段時間組車時會特意用白鐵包管，來對抗海風。與黑鐵相較，白鐵的鏽斑較容易去除，不過長年的鏽仍會從某些脆弱之處吃進去，我們會說「花（hue）去囉」。

那「花」成為辨識每一輛車的獨特標幟。

在黑鐵與白鐵時代之間，還有將鐵加以電鍍的處理方式。電鍍是一種電化學過程，也是氧化還原的過程。它的基本原理是以零件浸在金屬鹽溶液中做為陰極，金屬板當成陽極，接上直流電源後，在零件上沉積出鍍層。

當然，電鍍是會隨著時間而剝落的，時間會考驗電鍍技術與材料的良窳。有的老車會先鍍上一層銅，再鍍上鉻。因此在外電鍍層剝落後，含銅元素的紅斑就隨之浮現。未完全剝落的鍍層，則星散其間。有一些車友特別獨鍾這樣的斑痕。

仔細計較每一輛車的鏽蝕狀況，就可以發現某些地區的氣候條件、車主習慣，或車輛的遭遇。多雨的台灣，車子往往順著雨淋的垂直線鏽蝕，而從歐洲進口的古典單車，則因為當地乾燥，褪色時往往全車一體。我曾經買過一輛後半部車身鏽得特別嚴重的車，原來車主是賣家的祖父，曾是往來金山士林間的魚販，那後貨架因而每天都承載漁獲。魚血、海水和冰塊融成的水從那裡流下來，造成了特殊的鏽蝕痕跡。

在清潔與修復的過程中，由於每個零件都親手拆解、擦拭、組裝，因此那鏽的分布與深淺，會牢牢被記憶起來，對擁有者來說，這才算是「認得」某輛車了。

小夏屬於老鐵馬的自然主義者。他會把車子擦拭到螺母溝槽裡的油污都一乾二淨，但絕不補漆，也不換胎。如果原胎破了，他就用補的，如果破損到不堪修補，他就不騎，讓那車像博物館的藏品一樣掛在牆上。他也拒絕用新品、仿古品取代老品，更別談像一些藏家還把車手拿去重新電鍍，或送烤漆廠烤漆，他甚至堅持不用新款的螺絲。他常說，錯誤的保養與零件，會毀掉一輛車在時間裡成就的美感。

小夏認為，時間作用於車子其上的一切加總都留存其上，才算是真正的老鐵馬，因此每一個跟他買車的人，都必得與之深談。他絕不賣給那些可能會毀掉車的人。

「救」一輛車的時候，常見的難關是零件壞了，卻因為長年積垢積鏽而分解不開。螺絲溝槽粉碎了、角度磨圓了，工具無法施力其上。除非能借到沖孔工具，否則就只好跟它比耐心。

有一回我買到一輛車手卡死的車，為了取出車主後來加裝菜籃所加的菜籃架，我每天噴微量的除鏽劑，用除鏽膏仔細將突出的鏽斑磨除，使盡氣力轉動把手，用軟膠錘反向敲擊，但它始終不動一分。某種物事像鱷魚緊緊地咬住那裡，讓時間動彈不得。

有天我吃過早餐出門前隨手試著給它一錘，突然間它就放鬆了，分解了，趴噠一聲打開了。當時我在只有自己的工作室，沒有人可以分享那種暢快，只好對著房間和腳踏車大叫：鬆開了、鬆開了、鬆開了！那並不只是敲開一個被「咬」死的螺絲或關節的快感，而是心底真有某個部分被鬆開的療癒。

「救」一輛車的另一個難關是尋回同時代、同款的缺件。車迷都知道，想要找到老鐵馬上的缺件，除了經驗、知識與勤奮以外，還有很大的運氣成分。

老物件出現的地方有幾個。一是當時的工廠或中間商，尚有若干存貨，因為很久沒人買了，這些包裝完好的物品就在陰暗的倉庫裡待了數十年，直到被尋出，我們稱之為「庫存老件」。第二個可能性是，那些不那麼明亮，沒有什麼新車款的，只有一個老師傅坐在裡頭的老腳踏車店，總有一個小閣樓、小倉庫堆放二手零件。那裡就是老鐵馬迷的圖特卡門陵墓。

當然，你也可以從別的、不堪再修整的廢棄鐵馬身上，拆下它最後可用的部分，和二手汽車商的用詞一樣，叫做「殺肉」。這些不再被騎乘，身上卻還有不少堪用零件的老鐵馬可能還存在於城市、小鎮街道與老房舍院子裡的車，我們稱為「野生」的車。

從開始在街頭搜尋老鐵馬的那一天開始，我驚訝於居然有這麼多野生的車流浪狗一樣被拋棄在街頭上。它們的主人呢？他們忘了與這些腳踏車共處的時光了嗎？

我的身上總是帶著幾張寫好的紙條與橡皮筋，上頭寫著誠意收購舊車與我的電話號碼。如果看到堪用的車，就把那張聯絡字條綁上去。當然，如果恰好在街上一個老伯騎著仍然正常使用的老鐵馬經過面前，那就得毫無猶豫追上去。買不買得到車是一回事，往往車主聽到你對他的鐵馬如此有興趣，就會在路旁跟你談上大半天，而他多年來必然有長年光顧的腳踏車鋪，那可能又是開啟你認識另一位老師傅的關鍵。

有時我騎在街上，會想像小夏、阿布與其他「尋車人」都各自在某個地方打開老車雷達逡巡。這時總會彷彿聽到小夏說，那片圍牆後面，會不會有那一輛（或半輛也好）「70型幸福牌外裝三飛跑車」？會不會有一輛我們從沒見過的車款？

會不會？

自從薩賓娜和靜子決定將那輛車給我後，我就開始在網上頻繁地跟各地的收藏者接觸。我需要一張牛皮椅、一個鏈條蓋後半部、兩顆幸福原廠土除廠徽、一根土除輔助桿……來「救」這輛車。我把空餘的時間都拿來清潔、潤滑、拋光這輛車，試著用體力活讓車子恢復神采。

我把車子的照片上網後，開始收到各地收藏者的回應，他們評價這輛幸福牌，以及討論它有哪些地方還「不全」。我從一位屏東的藏家曾先生那裡買到一整套的鏈條蓋；從台南一位叫「谷桑」的資深收藏者那裡得到銅製螺絲；我用另一輛「不全」的伍順牌腳踏車，換得了一張幸福牌的原廠牛皮座墊。

這段時間，它在我的雙手摩、轉、扳、擦、刮、調下，逐漸回復原貌。我覺得自己正把人生一部分的時間，拿來延遲這輛車的衰敗。

我曾經看過一篇報導，描寫了用「艾克雷立體生態剝製術」製作林旺標本的過程。當時動物園沒有選擇國外的標本剝製師，而是選擇了林文龍先生帶領的本土團隊。

當林旺重病之時，林文龍先生就常去替林旺留影，藉以了解林旺每一個動作的細節。牠死去的當天，工作人員立即用解剖刀、電鋸先將象皮分區取下，快速送到已清空的動物園員工餐廳裡鹽漬。

工作人員為分解後的象的各部位秤重，終於知道這頭陪伴許多人成長的巨獸體重是五點五公噸。大批人力被動員來合作刮除皮膚上頭的脂肪與肉屑，另一群專業人士則為林旺切割下來的頭部翻模。分秒必爭的態勢，就好像他們處理的不是死，而是生。

取下的皮革不久被送往宜蘭一家已停工的皮革廠鞣製，並且暫時冰存。趁著這段時間，團隊開始用鋼材與木板製作骨架，再用高硬度的泡棉形塑林旺的身形與肌理。由於泡棉都是每天攪拌，因此濕度與溫度都會影響結果，對塑形人員來說，每

幸福牌文武車

天都在面對新的挑戰。

他們致力重現支持林旺走過千里的肌肉，那已被處理掉的脂肪，以及曾經傳達牠感情與生命的骨、血、神經。形塑初步的樣貌後，工作人員以雕刀與電鋸修整，最後再將使用玻璃纖維翻模的頭部灌入發泡劑，再從模子裡取出林旺那憂鬱、深沉，曾經裝著一個飽受戰爭與情慾之苦大腦的頭顱。

接下來剝製師們開始要為那個人造的軀體，縫上冰存的象皮。那已被刮薄、填補、延展的象皮，由四、五個人站在地面與高梯上拉開，進行皮軸的對位，務必讓牠的皮膚與人造的骨肉密密接合才行。因為在鞣製與冰存過程中，皮革已略微萎縮，工作人員只好不斷削整，直到能精準對位。

由於象皮從冷凍的狀態取出，為回復到具有彈性與延展性的狀態，得先長時間用四十五度的溫水不斷浸濕它，一旦象皮乾了，又會回復到毫無彈性的狀態，因此縫製過程必須掌握時間，吃飯、喝水或排泄都盡量簡短，每個人都用眼神取代交談。

縫製人員各自站在不同角度的梯子上，使用老虎鉗拉扯粗針，縫合象皮，這個過程進行了長達三十個鐘頭，據說在最後一針縫上之時，所有人員癱坐地上，仰望這頭龐然巨獸，那一刻，他們覺得自己彷彿身處聖殿。

在開著工作燈的工作室裡，我的腦中流轉著岡山二高村通往阿公店溪的神祕地下水道、銀輪部隊縱騎的馬來半島、大象運輸隊穿越的緬北森林的畫面。我想著死後腿被砍下做成椅子的大象，以及那輛老鄒不知道從哪裡得到的銀輪部隊自轉車，還有我手邊這輛幸福牌所走過的漫漫長路，我想著那個每天早晨要握一下修車工具的老師傅，想著坐在獸欄前安靜作畫的靜子。

在歷經數周以後，車子的所有零件終於各自歸位。裝上椅墊之前，我盯著座管，就像一條窄窄的黑隧道，管徑裡彷彿存在著漫長永恆的黑暗。

我裝上罕見的幸福牌磨電燈，用手空轉起腳踏車的踏板，那踏板帶動鏈條、齒輪，沙沙答答答答沙沙地響了起來，胎皮因而與發電器的膠頭磨擦，產生了十二伏特的電流。當那電流以我聽不到的微細聲響滋滋擦擦地從電線傳到燈座尾端通過鎢絲，發出溫暖明亮的微熱光芒時，我也有了一種和標本剝製師完成林旺標本時，那種身處聖殿的感覺。

窗外已然天光了。此刻的我將會停下筆走到窗邊，用有點暈眩的腦與眼看著天空的雲和城市。這世界乍看之下一如往常，沒有什麼改變，但我知道，那已經是和昨天以前的世界，產生了微小差異的新世界。風裡的微小昆蟲、從遙遠的恆星傳到這裡的光、玻璃上的灰塵，都不再相同了。

樹
The Tree

媽跟我說舅舅們決定把外公的房子賣掉了。原本是間有十幾個人住的熱熱鬧鬧的房子，隨著連娶媳婦進門的兒子一個一個上台北，女兒一個一個嫁掉，外婆又在十幾年前過世，它就漸漸被忘記，放在那裡荒廢了。由於鄉下地方房子賣不了多少錢，而且是所有兒子共同繼承，所以一旦要賣掉的話，舅舅們都得同意才行，就一直耽擱了下來。

母親在病床上告訴我這個消息，做爲大姐，她要我陪二舅去走一趟，打掃打掃房子。她說如果身體可以，她自己是很想去走一趟的。

我問她舅舅們的兒子都跑到哪裡去了呢？她在病床上算了一算給我聽。大舅的兩個兒子都在國外，二舅則是沒有兒子，三舅全家移民到加拿大了，四舅因爲腎臟病長年臥病，五舅在幾年前的一次意外喪生了，他的兒子願意蓋章，卻沒意願去處理。

我還記得那幢在中部小漁港的房子，那是一個很「深」的兩層樓透天厝，後頭有一個大廚房，以便農忙的時候煮大鍋菜給幫忙的工人吃。廚房後頭有一塊空地，然後是豬舍。小時候回鄉下過年，我看過外婆請人到家裡來殺豬，那豬的叫聲高亢，聽起來反而很像是為什麼值得高興的事而歡呼。豬被好幾個大男人綁在棍子上抬走，回來時像是全身瘀青似的被蓋了紅色的印，據說是抽稅的證明章。

因為我沒有車，所以開的是二舅的豐田轎車，一路上他一直熱情地找話題聊，但我實在跟他無話可談，氣氛慢慢變得有點尷尬。我的個性跟任何人都處不來，特別是親戚。偶爾會想，如果媽跟爸一樣，跟親戚都不往來就太好了，這樣的任務對我來說眞是煎熬，我打從心底希望趕快結束。

午餐跟二舅到媽祖廟對面的老店吃了魠魠魚羹，然後才開到沒落的小漁港，天空亮得像玻璃似的。小漁港現在冷冷清清，只剩一條大約一百公尺的市街，因為靠海風大，所有房子的坐向因此都與海垂直。到了外公家以後，我們直接把鎖住門的那條生鏽的鐵鍊敲掉，沒想到推開門一看，是空蕩蕩的客廳。原來朝向後院的一扇窗戶，早被拆掉了，屋子裡的東西已經不知道被誰搬得幾乎什麼都不剩。

我拿著掃帚把屋裡頭的啤酒罐和厚厚的灰塵掃成一堆，二舅一邊咒罵著小偷，一邊好像很感傷地走來走去。

對我來說這房子的設計有點奇怪，按理說老房子都把曬穀子的前埕設計在大門進來的院子裡，但這房子的大門直接靠著馬路，院子反而設在後面。馬路對面本來有一個養魚的大水池，後來被填掉改建成一排透天厝，不過看得出來眞正住裡面的人並不多。

後院的磚牆角長出了一棵龍眼樹，我以前似乎沒什麼印象。因爲是龍眼花結果的季節，龍眼掉得到處都是，吸引了許多蒼蠅。

「這樹哪時候長的啊？」

「可能是在你阿嬤過世的前幾年喔。」舅舅搖了一下那棵樹，掉下更多龍眼。「以前阿公會在這裡曬稻穀。」他指著龍眼掉得滿地的後院。

「嗯。阿公以前田很大？」

「一甲多呢。小時候我們會被派去稻田裡，做稻草人。」

「扎稻草人？」

「毋是，我講的是做（tsuè）稻草人。」二舅國語講得不順，轉換成台語。「彼時囡仔年紀猶傷細，無法度鬥相共（tàu-sann-kāng，互相幫忙），但是佇稻仔結子到收割進前，阮會予大人派去『驚粟鳥仔』。就是跍（khû）佇田底，伸手共（kā）稻草人搦（lia̍k，抓）牢咧，輕輕仔搖。」

「粟鳥仔毋驚袂振動（tín-tāng）的稻草人對無？」

「是啊，粟鳥仔眞精，袂振動就袂驚呀。厝邊隔壁，攏會派細漢囡仔去驚粟鳥仔。一般外地人若是（nā-sī）都合行（kiânn）過去，無看著人，干焦（kan-na，只有）看著稻草人搖啊搖，閣有囡仔聲咧（teh）開講，有時陣會驚著咧。」

「我親像捌聽阮老母講過。」

「是呀，眞趣味。」二舅想到什麼，嘆了一口氣：「毋過有一擺，發生一件意外。」

「啥物意外？」

「有一擺恁老母去田底驚粟鳥仔，煞搪著（suah tn̄g-tio̍h，卻遇到）空襲。」

「搪著空襲？」

「是。事實上美國仔的飛行機（hue-lîng-ki）毋是欲炸咱這个小庄仔頭。但是你知影，彼時陣的炸彈無法度掔（khian，丟）遐爾仔（hiah-nī-á）準，其中一台，毋但共炸彈擲（tàn）落來咱庄仔頭附近的田園，家己嘛紲（suà）跋落（pua̍h-lo̍h，跌下）來。結果庄仔頭三个派去顧稻仔的囡仔，煞予炸彈炸死。」舅舅點了菸，抽了起來。「眞好運的是，恁老母無死。伊佇田底可能睏去，結果炸彈爆炸的時陣，規个人煞昏過去，等待伊醒來的時陣，囡仔伴攏揣無，伊跖（peh，爬）起來，佇田岸邊看著一台孔明車，也毋知影啥人的，一心想欲緊轉來，所以就騎上（tsiūnn）彼台車。講起來嘛眞奇怪喔，因爲你老母彼時陣應該是袂曉騎車，而且車遐爾（hiah-nī）大台，也毋知影是佗位來的靈感，講會曉騎就會曉囉。伊沿路騎沿路哭，轉來到半路，庄仔頭早也派人去找囡仔。啥知揣轉來的是三个屍體。」

我追問下去：「尾仔咧？」

「恁阿公感恩媽祖靈聖（lîng-siànn），準備𤆬恁老母去拜拜感恩。誰知影恁老母騎轉來的彼台孔明車是一个日本警察的，彼个日本警察空襲的時陣跋落田底死去囉。一个日本警察死去，當然會調查，免半工就查著咱兜，彼台孔明車都合停佇門口。你想看覓，百口莫辯敢毋是？果然，日本警察誣賴恁老母偷提孔明車。恁阿公辯解，確實是囡仔為著逃命，看著孔明車就烏白騎，但是，伊並毋知影這台孔明車是日本警察的呀！加上庄仔頭死去三个囡仔，大家已經有夠悲傷囉，所以才無隨（suî，馬上）掠（liàh，牽）去報警。恁阿公表示，願意予警察大人彼年的稻仔賠罪。但是恁阿公捌得失到（曾得罪到）一个叫做のだ（野田）的警察，因為有一擺恁阿公偷藏稻仔穀去予伊掠著，伊趁這个機會揣麻煩，將伊掠去灌水。恁阿公就像豬仔仝款，予日本人灌甲昏昏死死去，阿嬤才佮阮鬥陣去領伊轉來。

「彼時陣也無錢請先生來看，家己食幾帖傷藥仔爾爾（niā-niā）。事實上，轉來了後，恁阿公看起來甚至精神變甲較好。伊做田閣較拍拚，親像袂忝（thiám）咧。只是有時陣會腹肚痛，就食赤跤仙仔（密醫）的藥仔止痛。彼年戰爭結束，恁阿公收第二期的稻仔，親像完成重要的代誌，佇田邊食飯時昏去，厝邊送轉來厝就過身囉。恁老母一直怪罪家己。但是這欲按怎講咧，這是運命啊。」

就按呢過身去囉？

就過身去囉。彼个時代，人死就親像一葩（pah）火化（hua）去仝款。

火化去囉。

煙被細微不可見的風吹向二舅的臉頰，他的雙眼微瞇起來。舅舅眞的老了，他的衰老表現在聲音的虛弱上。我從未見過外公，只看過他的畫像——原本掛在客廳裡——現在不知道到哪裡去了。想起來，舅舅跟那張畫像有點神似。

而我又再一次聽到「運命」這個詞，「運」擺在「命」的前面。母親從來沒跟我們說起過這件事，關於外公如何死去的事。我一直以爲，父親是家庭裡最沉默的人，他什麼事情都沒講。我也一直以爲，母親是家庭裡最愛抱怨的人，她什麼事都講了，而且是一而再、再而三，反反覆覆、叨叨絮絮地講。

但事實並不是這樣，人生有時像鳥有時像蚌。

「尾仔我跟著恁老母去台北，想欲買一間仔店面來做生意，賣去恁阿公一甲田。」舅舅像是要安慰不在場的母親而說。「算起來，阮這寡小弟小妹，攏是恁老母佮阿公、阿媽咬喙根飼大漢的。」

「著啦，阿舅，你敢知影阿公有一个鐵盒仔，內底有一張報紙，就是伊出世彼一日的報紙？」

「有喔，但是毋知影囥（khǹg）佗位去囉。」

又是不知道到哪裡去了。

我注意到最近自己的耳朵旁邊，總有個奇怪的細微聲響，那聲音比梅雨季的雨聲細，卻很頑強地隨時出現。我甩了甩頭，發現自己的身體像長泳最後一次把頭伸出水面後，放任自己沉入水底那樣充滿著疲憊感。難道是意識裡的步行，也會具體把疲憊留下來嗎？

我想起福伯說的關於象腳椅的話。我問福伯為什麼那麼說？那象腳椅是不是有什麼祕密？福伯說沒有祕密，哪有什麼祕密，他的看法來自於經驗。福伯說賣舊雜貨半輩子，因此相信一些已經發生過的事，會留在東西的某處，「親像子仝款」（就像種子一樣）。

我跟他說可是看得見的東西有一天總會壞掉，被丟掉，不見了。

福伯說：即使是那些看不見的東西也是一樣。有一天總會壞掉、被丟掉，不見的。

照你這麼說，那留這些東西有什麼意義？

重點不是「壞」，也不是「空」。福伯說。

房子的前廊，一對家燕正回來築巢，像裝了什麼感應器似的快速飛過來又飛過去，火石電光地閃過那棵龍眼樹的樹枝。我抬頭看得入迷。燕子飛行的軌跡引導我發現牆上釘有一個熟悉的東西，那是用鐵片做來插香的香座。

在那個媽還會帶我們回鄉下老家過年的時候，初九拜天公，外婆會依序讓每個人拜完，再由長男把香插在門口那個香座上面。由於經年累月的香煙，那地方的天花板，有一塊黑黝黝的燻跡，像片烏雲。香煙都被那塊天花板擋住了吧。

我問二舅能否讓我把那個插香的鐵片拆下來帶走？他說沒問題，不會有人要那個的。

從小漁村回來後，我傳了簡訊告訴姐姐們任務完成，請她們先轉告媽，隔天我就去接班。大姐回訊說：「經過檢查，媽的胰臟與脊椎，似乎都有些狀況。脊椎可以理解，但胰臟的部分，醫生有些懷疑，會安排核磁共振膽胰管攝影再檢查。」懷疑什麼？這種曖昧矇矓的狀態最讓人討厭了。

我到了工作室，躺在床上，卻怎麼也睡不著。胃、肝臟、小腸，這些器官的形狀都非常明確地在我腦中浮現，但胰臟是什麼樣子我卻怎麼樣都想不出來。那個曾經受孕而生產我的肚子裡的胰臟，讓人有些懷疑？我想起媽要姐去問聖王公的事，不知道她去了沒有？

聖王公能看到她肚腹裡的那個正在發生什麼奇異病變的衰老胰臟嗎？

隔天我起了個早刮了鬍子，然後把那輛修整完的幸福牌腳踏車，從頭到尾擦拭一遍，我拍了一下它扎實的牛皮座椅，騎了出門。

街上川流不息的車潮倏忽而過，聲音低沉、流暢，每輛車都驚險地互相閃身。我的身體感受著路面的律動，沿著中山北路，騎過基隆河，到了新北投站一間巷弄裡的公寓前面。確認了住址後，按下門鈴。開門的是薩賓娜、城城，以及一個我第一次見面的女子。

前一晚薩賓娜傳了訊息給我，說她跟城城上台北來，就住在Annie的公寓裡。我於是決定把車先騎給她看。另一個女人必然是Annie了。

她穿著寬鬆而線條簡單的麻色衣服，樸素未施脂粉。不過我想不少人第一次見到她，注意力一定放在她的側臉。該怎麼說呢，在某個角度，非常像維梅爾那幅《戴珍珠耳環的少女》。我不會說她美麗，但她會吸引你的注意力，並且讓你想再找機會看她一眼。站在她身後的薩賓娜對我微笑，臉上的表情好像比上一次我見到她的時候還陌生、羞怯、畏縮些。

我把身後的車展示給她們看，薩賓娜蹲了下去，摸著車架上略微褪色的琺瑯牌，說：

「好像變成一輛不同的車喔。」

Annie對我說：「抱歉那時沒有直接回信給你。」

「沒事。路沒有直的。」我說。

我告訴她們車哪裡更換了零件，以及這款車型辨識的特點。城城並不很好奇地聽著這一切，他的短短人生正要開始對某樣東西建立情感，比方說他的變形金剛機器人，或者是模型火車玩具，但不會是這輛腳踏車。我將他抱上後座，對Annie和薩賓娜說：「我載他去繞繞。」

我沿著北投溪往上騎，沿路的硫磺味讓人懷念。小時候父親曾帶全家人，到這裡一個叫地獄谷（我們知道它叫地熱谷，但故意稱它地獄谷）的地方用溫泉煮雞蛋。由於坡度很陡，這款幸福牌又是單速車，我很快汗流浹背了。我倒轉了車，開始往下滑行。城城牢牢地抓住我的腰，興奮地嘻嘻笑，不知道爲什麼，他往我背上呵的氣和小小的手掌讓我覺得溫暖。

那一刻讓我想起，身爲父親的感覺是什麼？提供一個孩子需要，跟成天像一個孩子一樣需要別人的差別是什麼？

當我騎到薩賓娜和Annie等待我們的露天咖啡店時，我突然想通了一件事。也許像大哥、阿巴斯，或者我這樣的人，都太像孩子了。我坐了下來喝著味道不太好的咖啡，慢慢地對著薩賓娜跟Annie把靜子跟我說的事重述了一遍。

「瑪小姐，我想說……不知道那段時間牠究竟發生了什麼事？」Annie眼帶憂傷地說。

「我等下正好要去找靜子，順道問問她。」

薩賓娜在我離開的時候，拿了一個信封袋給我。

「這是什麼？」我問。

「小說的最後一段。」薩賓娜笑，「也許你有空再讀吧。」

我在城市繞行，覺得自己彷彿不再認識她了。她翻新再翻新，好像急著擺脫某個軀殼，那些不名譽的、傷悲的、怪誕的過去。翻新後的城市，那些曾經是許多人記憶裡散發著不可思議光暈的東西，已經不知消失到哪裡去了。我覺得有點遺憾，有點寂寞，「嗯，那個以及那個已經消失了」，這句話幾乎可以在每一條路都講一遍。

我騎到大稻埕，順著紙條上的住址，進入一條小巷弄，停在一幢仍留有古老立面的三層樓老建築前。壁磚縫隙長出各種蕨類，陽台上的植物穿過雕花鐵窗伸展出來，牆上爬滿了藤蔓。如果不是一樓的紅色木門漆得簇新，會讓人以爲房子裡沒有住人了。

我按了電鈴，鳥鳴聲清楚地從樓上傳下來，不久米娜幫我開了門。像是時光在這裡靜止了一樣，樓梯間仍保留著古老的牛奶玻璃壁燈，每一階樓梯最前緣，都用馬賽克貼成一排做防滑線。唯一具現代感的東西，是扶手上設了一架軌道型電梯。我把腳踏車扛到二樓，滿臉笑容的靜子坐在高背椅上，招手要我把車停到她的旁邊。

我環視靜子家的客廳，陽光從還沒有蓋大樓那一面的窗戶照射進來，擦亮的地磚像水一樣反射著室內的所有景象。那公寓是狹長的比例，完全符合我媽講的「廳光房暗」的居家風水。客廳的四處都種著室內盆栽，電視機依然是映像管式的，日曆撕得非常整齊，好像每天都會用尺壓在上頭才撕掉一頁的樣子。

照射不到陽光的那面牆上，則掛滿了應該是靜子的畫。畫作的內容都是動物，然而卻不是一般的動物。比方說，一頭有著華麗虎斑的虎，後腿卻畫成那種可拆解的塑膠玩具的樣子；而一隻停在樹上的貓頭鷹，缺了一邊的翅膀，用螺絲安裝上一片翅膀形狀的木板。而一種大角麋鹿，一隻角是用鐵線綁上了樹枝替代，彷彿是角的義肢。

掠食者眼睛直視前方，草食動物眼睛長在兩側，看畫者可以感覺牠們正看著你。牠們的眼神都非常鮮明，好像牠們不是平面裡的影像，而是有著憤怒、傷心、警覺、恐懼情緒的活物。

這些畫之間的距離顯然都經過精確的度量，看得出她的謹慎與重視。

只有最邊緣的一幅畫畫的不是動物，而是一個男子騎著腳踏車正爬上一座鐵橋。男子曲著背，彎起腰，臀部離開了座墊，靜止在右腿用力的一刻。風顯然很大，男子的外套風帆一樣鼓起來，讓觀畫者同感他踏踩時的艱辛。

而這張畫的旁邊，放的是一張遠望像是森林，近看才知道是蝶翅組合而成的畫。畫裡的樹枝與樹幹彼此交纏，有一條溪流從中間潺潺流過。我試了一下，只要距離超過兩公尺，就幾乎沒辦法分辨出那是蝴蝶的翅膀所拼成的畫。那一定就是薩賓娜用來和穆先生交換腳踏車的那幅，她母親所做的蝶畫。

回神過來時，靜子仍然看著那輛腳踏車，臉上有一種安睡時才有的溫和滿足。她說：「以前穆班長就是騎這輛車載我去河邊。」然後又沉默半晌。我跟她解釋，很幸運地能找到同一時期的牛皮座椅，只不過遺失了舊的牛皮椅還是很可惜，因為皮革會因為乘坐的人，而變成只屬於那個人的臀部形狀，這種改變，每一張牛皮椅只有一次的機會。

「原來如此。我那時候都坐在後貨架上，穆班長幫我綁上一個海棉墊。就是這個貨架嗎？」靜子說。

「貨架沒換過。」

她把那雙年輕時應該美麗非常的手放在上頭。

我把在心裡反覆練習了幾次的問句提了出來：「對了，記得您說過，您父親都會騎自轉車帶妳到動物園，後來您父親失蹤了，那車呢？」

「有一次我騎到西門町，被一個士兵叫住。他叫我下車，然後就把車騎走了。」

「就把車騎走了？」

「沒錯。就騎走了。好像車是他的一樣。」

米娜泡了一壺茉莉花茶，我替自己和靜子斟了茶，靜子啜飲了一口。

「另外，還記得您跟我提過，穆班長是一個到處爬樹的人？」

靜子點了點頭。「他是。」

「爲什麼呢？」

「我從頭講好嗎？」

「當然。」

「穆班長是孤兒，少年的時候流落在四川一帶乞討，後來看到召募，就加入了駐印軍。對他來說，從軍是一條活下來的路。到部隊的時候，既不知道自己的年紀，也不知道自己的出生日期。部隊給他一個出生日期，他就用了。穆班長跟我講，沒父沒母也就算了，連自己的生日都不知道眞是窩囊。他只記得他的家鄉在牛角坡，但是哪裡的牛角坡，他一點頭緒也沒有。

「我曾經帶他去見過一個紫微斗數的大師，打算用逆推的方式，幫穆班長推算他的生日。所謂逆推的方式，就是大師會問他一些『知道答案的問題』，再穿插『不知道答案的問題』，藉著那回答，一步一步回推算出他的生日。可是多數問題穆班長根本就不知道或不記得了，加上他沒有耐心一一仔細回應，那個推算也就沒有結果。他不知道自己有沒有兄弟姐妹，也不知道自己當兵的時候到底是幾歲。他出來的時候跟我抱怨說，人生是從生日開始的，哪有依靠之後發生的事，去找生日的道理？他說，如果眞要算生日，他覺得自己參與過的一場戰役，也許才算是他的生日。

「這場戰役，是關於一棵樹。」

一九四三年冬季剛開始的時候，中國駐印軍的第一一二團與日軍精銳的第十八師團，也就是被稱爲菊軍團的部隊，在胡康谷地進行了接觸戰。在這之前，這支遠征軍協助英印軍對抗日軍，當時日軍軍勢正盛，不久仰光被占領，英軍敗退。在日軍的追擊下，一支英軍遭到圍困。那時候新三十八師的師長孫立人，憑著人數很少的一支部隊解救了七千多名英軍，那就是轟動的「仁安羌」之役。

但日軍接連攻占棠吉、臘戌之後，中英聯軍策畫的曼德勒會戰已成泡影，戰略目標消失，中國軍的主力由杜聿明將軍帶領，想走直線翻越野人山撤回雲南。但這個決定把部隊帶入地獄。險峻、處處瘴癘的野人山不但讓部隊在裡面繞了數個月，還奪去了三萬多名士兵的性命，那片森林說是用人血灌溉出來的也不爲過。

但有一支未依循軍令的部隊往西撤到印度，那就是被杜聿明指派斷後的，孫立人帶領的新三十八師。有些戰史家認爲，新三十八師因爲不是黃埔的嫡系部隊，才被指派去執行可能全軍覆沒的斷後任務。但孫立人軍紀嚴明、部隊戰力驚人，不但保護了主力一路穩定後撤，自身也沒有蒙受重大損失。到野人山下時，孫將軍心想，幾萬名士兵已經進入野人山，別說是能跑的動物，恐怕連能吃的草根都要讓他們挖食殆盡了，再把自己的部隊往裡送是自尋死路。於是他便抗令，把部隊撤往印度。這支部隊，因此也就成了這一年，反攻緬甸的主力。

第一一二團先把一支先遣部隊，在欽敦江上游，各個支流匯聚的交叉點的熱帶叢林間撒開來。由於河勢湍急，能夠讓部隊渡河的地點非常非常少。部隊長於是先派一支連隊，用大刀從那個密林裡砍出一條半米寬的路，通到一個被稱爲「于邦」的無人渡口。

這支先遣部隊在一個「林空」處遭遇了日軍。林空就是森林裡，土壤相對較薄，水分較少，遍生低矮灌木與長草，卻沒辦法讓巨大林木生長的地方，因此格外容易暴露行蹤。日軍用「九二式」重機槍與「九六式」輕機槍掃射那個林空，逼得中國軍進退不得。子彈咻咻咻地削斷草莖，有時噗一聲打進泥土裡，如果打在士兵的身上，就會冒起一陣煙塵。這兩種射速不同的機槍聲音並不相同，老兵靠耳朵辨別了機槍的發射位置，發出暗號指揮年輕的士兵朝安全的方向移動。憑著他們死裡求生的經驗，這支連隊硬是突圍潛入了叢林。不幸的是，不久又再被兵力較盛的日軍圍困在大龍河附近。

幾天後，穆班長所屬的第一一二團第一營加強連前往馳援。他們的計畫是裡應外合殲滅日軍，但可惜實力不夠，雙方遂在那個渡口陷入了僵持戰。每天夜裡，日軍都趁著黑暗盲目渡河，想將兩股部隊合爲一股。河岸這邊的守軍則在黑暗中用機槍聽音辨位掃射，阻止日軍渡河。清晨天亮的時候，河面上都漂浮著死屍。但總會有倖存的日本兵三三兩兩潛入叢林，漸漸地，戰力的天平傾斜到日軍那頭去了。

同一時間，新三十八師本部從一具日軍軍官的屍體身上，得到了密件公文，那上頭寫著日軍的砲兵將前往于邦增援的訊息。但主導指揮權的英國參謀長並不相信，孫立人在與他幾近翻臉的激烈爭執後，決意將新三十八師的主力壓上去。但估算穿越險峻的那加山，得足足要三個星期。如果第一一二團想要死裡求生，就要撐住這千斤萬擔的二十天。

而死守渡口的那個加強連，已經只剩下一百三十幾人了。

這支連隊所守的那一片兩百公尺長、一百公尺寬的地方，包括了一大一小的林空，林空旁有一棵巨大的榕樹，正好可以居高臨下成爲制高點。那棵巨大的老榕樹氣根四處垂生，有些氣根竟比一棵大樹還粗。榕樹就靠著這些支撐根，傘蓋了數十公尺的範圍。指揮官李克己命令士兵在樹杈間建構了機槍巢與迫擊砲發射點，與地面上的機槍巢形成交織綿密的火網。士兵們因此把這棵樹戲稱爲「李家寨」。

日軍不斷試著對這棵樹發動攻擊。有時則派出小股部隊分頭潛行長草區逼近樹，不過每次都被樹陣地的反擊擊退。在這段時間裡，李家寨的居民就仰賴美軍不甚準確的空投，送來微薄的糧食與彈藥苦撐。

因爲適逢乾季，士兵只好採集芭蕉根與竹子來取得水分。每天清晨，李家寨居民的第一件事，就是用雨布蒐集樹葉上的每一滴露珠。但他們並不喝掉那些水，而是先喝下自己的尿。

他們還砍斷一種樹藤，在斷面上鑿出一個小孔，讓藤裡頭的水，一滴一滴引進水壺裡，一根藤可以取二、三升水。然而多數時間，他們的喉嚨還是像被刀子割似的難受，皮膚因爲太陽和缺乏水分而龜裂，滲出膿血。

樹上的藤蔓、周遭的各種可食用的植物、蝸牛以及鳥成爲李家寨的後勤，士兵們咬著牙，竟然撐過了比三周還長了一倍的時間，新三十八師的主力部隊終於來到。自此局勢扭轉，硬是把那些還活著的，體重幾乎掉了四分之一的幾十名殘存士兵救了回來。

當部隊試圖反攻的時候，戰力變成劣勢的日軍也靠一整片武裝的大榕樹試圖堅守。但獲得美軍山砲和機槍的新三十八師，將那樹上的觀察哨、狙擊手、機槍手一一擊落，把那牙齒用毫不留情的方式拔掉，血液放乾。潰敗的日軍被趕入大龍河，多數人再也沒有上岸。

在那個緬北叢林裡，命運以公平的殘忍加諸交戰兩方的年輕人身上。

而穆班長從那場「樹的戰役」裡，受到樹的庇護而存活下來，日後才有機會遇到包括林旺在內的那個象群。穆班長一生都把那場戰役當成自己的生日，而那些象群就是他的兄弟姐妹，讓孤身一人缺乏歸鄉意志的他，在堅苦的戰局裡得以支持過來。

我想像著那不可思議的巨大榕樹，如何承載在那上頭宛如一個小村落的兵寨。居民在那裡睡眠、流血、失去手掌、心跳，忍受太陽和像霧一樣籠罩的蚊蚋，那樹被劈掉一塊、又一塊、再一塊。而人的血液和屍塊、內臟，就那麼化成了樹的一部分。

「這就是穆班長爬樹的原因了？」

靜子把頭斜斜地傾向一邊，像是在聽什麼聲音似的。「他不會說自己去爬樹，而是說『躲』到樹上去。當那個時間來找他的時候，當痛苦從不知道哪裡來敲門的時候，他就悄悄躲到樹上去。你會覺得奇怪，樹不是他最痛苦的一段時光的象徵嗎？他說恰恰好相反。沒有樹的話，那整個連隊，包括他，沒有一個人會活下來。

「在那個和日軍對峙的時間裡，當他能短暫地睡著的時候，一睜開眼，看見那樹仍然長出新葉，仍然有陽光透過那些葉子的間隙落下來的感覺，是他一生裡面最美好的經驗。他知道自己還活著，樹也還活著。他說，痛苦會在那一刻走錯房間。」

我咀嚼著靜子的話，說：「我想他應該也把這個，說給我父親聽了吧。」

「我想是的。你父親那天晚上跟他，坐在港口的長凳上，彼此聽到了對方的那個徘徊不去的時間。我在想，這應該就是你父親把腳踏車刻意留給他的原因。嗯……我認爲你父親是刻意留給他的。

「你父親去哪裡了我不知道，他顯然也不想讓穆班長知道，才會選擇不說明而默默留下腳踏車。我猜，他也不想讓你們知道。我雖然不認識你父親，但我聽穆班長講述他說戰爭時到日本的事情時，我覺得他們個性好接近。我好像可以理解他們做的一些決定。對了，你爸對你很嚴格吧？」

我沉默沒有接話。

「我在想，像他們這樣的人，好像會一不小心，就會把自己身上留著的某些東西，加到別人身上。不過我想，不論你父親最後做了什麼選擇，他都是選擇讓另外一些東西，在他的身上斷絕掉。」

我聽著靜子和緩的聲音，眼前漸漸出現了穆班長躲在樹上的畫面。年輕剛毅的臉，閉著眼睛聽到樹葉上的露珠滴落的聲音，他一手扶著樹幹，感受到被風吹雨打磨礪出的粗糙樹皮，等到睜開眼的時候，發現自己手背上長出老人斑，陰囊鬆弛下垂，肚腹全是皺紋。而那棵樹下，無聲的象群正從象道走過。看起來穩健地朝前走的象群，不知道因爲什麼樣的緣故，沒有預兆地一頭又一頭砰然倒地，但剩餘的象，仍用那樣莊嚴、穩定的步伐，往前走去。

「我應該沒有告訴過你，穆班長是怎麼過世的？」

我搖搖頭。

「他從烏來山上的一棵樹掉下來，幾天後被人發現的時候，就已經死了。」

「嗯，對不起。」我一時無話可接。

「這事沒有誰對不起誰，那張報導了這個事件的報紙我還留著，和他登廣告尋找腳踏車主人的報紙放在一起。有一段時間我無法原諒他，因爲我甚至不知道他到烏來去了，即使知道，我也不知道他在哪一棵樹上。

「他曾經告訴我，台灣的樹太美麗了，年輕的時候他曾經用攀爬繩在北插天山爬上一棵紅檜，他說在樹上可以看到霧靄從身邊流過，從來沒有見過的昆蟲在樹葉上交尾，空氣裡是多數人類一生不可能嗅到的氣味。

「可是，即使我不再生他的氣了，但還是忍不住會想，他難道不知道獨自一人去爬樹是危險的？他爲什麼還要背著我，去做這種危險的事。他難道不願意爲了我好好地、安全地活著嗎？」

我覺得好像胸口被什麼掐住一樣。

「不過現在我已經不這麼想了。」靜子放下茶杯，把空杯子再斟滿，然後把它放在手掌間摩挲。

我站起身來，走到一幅畫著大象的畫前面。象伸長了鼻子，從裡頭伸出一枝長滿葉子的藤蔓，攀附在牠的頭、皮膚以及腿上。

「對了，我可以請問一下，那天在動物園裡，好像沒有提到，妳後來有再見到勝沼先生嗎？」

靜子轉過頭去，示意一旁正在滑手機的米娜到她房間裡，把什麼拿來。米娜拿回一本早期用黏貼的方式展示相片的硬殼相簿。相簿外還有一個鎖。靜子從口袋拿出一只迷你的鑰匙伸進那個相簿鎖孔裡，緩慢、專心，彷彿開啓一個保險箱般地把它打開，然後翻到其中一頁。

那裡有幾張大象跟年輕時靜子的合照，年輕的靜子笑容燦爛。另一張是少女靜子與兩個中年男子的合照，顯然是在相館裡拍攝的，因爲背景是手繪的拱橋與楊柳。其中一人想必是勝沼，另一個人應該就是靜子的父親。

「右邊這位胖胖的先生就是勝沼先生。勝沼先生把我當成他女兒一樣看待，是因爲他在故鄉岐阜美濃，也確實有一個和我同樣年紀的女兒。他休假回日本的時候，曾經拿我的照片給他女兒看，再回台灣時，也把他女兒的照片帶給我看。」靜子翻開相簿另一頁，拿出夾在裡頭的一個米色、手造紙質感的信封來。

「戰爭結束，我父親失蹤後，我曾經試著到動物園打聽到了勝沼先生在美濃的住址，並且寫信給他。我想，即使勝沼先生不在了，他女兒應該也會收到信吧。但隨著日子一天一天過去，我以爲不可能再有勝沼先生的消息了，直到後來，突然間我收到了這封信。這封信裡，寫著勝沼先生可能的下落，和瑪小姐爲什麼會消失一段時間的謎。」她從那個信封抽出薄薄的、油紙一樣的信紙遞給我。我小心翼翼地接過。信是用毛筆寫的，信紙上的字跡相當娟秀，夾雜著漢字。信最後的署名是「勝沼美緒」。

「我唸給你聽？」靜子看出我並無法流暢地閱讀日文，向我提議。我點點頭。

靜子 樣：

謝謝妳如此關心家父，也衷心為您父親平安歸來祝願。過去家父常常在信件裡提起妳，對我來說，妳好像是住在南國的姐妹一樣。

如妳所知的，家父失蹤了，他在戰後並沒有回到岐阜美濃來，同僚也沒有帶回任何消息。我和家母每天都以淚洗面，等待他奇蹟式地出現。妳寫來的前幾封信，我們都有收到，但因為悲傷，一時不知道該怎麼回妳的信。

但最近有一位浜崎勇先生，特地從大阪來找家母與我，並且帶來了家父的可能消息。我因為想到妳可能想知道這件事，所以提筆寫信給妳。

浜崎勇先生是當時圓山動物園的獸醫之一，他和家父，以及另一個飼養員谷次郎先生是好友。正如妳信裡提到，妳最後一次見到家父是在動物園進行「猛獸處分」之後。

那一次的處分對象，是動物園列為第一級的危險動物，也就是虎、獅、熊等等。但事實上，後來還進行了第二級危險動物的處分，那就是紅毛猩猩一郎君和大象瑪小姐了。

管理員都和動物像朋友一樣地相處了長久的時間，經過第一次的處分後，沒有人願意再進行第二次的處分了，那太痛苦，簡直就跟親手處決自己的親人沒有兩樣。為了跟軍方表示，一郎君並沒有逃出柵欄的疑慮，他們又加了一層鐵欄，並且把牆面都做了防爆的強化處理。

但那樣的努力並沒有被軍方接受。命令沒有更改，處分的日期也一天一天逼近，管理員逼不得已用下藥的方式，殺死了和管理員們有親密感情的一郎君。許多人都哭了。因為不久就是處分瑪小姐的最後期限。

我父親於是跟浜崎先生與谷先生，提出了一個大膽的提議。那就是把瑪小姐「藏起來」。

雖然大家都贊成保護瑪小姐，但怎麼可能有地方能藏起瑪小姐這樣龐大的生物呢？

浜崎先生說，大正十二年，裕仁皇太子行啟台灣，從基隆搭乘「御召列車」到台北，並通過敕使街道與明治橋，到神社祭拜。那時諸如太平町、若竹町、新起町、老松町及八甲町都做了奉迎門或奉迎裝飾，但除了這些表面的工程以外，為了皇太子的安全，也在圓山越過河流到台灣神社的地下，做了應付緊急事態的祕密地下工程。那日後成為儲藏物資的空間，是鮮少人知道的事。

其中有一個位於河底的空間，被封閉起來不再使用了。資深的浜崎先生曾經參與了那個地下工程的建造，而那工程其中有一個通道，就在圓山附近。他認為，可以把瑪小姐暫時藏在那兒，而由其他自願參與的人負責張羅食物。我父親和谷先生，立刻自願輪流在那個地道裡照料瑪小姐。

這個近乎不可思議的提案，獲得了一些動物園工作人員的允諾，竟然真的執行了。他們相約，絕對不能讓消息洩露。我父親於是就和瑪小姐潛入地下，等待米軍的轟炸威脅解除，或者戰爭結束之時，再把瑪小姐帶回動物園。他們當然不知道那還要多久，也感情衝動地並未考慮太多。

於是，在那沒有人看見的地底下，有一頭大象在河底，和地面上的人一同期待著戰火的遠離。而參與的動物園管理人員，每天推著手推車，把蒐集到的狼尾草、牧草、地瓜，送到那個黑暗不見天日，只有幾盞手提電土燈的地底下。

他們並且用死去的馬與野牛的肉，混充成象肉，送給一些市役所與軍方的相關人員，讓他們相信瑪小姐已經被處分了。

昭和二十年五月三十一日，發生了台北大空襲。米軍從菲律賓起飛，對台北進行了好幾個小時的無間斷轟炸，轟炸的目標集中在台北城內，靜子小姐所住的大稻埕想必也感受到了那次轟炸的威力。聽說連總督府，也都被無情的炸彈炸傷。我知道有許多未爆彈深深地嵌入台北的土地裡，聽說還有好幾枚在戰後幾十年後，才被挖了出來。

而在那場空襲後，浜崎先生與谷先生到那個祕密通道的入口，想要去察看瑪小姐以及我父親，不料少數落在附近的幾枚炸彈所擊碎的石頭與泥土，把那個入口封印了。

浜崎先生與谷先生集合了參與此事的動物園人員，從那個入口想挖出一條通道，救出我父親與瑪小姐。幾天後，挖掘的人員眼看就要放棄了，卻發現那石堆深處正在自行運動，幾枚巨大的岩石，被不可思議的力量推了開來。他們輕聲地喊著：「勝沼先生！瑪小姐！勝沼先生！瑪小姐！」

就在夜色剛剛降臨的時候，在燈光的照射下，一條象鼻從那個縫隙伸了出來，讓他們大為振奮，拚命再挖。終於在那天深夜，削瘦的瑪小姐從那個地下的通道突破而出。

只是他們並沒有找到我父親的屍體。他可能被更深處的落石掩埋，就那樣靜靜地躺在那條河底下了。浜崎先生不得不做這樣合理卻令人難受的推測，而他們也沒有辦法再撥出人力往下挖了。浜崎先生為了這個，專程來向我母親和我道歉，他說他多麼希望，被埋在那裡的是他自己。

不管事實如何，我總這麼相信，如果我的父親死在那個地下通道裡，他也必定用盡他的氣力，為瑪小姐指引了出口的方向。

親愛的靜子小姐，這便是我從浜崎先生那裡所聽到的事件的部分真相。他說谷先生在戰後因病過世，其他的動物園管理人員，也都把這事當成絕對的祕密，不可能向世人提起了。他專程來為我報信，否則於心不安。

靜子小姐，或許過幾年，我和母親心情平復以後，會到台灣去一趟，去看看我父親所工作的動物園，也拜訪妳。也許那時候，妳已經得到您父親的消息也不一定。這也許是大象瑪小姐帶給我們的緣分吧。

我聽著靜子讀信，深深深深地吸了一口氣。故事總是在你無法得知自己是如何從過去來到現在的此刻而存在，我們一開始往往不懂它們爲什麼在時間磨損下仍然冬眠似的在某些地方活存著，但在聆聽時，總覺得它們被喚醒後，隨著呼吸進入你的身體，像針一樣沿著脊椎鑽進你的腦袋，然後又忽冷忽熱地刺在心上。

「看得見的東西一定會消失的。」我對福伯這麼說。

福伯一邊擦拭著他的白蟻燭台一邊回應我，他的左眼仍在找著自己的右眼：「你不懂，重點根本不是『空』。」

我離開了靜子的公寓，身上好像還留著滿屋子的植物香氣。我覺得自己好像一時之間無法沉靜，得找個地方喘口氣。我騎到那個原本叫「鏡子之家」，現在稱為「林檎」的店裡，請阿達給我一杯蘋果泥。

然後我把背包裡的每一樣東西拿出來，順序排在桌上，再一件一件收回去。我用這樣的方式，調整自己的心情。我想起幾年前大旱，整個台灣在討論如何節水時，沙子卻拉著我開車跑到一處罕有人至的森林裡去「挖白蟻」。那是原本沙子常去觀察植物的平地森林，而此刻原本蔥綠的樹叢，變成了灰灰焦焦一片。沙子找到他早已做好記號、一株枯木裡的白蟻巢後，循著一條工蟻建立的水平通道的盡頭，開始朝下挖去。

「原來是找我來做苦力。」我抱怨地說。

沙子往下插進一條標尺，我們就沿著白蟻通道往下挖，漸漸顯露出來的白蟻的通道並非像懸了一個鉛墜子那般筆直朝下，而是有許多不必要的彎曲。工蟻和兵蟻凌亂卻又像有著某種規律似的列隊，來來回回於通道之間。從地底上來的工蟻，大顎都銜了微量的土粒。

一個小時、兩個小時、三個小時過去，漸漸變成沙子在下面挖，我在上面接土，或是我在下面挖，沙子在上面接土。洞穴超過了我們一個人的身高，兩個人的身高。這早在沙子的預料之中，他甚至帶了一條很長的繩梯，以及露營裝備。

當天我們就露宿森林，然後隔天起床繼續挖，直到第二天黃昏，一條長達十二米的白蟻隧道就展示在我們面前。沙子指著其中一些較為寬廣的洞穴，告訴我那些就是白蟻的「養菌圃」。白蟻會讓那個空間保持潮濕，於是真菌就自然地在裡面生長，成為牠們餵食幼蟲的來源。可是因為大旱，此刻養菌圃裡乾燥而空無一物。沙子要我脫下手套摸摸洞穴盡頭最後一個養菌圃，果然已有微量的濕潤跡象，白蟻無視於我的手指，繼續朝向那個通道往更深的地底去。

「再下去一定會有水源了。」沙子臉上一點都沒有疲憊之色，反而浮現了興奮的光彩。

「牠們要挖多久啊？」

「不知道。深度的話，我認為見水至少還要好幾公尺。」

「就為了水？」

「就為了水。白蟻對失去水的耐受度很低，牠們一定要水，所以無論死掉多少白蟻、花費多少時間，牠們一定會不計代價地朝下挖，那是命定，那是本能。沒有什麼恐怖的敵人能阻擋牠們。」在黑暗的洞穴裡我看不清沙子的表情。我回想當時用手電筒由上而下照亮白蟻的取水通道時，突然有一幅全新的畫面在我眼前展開。我突然想起，那從地面朝下的取水主幹，以及許多挖到一半廢棄的、凌亂卻又有著目標的洞穴，是多麼像一個朝向地心的燭台。而那個濕潤的養菌圃，就是燭台末端的微小火燄。

想到這裡的時候，我的平板傳來收到新訊息的鈴聲。我打開電腦，那是阿巴斯的來信。

小程：

謝謝你傳來的幸福牌腳踏車修復後的照片，我幾乎快認不出來那是擺在我店裡的那一輛，它好像回到某個時間點似的，被重新設定了。車子總算回到它應該回去的地方，你的手上，真讓人欣慰。要說明的是，這段時間我並非是不回你的訊息，而是想等到情緒與事情告一段落，再好好回覆你。

你一定很納悶，我究竟到哪裡去了？就在你收到訊息的同時，我可能剛剛離開靠近臘戍附近的一個小村落，也就是巴蘇亞錄音帶裡提到的，他曾和部隊在戰後短暫停留的那個村落。

這是很典型的一個撣族小村落，裡頭有一間佛寺、一間小學校。佛寺的鐘，據說就是用二戰時的未爆彈做成的。那鐘的聲音響亮非常，早晨和尚會敲擊它，傳出像是可以傳到遠方的叢林的穿透性聲音。

我在這個很像故鄉的村落裡，想著我的父親，巴蘇亞的事；也想著你跟我提起過的，關於你父親的故事。也想著你寫信來所提到的，靜子所說的，穆班長第一次，也是最後一次見到你父親的情形。當然，我也猜想、推想，你和薩賓娜……以及*Annie*見面的情形。我不會問你 *Annie* 看起來如何，你放心。

只是我想告訴你一些，面對面談話時，我絕對沒辦法對你講的事。

我退伍幾年以後的某一天，管區警員到我家，說巴蘇亞死了。他把計程車開到郊區，用塑膠管把排氣管的廢氣引到車裡頭，就那樣吸了過多的廢氣而死。我們去認了屍，也認了車，車子所有的縫隙都用布封得密密實實，像固執的他一樣。巴蘇亞頭歪了一邊坐在駕駛座上，好像小時候帶我到台北動物園時，在火車上睡著了一樣。

回想起來，巴蘇亞是很疼我的。那次旅行是在我四、五歲的時候，我們到台北車站以後，再搭公車到圓山。他和母親先帶我去兒童樂園，玩了咖啡杯、摩天輪，再帶我到動物園裡面去。我還記得那時候我們看了黑豹、老虎跟獅子，有一頭熊，在籠子裡從左邊走到右邊，再從右邊走回左邊，頭上的毛因此都磨得禿禿的。

後來走到象舍時，奇異的事發生了。巴蘇亞和我們站在象舍前面，我看到他無聲地噘著嘴，眼睛閃閃發亮。彷彿聽到了誰的叫喚一樣，象緩緩走出來，從陰影裡走到柵欄前面，然後伸出那條長鼻子，把那個搭在巴蘇亞的肩膀上，那和頭顱相比顯得極小的眼睛，閃亮閃亮。巴蘇亞牽著我的那隻手，熱呼呼濕答答的，他的另一隻手，則搭在大象的鼻子上，像是兩個老朋友在打招呼。接著媽媽幫我們和象一起拍下了好幾張照片。其中一張，就是你看到的那張。而另一張則是巴蘇亞把貴重的相機交到我的手上，讓我拍下的，巴蘇亞、媽媽與象的合照。多年之後，我才知道那不但是我的第一張作品，也是最美的一張作品。

那時候象已經改名叫林旺了。巴蘇亞顯然一開始並不知道林旺就是他的 *Ah mei*，他不知道和牠從那個埋葬了無數人與動物的緬北森林分離，各自走出來以後，還會有一天，在這樣的大城市裡重新見面。那是我這一生裡面，唯一一次看到巴蘇亞流露情感。

巴蘇亞也是在那一年之後，漸漸少回家。我母親隱隱約約地知道，他似乎在外面有了另一個女人。那之後她曾經和巴蘇亞吵鬧過一陣子，有一回巴蘇亞喝了酒，他們又為那件事而吵架，巴蘇亞一氣之下，拿了筷子，刺進自己的右耳。

我可能沒有告訴過你，巴蘇亞在那場戰爭裡，幾乎失去了他左耳的聽力。那耳朵變得只有像螞蟻一樣細小的聲音能被聽見，像石頭堵住了聲音的水流。我曾經聽母親說過，巴蘇亞夜夜都為另一隻耳朵的耳鳴所苦，那一天晚上，他把那可以聽到聲音，卻充滿雜音耳鳴的耳朵，一併刺聾了。

從此以後我母親不再跟巴蘇亞爭吵。他們變得很安靜，安靜到房子都變得很大似的。我住在那樣的家裡，好像心裡頭的行李，被不知道誰從某個地方來，一件一件地搬走，成了空空的房間。

就像你知道的，我之後很少叫他爸或父親，他就是巴蘇亞。巴蘇亞後來獨自到城市裡開計程車，他用取巧的方式讓人不知道他已經耳聾，取得司機的執照。因為他會讀唇語，並且就像他小時候告訴我的那樣，他被炸彈音爆震傷的那隻耳朵，聽得到一些一般人聽不到的聲音，人心底的聲音。就像大象一樣。

我在老鄒死去、二高村也被拆了以後，去查了關於岡山這個地方的歷史。很奇怪的是，當我生活在上面的那兩年裡，我完全對這個地方毫無感情，也不想認識它。但在老鄒死了以後，我突然很想替他了解，他埋葬的這個地方，究竟是怎麼回事。

原來那個地方曾經發生過兩次，許多人共同莫名葬身的事件。

剛殖民的時候，日本人為了弭平抗日的民變，將這個地方的幾個庄頭的年輕男子，以無差別的方式屠殺。十六歲以上的男子，被集合起來，以刺殺或砍頭的方式殺死，然後火焚。反抗者因為缺乏武器，於是到廟裡拿了陣頭跳家將的法器當武器，當然那只是脆弱的反抗，只是一種哀鳴而已。

一九四四年，美軍則對聚集了兵工廠與日本航空隊的岡山進行了大空襲。*B-29*以「日本海軍第六十一航空場」為主要目標，丟擲了六百五十公噸的炸藥，讓整個岡山幾成廢墟。老鄒撿到的那個日軍飛行員的飛行眼鏡，可能就是在那場空襲裡，被炸飛到原本是第二航空隊的基地——後來老鄒的院子裡的。它被炸翻的泥土、倒下的牆垣埋在地下，然後因為老鄒種絲瓜，把那個又挖了出來。

這是我個人的推測，可能，或許，猜想。不過我永遠都記得，從那個田間被拋棄的建築的地下室，穿著潛水衣，帶著水肺，隨著水流進入阿公店溪暗流的那段如真似幻的經驗。我好像走在一個連結兩個世界的鋼索上，和我在馬來亞山地的遭遇雖然不同，但手心冒汗的感覺如此相像。我也想起了那隻小鳥，那隻白頭翁，我永遠難以忘記，牠站在老鄒的肩頭上，眨著那星星般的眼睛看著我，然後湊上他的耳朵，像在偷偷告訴他什麼。

這段時間我想，你父親，巴蘇亞，或者是老鄒，都好像有什麼尖刺一樣的東西，留在他們身上。他們很努力地花了很長的時間一一把它們拔出來，可是可能剩下最後一根的時候，反而把它刺了進去。

我曾經去過阿富汗跟車臣，想完成自己當一個攝影英雄、戰地攝影記者的夢想，但都在外圍盤桓數月後就放棄了。我說的外圍並不是沒有進去國境，而是覺得自己沒有辦法進入問題的核心、感情的核心。我曾經搭巴士到莫斯科，從北奧塞提亞進入格羅茲尼，在卡車改裝而成的巴士上，看著焚燒的油井、荒廢的田野、倒塌的農舍，以及倒臥在溝渠盡頭的田犁，我舉起相機，以為自己拍到什麼了，但最多也就是這樣了，我的照片最多只是這樣。我沒辦法進去某種當地的精神裡，沒辦法讓那些照片產生摧折人心的力量，沒辦法產生獨特的世界觀。

真正的戰地攝影師一定知道，訴說戰爭故事或拍攝戰地照片，並不能遏止這件人類一直在做的事。但他們的照片，會讓觀看者感受到更複雜的什麼，讓他們被擊倒，感覺上了天堂下了地獄。但是，我做不到那樣的程度。

這段時間我有點想通了。我連老鄒、巴蘇亞的話都沒有認真想傾聽過，根本不配當一個能夠觀看人的本質的攝影師。我只是像讀歷史課本一樣看待他們的遭遇，只是透過觀景窗拍照，我只是假裝的、冒牌的。

我想那個時代一定有很多人，選擇用肺魚度過乾季的方式，度過某些時刻。如果是現在的我，也許就會拿一支十字鎬，站到他們旁邊，默默地，跟他們一起，在那個月光下，把那個埋在某處的，我們也不清楚的什麼東西，試著挖出來。不，也許不為挖出什麼，就是陪他們一鎬一鎬地往下鋤。

可是來不及了，是嗎？

回到我現在所在的這個村落吧，我得跟你說，我順著巴蘇亞留在那紙盒裡的那幅地圖，找到了他在錄音帶裡提到的那個村落。村落的人都已經不是戰爭的那一代了，除了原來的住民，還有少數日本、中國的混血兒生活在那兒。村莊裡的人以務農為主，農舍以煙雨為簾，毫不起眼的幾條小道穿插其間。午後的陽光灑向這些農舍，草澤與農作物閃閃發光時，它們安逸自信，從煙囪裡冒出炊煙。

我住在村子一戶人家的空房間裡，一有空就到地圖上的可能地點，拿著十字鎬不明所以地挖呀挖的，當地有些小孩子覺得有趣，就跟著我一起挖，我把從台灣帶來的餅乾分給他們，也和他們分享帶來的泡麵，他們則摘食野果請我吃，或者邀我去他們家用餐。

我住的農家的男主人，試著用生澀的英文問我想找什麼，我實在沒有辦法把那麼複雜龐大的故事再說一次給他理解。但不知道為什麼，他聽懂了「樹」與「腳踏車」兩個英文單字，就知道我想找什麼東西了。他和孩子們，隔天一早帶我到村子西郊的一處森林邊緣去。

往村子走出去大約一小時步行路程後來到一個森林邊緣，遠遠地就看見一株巨大的榕樹。樹枝如同光裸的髖骨，彼此交纏，上頭滿布了各種蕨類和藤蔓。男人用不甚流利卻有自信的英文告訴我，這棵樹會「捕捉正在升往天堂的靈魂」（大概是這樣的意思）。他指給我看，那幾乎繁密得遮住天空的枝葉裡，有一輛腳踏車的車架，懸空在那裡。

原來如此。

我一直以為那輛巴蘇亞埋的腳踏車，應該還在地下的。但一隻吃了果實的小鳥，在空中拉下了牠的糞便，掉到泥土裡。也許在巴蘇亞挖土埋腳踏車的時候，把那些種子翻攪了一趟。雨季來了，雨季走了，種子發芽了，有些死去，有些活下來。最強壯的那棵，用從泥土裡伸展出來的莖以及枝幹，把埋在土裡的腳踏車往上推。某一年車子被推破了地表，另一年推到一個人高的地方，再十年它的枝葉密密麻麻地攀在車架上，彷彿和車體的鐵合為一體。而後這樹持續把它帶離地面更遠、持續包覆它，就變成這個樣子。

男子告訴我說，一開始村子裡的人沒有人注意到這棵樹，因為這邊已經被拋棄了，村民從戰爭結束後就轉移到村子的東面去開墾。直到幾年前，有人發現了這棵「抱著腳踏車的樹」，村民認為這是個奇蹟，也是件恐怖的事，因此，他不建議我晚上來到這個地方。

看到這棵樹這輛車，我想像當初巴蘇亞埋腳踏車的情形，也想起老鄒，他的那輛車，也許是另一個巴蘇亞所埋的吧。

時間偷走了很多東西，也釋放了很多東西，不是嗎？

正要動身到憂愁又嚴酷的緬北森林的阿巴斯

我打開了附檔的圖片檔，正是那棵「抱著腳踏車的樹」，它蓊鬱的枝葉就像一個城市。

那腳踏車很小且不分明地被包裹在中央的枝幹附近，如果沒有細看，幾乎就會以爲那是樹的一部分。

我怔怔地看著照片，許多事情流過心頭。這時候「林檎」淡淡地出現了帶著異樣沙沙雜音的音樂，我不自禁轉頭朝向櫃枱，才發現那裡多了一個巨大的喇叭。

「我還在想，你是不是失了魂，這麼大的東西都沒看到。」

「這什麼？」

「七十八轉唱盤，台灣第一位流行歌手純純唱的〈望春風〉，蟲膠唱片。」

「你怎麼會有這個。」

「就跟你介紹的那個朋友，阿布買的啊。不對，應該是借的，或暫時租用的。他說如果我的店倒了就要還他，他原價買回。他說一般人以爲這張唱片全台灣只剩下三張，但他那裡就偏偏藏著這第四張。」

阿達興致勃勃地展示給我看，當他緩緩旋轉手把時，那唱針好像滑冰選手不斷在結成冰的河面上轉圈，記錄聲音的溝槽，透過鋼製的唱針，從喇叭恢復成聲音。純純略帶尖銳的喉音，以一種不可思議的滲透力布滿整間餐廳，周圍的空氣，都傳達著一種微妙的振動。

「這種唱片，是用一種被稱爲紫膠介殼蟲的分泌物，膠合松香、炭精，摻和黃土做成的，也有人叫洋乾漆唱片。不可思議吧，聲音被這樣的東西保留下來。不對，也許應該說，人竟然想到這樣的方法保留聲音。」

雖然我們並不確切聽到，但聲音可能被以各種形式保留下來了。我在那裡靜靜地聽完了〈望春風〉，這首我不知道聽媽唱過多少次的歌。她總是在商場的騎樓煮菜、替我洗澡時唱這歌。「獨夜無伴守燈下，冷風對面吹。」我曾經嘲笑她尖著嗓子的聲音，和她粗糙的手掌、燙大捲的頭髮很不搭調。她不理會我，繼續尖著嗓子唱。

這時候我發現，外邊的天色已經在不知不覺中暗了下來。

我騎著車離開「林檎」時，天空已經飄下不大不小的雨。我繞著城市騎了一圈又一圈，一圈又一圈，一圈又一圈，所有的車都比這輛車快，我因此得以看到落後於多數人的風景。雨仍不大不小地下著，約莫午夜時分，我繞騎到醫院的後門，偷偷拉開那個原本是給餐廳人員進出的通道，把腳踏車牽了進去。我知道這個時間，通道會打開來準備傾倒垃圾。進到醫院以後，我左繞右繞，靠著這些日子記錄下來的醫護人員行進路徑，在沒有人看到的情況下，成功地把車牽進安全門的樓梯間。

這輛車並不像現在的車以輕量化爲目標來設計的，因此每回扛起來的時候，都覺得非常沉重。我一手扶著車，一手扶著扶手，一步一步朝母親住的十二樓病房走上去。母親的房間就在安全門的右側第一間，爬到的時候，已經從內褲到外衣完全濕透。

打開門第一眼看到的，是靠著桌子睡著的大哥，他終於回來了。燈光照在他的側臉，不知爲什麼讓我想起一件往事。

我因爲跟他相差十幾歲，他總愛鬧著我玩，有一回在打鬧間，面對死纏不休的我，漸漸打出火氣，他猛然間朝我的胸部打了一拳。我因爲氣悶且吃痛，就哭了起來，宣稱要向媽告狀。他說我告狀也沒用，因爲他剛剛打我的那一拳是「七傷拳」，我中了七傷拳，七天就會死掉了。

聽到這樣的話，我反而沒把這件事告訴爸媽，只是在心底暗自難受。我就要死掉了，他們都不知道，這樣的想法讓我有一種自憐的、哀傷的快感。

只是那種絕望感到現在我都還記得清清楚楚。就要死掉了，腳已經踩空掉下懸崖，現在只是等待撞擊到地面而已。

那時我家已經在商場三樓另租了一間房間讓我們讀書睡覺，晚上大哥在那裡靠在書桌旁睡著時，我躡手躡腳地到爸的工具抽屜拿出他用來剪布面的剪刀，準備刺進已經殺死我的大哥的脖子裡。那把剪刀是爸最鍾愛的工具。

當我走到他的前面的時候，聽到大哥輕微的打鼾聲，他年輕的側臉，帶給我一種難以說明的迷惘、溫柔，和一種生命的存在感。我有一天也會有這樣的側臉，以這樣的方式睡著。不知道過了多久，我才不動聲色地把那把剪刀收回工具抽屜。

七天後我當然沒有死，大哥也沒有。我跟大哥說你竟敢騙我，大哥說那話只有白痴才會相信。眞是白痴才會相信。

而此刻母親躺在床上，介於熟睡與淺眠之間，她的身上不知道爲什麼有一種嬰兒的香氣，但我知道她已經衰老到每走一步都會疼痛。她的膝蓋已經無法承受體重，得手扶著牆壁，或搭著助步器，才能一步一步艱難挪動。我想起前幾天在簾子外，瞥見姐幫她穿襪子的情形——先把毛襪套進左腳，然後是右腳。就跟小時候媽幫我們穿襪子的習慣一樣。當時她還會幫我綁鞋帶，一樣是先綁左腳、再綁右腳。現在露出醫院棉被外的媽的腳浮腫得就像大象，靠踝部的地方有深深的襪子勒痕。

我也想起商場拆之前，我印象中一直沒有自己西裝的西裝師傅，我的父親，突然要我幫他量身。他取出一張量身紙，引導我拿著布尺，爲他量衣長、袖長、肩線……然後寫在上頭。他叮嚀我手要穩，保持水平，這樣量出來的長度才會準。我第一次知道他的肩頭左肩高右肩低，從頸椎到腰椎間，有幾節腰椎骨節往後突出。而當我要把布尺從後面環繞過他的腰身時，他拿回布尺，說：「好啊啦，賭的（tshun--ê）我家己來。」

他看了我一眼說：「可惜你無愛學工夫。」

我把車子的後立架撐了起來，彈簧啪的一聲驚醒了大哥。他迷迷糊糊間，還不理解爲什麼我帶了一輛腳踏車上到病房裡來。

我沒理會他，坐了上去，嘩啦嘩啦地空踩起來。

小時候我最喜歡在商場騎樓，像這樣騎上爸的車子空踩。因爲那時候還小，腳太短踩不到底，得刻意用力蹬，讓踏板在下半圈硬是空轉半圈回到腳底板可以踩到的高度，然後趁勢使勁一蹬，讓它再轉一圈。以這樣的踏踩法，齒輪、鏈條和花鼓，就會發出非常俐落的，讓人感到愉悅的嘩嘩聲響。

當然在車柱架起來的情況下，什麼地方也去不了。

不過我的腦袋會幻想自己騎在街上，眼前就如眞地出現了移動的街景，騎在山上，就會出現大樹、鳥與猛獸；騎在天空，就會穿越雲、月亮，以及星星。當我說我自己又騎去哪裡時，一定會被哥哥姐姐訕笑，但就像我一直相信，大哥一定在我睡著的時候，用了不知道什麼方式，解開了我身上被七傷拳關閉的死穴一樣，我也固執地相信即便是空踩，腳踏車也能到某個地方去。一定是那樣，錯不了的。

我握著車子握感舒適的硬式煞車車手，時而輕輕一煞，讓那沙沙的響聲出現一種微妙的節奏，嘩嘩嘩嘩喀—嘩—嘩—嘩嘩嘩嘩喀。啊，那鏽跡斑斑的車身，小夏讓給我的黑鐵土除，黑亮黑亮表層已然剝落的牛皮座墊，重新上油後亮晶晶煞車時卻會吱吱叫的風檔，以及那拉風的幸福牌土除風切。我愈踩愈快、愈踩愈快。

我在商場從忠棟到孝棟繞了一圈、又一圈、又一圈，然後讓身體重心偏向一邊，畫了一個完美的轉彎弧圈，小南門、西門町、中山堂、漢口街、開封街、北門郵局、台北車站，阿爸老李排骨仔阿蓋仔小姨小鳳阿母湯姆馬克烏鴉阿澤特莉沙阿卡我的姐姐們呀我的大哥在第三圈的時候被拋在後面出城去。我穿過城門與城牆，經過大千百貨，繞行了港町千秋街永樂町太平町，到昔日的台北鐵橋，那是鐵橋呀可不是水泥橋，火車曾在上頭跨過河流。我騎到上頭靜子在那邊看著遠方就像鯊魚鰭的屍體從淡水河彼端漂了過來，孩子們在天空畫出一個雨傘傘柄的形狀跳進水裡；不遠處的觀音山上，台北橋小兒科的林醫師還是個年輕砲兵，正在看著被米軍轟炸的這個城市黑煙瀰漫，他側耳聽著屋瓦破裂、磚頭和灰泥粉碎的聲音，就像戰爭結束後，他用聽筒聽過的千百個孩子的心跳合奏。

我在煙霧中穿騎繞行。

我騎上山路，使盡全身從頭髮到腳趾頭的氣力登上山頭，乳酸讓我的大腿抗議，膝蓋發疼，肺幾近破裂。那裡可以看到遠方的太平洋，城市與鄉村的交界。我在山脊與山脊之間騎行，經過森林、溪的源頭、雲剛發生的地方以及鳥才喘息得過來的稀薄空氣。我大聲呼喊然後那個聲音被吹到身後，被冰雹打到地面上，挖出一個個淺窪。我從那樣的寒帶森林呼溜溜地朝下騎，身旁的樹上掛著冰珠，風刮痛臉頰與心臟。我那用熱帶橡膠林流出的汁液做成的輪胎穿過了溫帶森林，亞熱帶森林，終於來到讓人汗流浹背的熱帶森林。那是Ah mei和瑪小姐的家鄉，那是火燄燒灼過的土地，每一種生物都在那裡行軍，那裡的溪流與森林會鋸斷人的腿和希望。Ah mei和瑪小姐的尾巴被士兵點上了火，耳朵插上了刀，牠們只能前進只能前進，四條粗腿竟像馬一樣交錯奔馳起來。

我騎進溪的底部，世界上所有的溪和溪都是相通的，每一條溪的底下都有無數化爲魚的人在那裡游水、徘徊，吐出這一生吸氣總和的細微泡泡，那是他們的靈薄獄。我濕漉漉地從溪流裡騎出來，從特莉莎正在洗臉的那條溪流騎出來。那是我們第一次的野外約會，她帶著迷惑、戒心，以及被動的期待。我在那個「林空」裡吻著她，子彈從我們耳朵旁與身邊呼嘯而過。我灼熱的陰莖進入她的身體，而她的身體卻漸漸變得冰涼了。因爲我只是個孩子。

拋下她的我的腳仍在踩動，就那樣鑽進充滿角閃石的山脈岩壁裡面去。我聽到一個聲音說所有溪流的根源都在這裡，所有的骨灰甕也在這裡。我讀到薩賓娜的小說裡這樣寫，每捏死一隻蝴蝶，拆下蝴蝶的翅膀，阿雲就朝那隻蝶翼呵一口氣，那隻已經失去身軀的蝶，就會變得有精神，翅膀顏色變得更鮮明，然後她把它們貼在房間的牆上，直到整個房間成爲一幅蝶翅畫。那幅畫就是已經消失的眉溪上游森林。我隨著蝴蝶飛行，牠們毫無目的地朝大海飛去，那裡所有的沉船都從大海浮起，其中一艘上頭我看見少年三郎正在甲板上嘔吐，那是他胃裡僅存的故鄉的食物。

我隨著親潮向南而騎，車子在洋流的漩渦裡打轉打轉進入另一道洋流，我騎上一座島嶼就像提塔利克魚，登上一座長滿了樹的島嶼，順著樹根往島的心臟騎去，在那裡紅毛猩猩一郎被母親抱在懷裡，牠們從另一棵樹晃到這棵樹，從我面前帶著難解的微笑而去。我被一棵樹捕捉住，它將根伸入花鼓齒輪縫隙螺絲與螺母之間五通管裡從氣嘴直到內胎繞了一個圈圈之後沿著每一條鋼絲長出葉子。士兵在我的身上和後貨架上架上機槍，他們切掉我的手指接水，清晨時把熱呼呼的尿液淋在我身上。各種口徑的槍彈不斷穿過我的身體，把車子的鋼管打凹打歪打穿，偶爾槍聲停歇的時候有人在上頭枝葉的某處手淫，把痛苦的精液灑在樹葉樹枝樹根與大地上。

而我就那麼騎在車上，遠方的一切都在靠近，所有靠近的物事正在遠離。飛機引擎鈍重的爆音在天空逡巡，那個陌生男子隔著廁所的外頭凝視著我的眼說：「我跟你講喔，你只能活到四十五歲。」

我看見遠方另一座島嶼的海岸，一個少年騎著單車從黑暗裡，從霧氣裡出現。他下了單車，在黑暗中給了我意味深長的一眼，那眼神因爲距離太遠的關係，我直到二十年後才收到。他慢慢走下黑暗的港嘴，港是黑的，海水是黑的，眼光也是黑的。他回頭看了一下被他放倒的單車，就像看著一條溫馴的老狗。然後穿著不太合身衣服的他慢慢走入水中，好像相信自己能夠游過大海，或者正要回家那樣走入水中，我在樹抱著的腳踏車上，看著海水蕩漾起黑暗卻鑲著銀色框線的水紋。

有人在我耳畔問：那部腳踏車究竟到哪裡去了呢？

我踩動單車的聲音終於喚起了母親，母親聽到了那個聲音，睜開眼來。她先看到了大哥，驚訝地看著我濕淋淋地騎在車上。有人在房外正在推門，那必定是來交班的某一個姐姐，也許是大姐，或者是二姐、三姐、四姐，或者是那個名字叫做「滿」的第五個姐姐。

母親對著房間，對著我或者某個人說：「這是啥人？騎車的背影那會遐爾（hiah-nī）像伓老爸？」我聽到這話轉過頭去。她的眼睛裡的潮水漲了起來，然後又靜靜地消退下去。

後記：無法好好哀悼的時代

Postscript: Time Beyond Mourning

二〇〇六年的時候，我動筆寫一本關於台灣少年赴日製造戰鬥機的小說——《睡眠的航線》。爲了感受小說裡的歷史場景，我去了兩趟日本，其中一趟在神奈川縣的大和與高座這兩個小城市盤桓。一天我和M走到一處森林前面，入口有一個小小的牌子標識著「野鳥の森」，旁邊停了一輛年代久遠的腳踏車，就好像它的主人進去了森林之後，再也沒有出來取走它似的。而那片森林靜謐、幽深，每踩一步就讓人陷進去一點點。

一年之後小說出版了，我收到一位讀者的來信，問我小說最後，寫到主人公的父親把腳踏車停在中山堂前，「然後呢？」

我從來沒有想過這個問題。但那一瞬間，我覺得自己就好像把車停在野鳥の森前面，然後獨自走進森林的那個人。

於是路展開了，小說開始了。

我陸陸續續閱讀有關於台灣腳踏車史的材料，一段時間後，我覺得這簡直是昧於現實，且過分懶惰。數位網路上的資料，總是重複地被剪下、貼上，你幾乎分不清楚哪一則比哪一則更值得相信。

於是我開始在網路上購買老鐵馬的零件，先是買了幾塊車前管的琺瑯牌，接著買了一盞磨電銅燈，然後是兩條還貼著印花稅標籤的幸福牌內胎……接著，我擁有了第一輛幸福牌文武車，第二輛勝輪牌武車，第三輛台灣萊禮，第四輛幸福牌男女兩用跑車，第五輛……我開始認識了幾位賣家、藏家，自己也開始在路上尋找「野生」的老鐵馬，接觸我完全不認識的車主，並且向老師傅請教關於老鐵馬的知識與技術，試著修復這些鐵馬。走在城市裡，我的眼睛始終在搜尋路邊被遺棄的腳踏車，就好像自己的一個人生重要片段被遺忘在哪裡似的。

然後在某一刻，那輛無人的，虛構的腳踏車動了起來，帶我去了永遠不可能去到的一些地方。

對某些小說家來說，人生的遭遇是他們不得不動筆寫作的理由；而對我來說，卻是藉著寫小說來認識、思考人的存在的。我是一個平凡的人，因爲寫作稍稍理解了我過去不夠理解的事，體會了過去難以體會的人性和感情；我爲了無能看清這個世界而寫小說，因爲內在的不安與無知而寫小說。

正如古希臘史學家波里比奥（Polybius）說的：「最具有教訓意義的事情莫過於回憶他人的災難。要學會如何莊嚴地忍受命運的變化，這是唯一的方法。」我藉由寫小說，試著學習「如何莊嚴地忍受命運的變化」這回事。

這本小說涉及二戰戰史、台灣史、台灣的單車發展史、動物園史、蝴蝶工藝史等等，在撰寫的過程裡，我發現那實在超出我的知識能量太多，因此除了閱讀以外，我還求助了許多單位與原本並不認識的人。這本書能暫時地「全」了，我受惠受啓您們甚多。

感謝臺北市立動物園、台中國立科學博物館在我提出問題時專業且熱心地答覆；感謝大橋小兒科林彥卿醫師從小照顧我的身體，並且給予了我父親同一時代的另一個觀看角度。感謝科博館教育組譚美芳女士、生物學組副研究員詹美鈴博士、地質組卓姵妏小姐提供關於台灣蝴蝶加工的珍貴資料，以及關於那幾張神祕象腳椅的訊息；感謝地平線傳播工作室蔡育霖先生、民間文物收藏者吳柏宣先生、幸福牌腳踏車收藏家蔡旺峰先生、收藏家張玉樹老師傅、「幸福63腳踏車店」老板張啓明先生，慷慨地展示他們鍾愛的收藏，並且教導我許多關於腳踏車的知識。三重順發車料行黃老師傅、北投無名車行莊老師傅則修復我無能修復的車，並且在那過程裡告訴我難忘的人生經驗。感謝東華大學歷史系蔣竹山教授指引我蒐集資料的方向，動物學家張東君和我討論動物園的歷史，讓我得以解決許多問題。

而這本書會在麥田出版社出版，得感謝多年以前林秀梅副總編輯轉達了王德威教授的邀約，這個邀約經歷了五年，在陸陸續續地接觸後，才確定了下來。王德威老師對於我的編輯意見，給了最溫暖且大度的寬容。秀梅在編輯過程盡心盡力，副總經理陳瀅如費心安排種種細節，以及過去曾是我的學生，現在是優秀設計師的吳欣瑋爲這書完成了美的句點。

是您們讓這本書變得完整。

一個需要解釋的地方是，這本小說裡有許多地方使用多種語言表現。在寫作時，我一面要考慮如何表達，才能讓讀者容易進入故事；一面又希望讀者能感受到語言本質的魅力。最後決定把不易讀懂或特殊的句子用標音的方式呈現，這麼一來，讀者一面可咀嚼文字呈現不同語言時的意味，如果眞的希望感受音韻，也能把它們唸出來。我一直認爲，語言不只是溝通工具，它本身就具有「詩」的本質。貿然把所有的語言等同，是件可怕也可惜之事。而我也相信，唯有透過不斷的寫作與重述，語言裡那些美好的元素會重新被發現，然後復活。

小說初稿全部完成後，因爲裡頭有許多資料我希望能更精準確實，我央請出版社提供了台灣小說出版較少見到的審稿過程。我們商請特富野部落鄒族長老高德生先生給予小說裡提到鄒族文化與語言上的意見，台中教育大學台語系楊允言副教授、李思慧同學協助修正小說裡的台語文，中央研究院近代史研究所的任天豪博士後研究員則提供關於日治時期歷史的細節建議，雷勤風（Christopher Rea）先生協助校訂每章英文標題。此外，我也將稿子交給我的版權經紀人譚光磊先生（他總是幫我把所有出版事務都安排得讓人放心），以及過去翻譯我作品的幾位譯者審讀：包括法國里昂第三大學跨文化與跨文本研究所博士關首奇先生（Gwennaël Gaffric）、台大翻譯碩士學程的石岱崙（Darryl Sterk）教授，以及「聞文堂」的天野健太郎先生，他們也給了我不同方向的專業讀者意見。如果仍有未盡之處，必然是我自己的責任。

當然，一直以來支持我的東華大學華文系的同事們，給了我最大的寬容。而我的母親鄭秀玉女士，向來是我的故事寶庫。而毫無疑問地，M除了照顧我的生活，寬容我的任性外，以一貫嚴謹細心的態度提出意見，進行細校。她總是深入我作品肌理，然後靜靜地給出讓我深思的建議。

我在寫作的過程中，同時也為海明威、石黑一雄、法蘭岑（Jonathan Franzen）這些小說家的譯本寫序。因此同一時間，我也大量閱讀了各種類型的小說。當我讀到法蘭岑的

《如何獨處》（*How to Be Alone*）時，他提到小說應該「是將經驗的浮渣轉變爲語言的黃金。小說意謂著撿起被世界遺棄路邊的垃圾，將它化爲美好的事物」。這話常常在我騎著單車逡巡城市時浮現，因爲這本小說，確實就是從「撿破爛」開始。那些被棄於街頭、回收廠、記憶廢墟裡的腳踏車，載我到了事物與靈魂的某處。讓我想起似乎在某部作品裡讀過的一句話：「那是一個你沒辦法好好愛一個人、好好哀悼一個人的時代。」

而現在，我騎著這輛撿破爛而來的，寒磣、卑微、陳舊的拼裝車，來到你的面前。我本來只是這趟故事之旅中，孤身上路的寂寞騎士，但當你打開這本小說，且願意閱讀下去時，我們就像是無數條陌路上，彼此看不見彼此的騎乘者，被某種不可見的力量，匯聚在神秘的巨大歷史之流下。

寫這部小說並不是基於懷舊的感傷，而是出自於對那個我未曾經歷時代的尊崇，以及對人生不可回復經驗的致意。透過這樣一個從尋找腳踏車，意外進入某個時間之流的故事，我期待讀者和書中人物彼此能感受到彼此的情感、踏踩時的頻率、汗味與不協調的呼吸，流淚與不流淚的悲傷。

但沒有人停下來，不必彼此呼喚、親吻，就只要無聲、艱難、飢渴又平靜地踏踩下去。

參考書目
Bibliography

這裡所列書目，僅是幫助我完成這部小說的十分之一，並且暫時隱藏了那些影響了我心靈的小說作品。

Jim Fitzpatrick, *The Bicycle in Wartime: An Illustrated History*, Star Hill Studio, 2011.

R.S. Kohn, *Bicycle Troops*, lulu.com, 2011.

辻政信，《潛行三千里》，增補版，每日ワンズ，二〇一〇年一月。

Andrew Wiest & Gregory L. Mattson，《血戰太平洋》（*The Pacific War*），孫宇、李清譯，初版，台北：知書房，二〇〇四年三月。

Arthur Zich and the Editors of Time-Life Books，《肆虐的太陽旗》（*The Rising Sun*），胡修雷譯，初版，北京：中國社會科學出版社，二〇〇四年九月。

Arthur Swinson，《新加坡淪陷——日軍入侵馬來亞》（*Ballantine's Illustrated History of World War II*），李伯鷹譯，初版，台北：星光出版社，二〇〇三年八月。

Basil H. Liddell Hart，《第二次世界大戰戰史》（*History of the Second World War*）（一）、（二），鈕先鍾譯，初版，台北：麥田出版，一九九五年一月。

Katy Payne，《大地寂雷》（*Silent Thunder*），唐嘉慧譯，初版，台北：大樹文化，二〇〇一年十一月。

小俣行男，《日本隨軍記者見聞錄——太平洋戰爭》，周曉萌譯，初版，北京：世界知識出版社，一九八八年八月。

大貫惠美子，《被扭曲の櫻花》，堯嘉寧譯，初版，台北：聯經出版社，二〇一四年九月。

濱野榮次，《臺灣蝶類生態大圖鑑》，初版，台北：牛頓出版社，一九八七年。

文高明，《北美鄒再發現》，初版，台中：白象文化，二〇一〇年三月。

台灣總督府警務局，《高砂族調查書（第三編 1937 年發行）》，增訂再版，台北：南天書局，一九九四年十月。
朱耀沂，《台灣昆蟲學史話》，初版，台北：玉山社出版事業，二〇〇五年一月。
吳幸慈，《台灣埔里地區蝴蝶產業發展》，逢甲大學歷史與文物研究所碩士論文，台中：逢甲大學，二〇一二年。
李業霖主編，《太平洋戰爭史料匯編》，初版，馬來西亞：雪隆海南會館青年團，一九九六年八月。
周婉窈編，《台籍日本兵座談會記錄并相關資料》，初版，台北：中央研究院台灣史研究所籌備處，一九九七年。
林彥卿，《無情的山地》（增補版），初版，台北：大橋小兒科，二〇〇七年二月。
林春長，《戰爭與林旺》，初版，林義隆編，馮如瑄譯，台北：臺灣商務印書館，二〇〇六年九月。
徐聖凱撰述，《臺北市立動物園百年史》，初版，台北：臺北市立動物園，二〇一四年十月。
徐逸鴻，《圖說日治台北城》，初版，台北：貓頭鷹出版，二〇一三年十月。（繪圖參考）
曾慶國，《二二八現場：檔案直擊》，初版，台北：台灣書房，二〇一〇年一月。

楊剛、馮杰，《滇緬戰役（1942-1945）》，初版，台北：知兵堂，二〇一〇年八月。
蔡棟雄，《三重工業史（精）戀戀三重埔系列三》，初版，新北市：三重區公所，二〇〇九年六月。
蔡慧玉編著，吳玲青整理，《走過兩個時代的人：台籍日本兵》，再版，台北：中央研究院台灣史研究所，二〇〇八年。
蔣竹山，《島嶼浮世繪》，初版，台北：蔚藍文化，二〇一四年四月。
鍾堅，《台灣航空決戰》，初版，台北：麥田出版，一九九六年四月。
羅曼，《今日台灣的活國寶——象瑞林旺小傳》，初版，中壢：宏泰出版社，一九九七年十月。

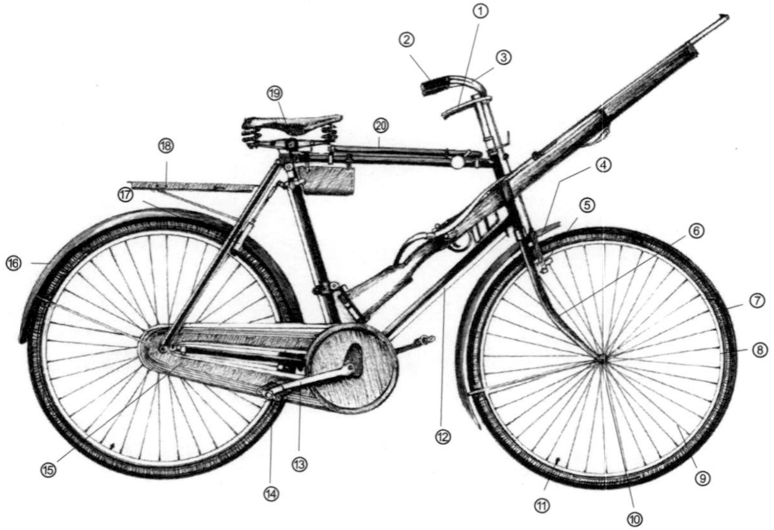

1915 BSA Territorial ‘Modele de Luxe 1A’

① 煞車把手 Brake Lever
② 握把（手泥） Grip
③ 手把 Handlebar
④ 擋泥板（前土除） Front Mudguard
⑤ 前煞車器 Front Brake
⑥ 前叉 Front Fork
⑦ 外胎 Tire
⑧ 輪框 Rim
⑨ 輻條 Spoke
⑩ 花鼓 Hub
⑪ 氣嘴 Valve
⑫ 下管 Down Tube
⑬ 曲柄 Crank
⑭ 踏板 Pedal
⑮ 全包式鏈條蓋 All-inclusive Chain Cover
⑯ 後土除 Rear Mudguard
⑰ 後煞車器 Rear Brake
⑱ 貨架 Shelf
⑲ 座墊 Saddle
⑳ 上管 Top Tube

當代小說家 23
單車失竊記（新版）

國家圖書館出版品預行編目 (CIP) 資料

單車失竊記 / 吳明益作．— 二版．— 臺北市：麥田，城邦文化出版：家庭傳媒城邦分公司發行，2016.05
面； 公分．—（當代小說家；23）
ISBN 978-986-344-338-4（平裝）

857.7 105004370

作者｜吳明益
主編｜王德威
責任編輯｜林秀梅
校對｜吳明益　陳孟蘋　陳瀅如　林秀梅
國際版權｜吳玲緯　楊靜
行銷｜闕志勳　吳宇軒　余一霞
業務｜李再星　李振東　陳美燕
副總編輯｜林秀梅
編輯總監｜劉麗真
事業群總經理｜謝至平
發行人｜何飛鵬
出版｜麥田出版
台北市南港區昆陽街 16 號 4 樓
電話：886-2-25000888　傳眞：886-2-25001951
麥田網址｜ http://ryefield.com.tw
發行｜英屬蓋曼群島商家庭傳媒股份有限公司城邦分公司
台北市南港區昆陽街 16 號 8 樓
客服專線：02-25007718；25007719
24 小時傳眞專線：02-25001990；25001991
服務時間：週一至週五上午 09:30-12:00；下午 13:30-17:00
劃撥帳號：19863813　戶名：書虫股份有限公司
讀者服務信箱：service@readingclub.com.tw
城邦網址：http://www.cite.com.tw
麥田部落格：http://ryefield.pixnet.net/blog
麥田出版 Facebook：https://www.facebook.com/RyeField.Cite/
香港發行所｜城邦（香港）出版集團有限公司
香港九龍九龍城土瓜灣道 86 號順聯工業大廈 6 樓 A 室
電話：852-25086231　傳眞：852-25789337
電子信箱：hkcite@biznetvigator.com
馬新發行所｜城邦（馬新）出版集團
Cite (M) Sdn. Bhd. (458372U)
41, Jalan Radin Anum, Bandar Baru Seri Petaling,
57000 Kuala Lumpur, Malaysia.
電話：+6(03)-90563833　傳眞：+6(03)-90576622
電子信箱：services@cite.my
設計排版｜吳欣瑋
印刷｜前進彩藝有限公司
初版一刷｜2015 年 6 月 30 日
二版一刷｜2016 年 4 月 25 日
二版三十三刷｜2024 年 05 月 17 日
定價｜420 元
ISBN｜978-986-344-338-4